科学前沿与未来 (2009—2011)

香山科学会议　编

科学出版社

北　京

内 容 简 介

香山科学会议是由国家科学技术部（原国家科委）发起，在科学技术部和中国科学院的共同支持下于 1993 年正式创办的。截至 2010 年底已举办 388 次学术讨论会、13 次特殊系列学术研讨会，出版系列文集 11 册。

本书从近两年的学术讨论会中遴选出 20 篇一流的综述性文章，内容涉及生命科学、环境科学、地球科学、纳米科学、物理学、化学、天文学及管理科学等多学科交叉的前沿、热点问题。旨在为政府决策部门、科技管理部门和有关专家学者在制定国家重点科技政策、部署国家科技发展规划和重大科技立项时提供参考，也可供相关科学领域的科研人员和高等院校的师生及科技爱好者阅读。

图书在版编目(CIP)数据

科学前沿与未来：2009～2011/香山科学会议编
—北京：科学出版社，2011
　ISBN 978-7-03-031538-0

Ⅰ. 科… Ⅱ. 香… Ⅲ. 科学技术-动态-世界-2009～2011 Ⅳ. N11

中国版本图书馆 CIP 数据核字(2011)第 113472 号

责任编辑：张淑晓 杨 震 王国华/责任校对：郭瑞芝
责任印制：钱玉芬/封面设计：无极书装

科 学 出 版 社 出版
北京东黄城根北街 16 号
邮政编码：100717
http://www.sciencep.com

新 蕾 印 刷 厂 印刷
科学出版社发行 各地新华书店经销
*
2011 年 6 月第 一 版 开本：B5(720×1000)
2011 年 6 月第一次印刷 印张：14 1/4
印数：1—2 500 字数：272 000
定价：40.00 元
（如有印装质量问题，我社负责调换）

序 一

现代科学正在突飞猛进地发展，不断扩展人类的视野，增长人类的知识，促进社会繁荣，推动经济发展，备受世人关注。

现在，科学技术正处于重大突破的前夕。新发现、新思想、新概念、新方法的不断涌现，新学科和新方向的不断产生，学科的交叉、渗透和综合趋势的日益增强，复杂性（复杂系统）和整体性研究的崛起，构成当代科学发展蔚为壮观的景象。这不仅对科学的许多原有概念提出了挑战，而且深刻影响到经济和社会生活的各个方面，包括人们的思维方式、生产方式、工作方式和生活方式。

"科学是无止境的前沿"。在科学自身的伟大创造力和经济社会不断出现的巨大需求的推动下，科学不断地推进自己的前沿和扩展研究的领域。现在，这一过程日益加速。学科前沿的错综交叉、变化多端、绚丽多彩、日新月异，令人振奋。

探讨科学前沿，了解其变化和走向，展望未来，对于促进科学发展、促进科技创新，具有战略性的意义。这种预测、研讨活动，本身就是科研工作的重要组成部分。

探明科学前沿、预测科学未来、认清萌生的生长点和蕴藏的新苗头，是非常困难的，需要雄厚的、长期系统的积累，需要扎实地、坚持不懈地努力研究。出版《科学前沿与未来》系列专著，无疑给科技界提供了交流和讨论的机会，并将吸引大家把注意力和兴趣投向最主要、最有希望、发展最快的前沿，主要是交叉前沿，激励大家的研究兴趣，并长期坚持下去。这将使我们的科研工作永远处于科学的最前沿，从而充满活力，富有创造性。

《科学前沿与未来》系列专著，以香山科学会议的综述报告和重点发言为基本内容，并欢迎在科学前沿从事研究工作的科学家投稿。我们希望科技界和全社会，都关心、爱护、支持这个系列专著，齐心协力，把它长期办下去，为科技发展、科技创新、培育人才作出贡献。

序 二

当今世界，科学技术的突飞猛进改变了人类社会的各个方面。科学技术走出实验室已作为一个国家综合国力的代名词。

蓬勃兴起的新科技革命，为我国的改革开放和经济发展提供了契机。在这难得的历史机遇面前，中国科技界任重道远，一方面要花大力气通过先进的科学技术，改造传统产业，发展新兴产业，不断提高科技进步在经济增长和社会发展中的作用，促进整个国民经济持续、快速、健康的发展；另一方面要稳定一批优秀队伍，在基础科学、高科技的前沿等方面作出世界一流的工作，要做到这一点，提供一个宽松的、自由阐述新思想、新概念、新发展的环境是很需要的。正是基于这种考虑，在1992年7月召开的"展望21世纪初的中国自然科学"座谈会上，产生了举办"香山科学会议"的想法。两年多来，在国家科委和中国科学院有关同志的努力下，会议办起来了，迄今已举办了20多次，在科技界产生了很好的影响。最近江泽民主席也对香山科学会议表示关注。这无疑是对我们工作的极大鼓励和鞭策。

《科学前沿与未来》是香山科学会议的评述报告和重要发言的汇编，集各家之言，洋洋洒洒，把这些宏论良策发表出来是希望能引起社会各界，尤其是广大科技工作者的争论和共鸣，从而对当今前沿重大科学问题加深认识乃至对我国科研工作的今后布局产生影响，也希望由此能传播香山科学会议精神，在我国科技界倡导和培育自由、宽松、民主的学术风尚，引导和激励广大科技工作者特别是青年一代勇攀世界科技高峰，为我国的科学研究、技术创新和世界科技进步作出更大的贡献。

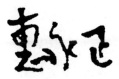

1995年1月6日

目　录

神经信息学中的几个关键问题

童勤业　张　宏

1. 引言

美国 *Science* 杂志 2006 年编辑部文章[1]第一句话（而且是用特别大的字体）是 "COMPUTATIONAL NEUROSCIENCE IS NOW A MATURE FIELD OF RESEARCH"，这句话的意思是：计算神经科学是成熟的研究领域。这句话仅仅局限于神经系统的动力学描述，也许可以这样理解，如果把计算神经科学作为研究神经信息本质问题的手段，那就要另外考虑了。据英国媒体报道，瑞士洛桑联邦工学院科学家、"蓝脑计划"的主管亨利·马克拉姆表示：先进的功能性人造大脑将在 10 年内变成现实。

这两种断言一个是权威杂志发表的、一个是媒体报道的，也许我们不应该把它们放在一起。不管怎样，现在我们来讨论这些断言的正确性。

10 年之内脑内信号过程的真正模型可以解决，这是否意味着现有的知识（数学理论、信息处理理论、物理理论、电子回路理论、系统理论、化学理论等）完全能分析神经信息过程了？现有的人工智能能力远低于人的智能，如果 10 年之内可以解决，则 10 年之内人工智能也一定能达到人的智能。或者说，凭借现有知识我们有可能来构建数学模型，使此模型能描述脑的信息处理过程。这看来是十分困难的。

根据我们的研究，至少有两个问题需要讨论：①不稳定与不确定性；②定量问题。

1.1　不稳定与不确定性

神经系统是个不稳定和不确定的系统，文献［2］第一句话即是：Spike trains are unreliable. "unreliable" 的意思是不可信、不确定等，长期做实验的人也有这种体会。文献［3］引用了很多资料[4~8]，证明在大脑皮层中出现的极不规则的脉冲序列，是不可能用同样的实验来重复得到的，这说明神经脉冲序列的不确定性。

诺贝尔奖获得者埃德尔曼（Gerald M. Edelman）指出[9]："我们已经反复强调，每一个脑的最突出的特点之一是它的个别性（individuality）和多变性（variability）。在脑的所有组织层次上都有这种多变性，这种多变性是如此之大，以至于我们在寻求一种脑活动的物理理论时，不能把它仅仅当成噪声而不予考虑，或是忽略掉……这对于任何一个试图解释脑的总体功能的理论，都是一种极大的挑战……"。他又进一步指出："……这种千差万别使得每一个脑都是独一无二的。这些观察给基于指令和计算机之上的脑模型提出了根本性挑战……"，"脑不是计算机，……有人追求精确的神经编码，而实际上找不到"[9,10]。

应该说Edelman的描述是正确的，正像每个人的指纹不同，每个人的虹膜结构不同，每个人的视网膜血管分布不同，这些不同常被用来作为识别每个人的生物特征，神经网络也应该是不一样的，这也是为大部分生物学家所接受的，这就是结构上的不确定性。不过，Edelman由此所得出的结论和观点是存在争议的。后来有不少专家对他发表种种评论。这就是对不确定性的认识问题。对这一问题不同的观点就有截然不同的理解和办法。

现有的工程技术观点认为不稳定是有害的，他们会想尽一切办法去避免不稳定。可是研究经验告诉我们，这种不稳定和不确定系统具有很大的优越性：

（1）只有不稳定系统才有初值敏感性[11]，有了初值敏感性才能提高神经系统的灵敏性，而且越不稳定系统的灵敏度越高。猫头鹰和人能区分 $5\mu s$ 的时间差[12,13]（一个神经脉冲宽度是 1ms，$5\mu s = 5/1000$ ms），$5\mu s$ 的时间差与传感细胞的灵敏度无关，完全要靠系统的灵敏度来实现。

（2）结构不确定的简并系统[14]将比其中任何子系统都具有更强大的功能（下面将分析简并性）。

（3）不稳定还有更深层次的意义，如脑内"free will"现象的存在[15]、灵感的突然出现、Eccles 的微位理论要成立[16]等，不可缺少的条件是系统的不稳定性。微小的量子效应要影响宏观的系统运动，不可缺少的条件也是系统不稳定。决策的随机性也有不稳定性的作用存在。注意，在稳定系统中不可能出现上述各种现象。

1.2 定量化分析

从目前看，神经元和神经网络的最好模型是 H-H 方程（包括修正和扩展的神经元方程）再加上非线性动力学分析，脑内神经元所发出的各种神经电信号，基本上都可以用非线性动力学来分析和描述，难怪 *Science* 编辑说计算神经科学是一个成熟的领域[1]。可是仔细分析一下会发现，非线性动力学的理论基本上是定性分析理论[17]。

目前的认知科学理论基本上是以模式（pattern）识别、聚类分析、统计、最优化等为基础的，从数学角度看这些方法也主要属于定性分析。

其实神经系统信息过程是定量过程。人和动物靠两耳接收声音的时间差来确定声源方向，它必须是定量的，实验表明，猫头鹰可以区别两耳信号 $5\mu s$ 的时间差[13]。蝙蝠要在灌木丛中区分树枝摆动和飞行小虫，只能靠多普勒效应的差别，要分析多普勒效应大小也只能靠定量分析；高清晰数字图像除了像素要多以外，更需要高位 A/D 变换器；高音质数字音乐也需要高位数 A/D 变换器；人能区分图像是否是高清晰、能区分音乐是否是高质量，说明人的神经系统也是精细定量的；人眼能分清千千万万种颜色，完全靠对红、绿、蓝三种基本颜色敏感性的不同定量比例来决定。姚明要准确投篮球也要靠定量来控制。任何正确的神经信息理论，都必须能解释上述现象。定性理论是很难分析定量过程的。特别是在定量机理不清楚的情况下，随便用定性方法常常会将人引入错误方向。

不稳定系统能定量地、高灵敏地检测小信号吗？不稳定系统能否实现高分辨率定量化？这是一个矛盾。这一矛盾不解决，就很难实现定量研究，也就很难认识神经信息过程。应该说，这也是多年来神经信息研究一直没有很好发展的原因。10 年内这两个问题不解决就不可能真正地得到脑模型。

2. 为什么现在混沌系统没有很好地用于信息系统

非线性理论自 20 世纪 60 年代进入高速发展以来，到现在几近半个世纪了，可是混沌系统应用特别是混沌在信息科学中的应用却很少。混沌电路中有个有名的蔡氏电路（Chua's circuit），该电路的发表引起了人们的极大兴趣，混沌同步和混沌控制发明后[18,19]，更是兴起了混沌用于通信的研究热潮。各种研究文章发表很多，10 年后蔡氏电路发明者还为此写了专门的评论性文章[20]。直到现在又过去了十几年，可是后续研究结果报道就不多了。文献［21］是近期这方面研究的总结性长篇文章，从中也可看出一些动向——这些研究与应用相距甚远。这是什么原因？

混沌系统的特点集中表现在混沌轨道上，混沌系统要应用于信息科学，关键是混沌轨道能否表征信息。可是混沌轨道是不可预测的，而信息是确定的、定量的，这两者的矛盾如何解决？由于这一关键问题长期以来都得不到解决，混沌系统迟迟没有很好地用于信息科学。其实这里的问题与研究脑的问题一样，都是不能正确理解不稳定和不确定问题。其实脑是利用混沌的真正专家。不理解脑的不稳定性问题，也就不可能把混沌用于信息科学。

3. S 空间的引入

对于上述矛盾，S 空间理论是一个较好的解决方法。S 空间理论实际上就是以前我们所提的"序空间"理论[14,22~24]。S 空间理论不是凭空创造出来的，它是基于神经元模型中发现的圆映射规律，有了圆映射就可以用符号动力学理论分析，从而得出了 S 空间的概念。

1）一维 S 空间定义

S 空间是对"实数空间"略作改进。在实数空间中，一条直线代表一维实空间，直线上每一个点表明一个实数，如果有两个不相等的实数 x 和 y，则在实数轴上可用两个点表示，它具有两个特性：

（1）两数一定有大小之分，如 $x>y$（或 $y>x$）；

（2）两点之间的距离 $\| x-y \|$ 是一定的。

S 空间只是把（2）这一条特性去掉，也就是说，距离 $\| x, y \|$ 是不一定的。这就是一维的 S 空间。形象地说，实空间是把坐标轴放在刚体上，而 S 空间是把坐标轴变为橡皮筋，可以任意拉伸。

2）二维 S 空间定义

由两个一维的实数轴构成一个二维实数空间，同样由两个一维的 S 空间构成一个二维的 S 空间。形象地说，二维 S 空间，就是把二维的笛卡儿坐标从刚体上移到弹性膜上来。弹性膜可以在两个方向上自由拉伸。当弹性膜的弹性系数为零时，弹性膜就成为刚体，S 空间重新回到实空间。因此可以说，S 空间是实空间的推广，而实空间是 S 空间的特例。

3）S 空间性质与不确定性

（1）进入 S 空间，实际上是去掉特性（2），已经是从确定性走向不确定性。$x>y$（或 $y>x$）是一个不确定性的指标。因为符合不等式的 x 和 y 有无穷多个。

（2）定理 1　S 空间中所有上升（下降）的单调函数是等价的。

证明

不失一般性，设有如图1的三个单调上升函数 $f_1()$、$f_2()$ 和 $f_3()$。

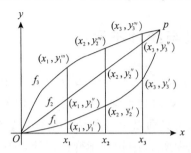

图1 在S空间中，函数 f_1、f_2 和 f_3 被视为同一的

假定存在三个独立自变量有关系

$$x_1 < x_2 < x_3 \tag{1}$$

经函数 $f_1()$ 作用，得关系

$$y'_1 < y'_2 < y'_3 \tag{2}$$

式（1）和式（2）中对应量保持相同排序。$f_2()$、$f_3()$ 也具有同样的性质。在S空间中并不关心三者的绝对差值是多少，只注意这三者之间的大小次序，所以可以认为 $f_1()$、$f_2()$、$f_3()$ 三函数是等效的。$f_1()$、$f_2()$、$f_3()$ 可理解为同一函数在不同的坐标轴拉伸下的变形。

（3）复合函数单调性不变原理。

如有复合函数 $f_1 \cdot f_2 \cdot f_3 \cdot \dots \cdot f_n()$，其中参数任意变化。只要保持每一个单一函数 f_i 单调性不变，则复合函数 $f_1 \cdot f_2 \cdot f_3 \cdot \dots \cdot f_n()$ 的单调性也不变。

4. 脑和神经系统是在 S 空间中进行信息处理

脑是在S空间中进行信息处理的[16]。虽然没有直接证据，但可通过人的行为研究来认识这一点。人脑作为系统，其输入来自所有感觉器官。仔细分析一下，每一器官对外界信号的"检测"都只有一个相对大小。例如，人的视觉并不需要测量每一像素点绝对的亮度，只要知道各像素间的相对灰度大小，就能分清图像的各个层次。听觉也只需分清声音强度和频率的相对大小随时间的变化，就能区分语音。狗能嗅出几公里路以外的气味，也只需反映有或无，无需知道这种气体的绝对浓度。人的所有感觉到的信号都只有在比较中才能区分信号强弱，根本不知道绝对值大小。人的神经系统所接收的信号都是只有相对大小。神经系统就是基于这些相对信号进行信息处理的，由此可以说，神经系统是在 S 空间中进行信息处理的。

5. S 空间中的不变性与统计不变性

目前对于不稳定和不确定系统分析唯一的方法是采用统计方法（当然现在已经发展出很多的统计方法，如统计平均、相关、中心模式理论、聚类分析、参数估计、人工神经网络、模式识别以及各种统计指标，如李亚普诺夫指数、分维数、复杂性指标等），希望从统计中找到不变的规律，追求统计上的不变性。可是 S 空间中的规律一般不符合统计规律。从图 1 就可以知道，三个函数实际上可以任意确定，所以一般它不会符合统计规律，在这样的函数作用下其结果也不符合统计规律。因此可以说：S 空间的不变性和统计不变性是两回事。用 S 空间来处理不确定性，实际上跳出了统计的范畴。

6. S 空间研究进展

按 S 空间理论，建立了很多模型，如嗅觉模型、听觉模型、生物声纳模型[13,22,23]等。这些模型都是用统一的理论建立起来的，都有较高的分辨率。听觉和嗅觉系统从结构上看完全不同，但是信息处理的原理是一致的，只是听觉信号多了时间结构。

7. 对于"简并"的解释

承认神经系统结构上的不确定性，承认每一个脑的结构都是世界上独一无二的，就应该认识到神经回路中存在"简并性"（degeneracy）。否则我们就无法了解神经回路。对于神经系统来说，简并性是指不同结构的神经回路能产生相同的功能，由这些回路所组成的系统称为具有"简并性"系统，Edelman 又把它称为"选择性系统"。在神经系统中，即使在一个脑区中也有大量各种变异的神经回路，只因它们存在简并性，才使该区神经系统能够正常工作。

电子线路可采用相同电路作为备份来提高电路的可靠性，但整个回路功能与单个回路完全一样。神经系统不可能大量复制相同回路，要提高系统的可靠性只能靠简并性，具有简并性的神经回路不仅能提高可靠性，还能大大增加脑的信息处理适应能力。神经系统在处理同一信息时采用简并性，是利用不同回路的共性，但它们还有不同的个性。在不同环境中对同样信息可能有不同的处理要求，对于同一信号的处理目的不同，也会有不同要求，神经系统处理能力的扩大可以在不同回路的个性中体现出来，使神经系统信息处理的适应能力大大提高。人脑的信息处理能力为什么会远超计算机？简并性的存在也许是问题的关键。

"简并性"是量子力学中的概念，Edelman 在《神经达尔文主义》一书中揭示了神经系统中存在简并现象，提出了生物体内从分子一直到免疫系统和神经系统都存在"简并"现象。他的理论被认为是 20 世纪 80 年代以来理论神经科学最重要的进展之一，应该说这一评价是正确的。但是他的理论没有说清楚神经系统中简并的形式和作用。这是这一理论难以发展的根本原因，因此也受到了不少人的质疑，有人曾试图在神经回路上具体地把简并性体现出来，文献［25］具体讨论了运动神经系统简并性神经回路，采用脉冲序列分布模式来分析运动神经输出，这是合理的，因为输出的模式不同，会造成运动肌肉收缩的节律不同，这与神经编码关系不大，易于讨论。要真正分析脑和神经系统的简并性，仅仅分析运动神经是不够的，更重要的是对输入回路、信息处理回路的简并性讨论，这方面的研究还未见报道，因为讨论输入回路的简并性和神经网络内部的简并问题就会涉及信息在神经系统中的编码这一难题。

有了 S 空间编码，就可以讨论"简并"问题了。"简并"可以从两个方面来讨论：①对于某一功能有哪些回路可以实现？也就是怎样的一些回路具有相同功能？②这些回路输出信号如何被综合、简并？下面我们来分别讨论这两个问题，第一个问题直接影响到我们对简并的认识，神经系统中怎样一类神经回路具有相同功能？在整个神经系统中除感受器以外，神经元的兴奋方式就是动作电位，最基本的生理特征是神经脉冲和脉冲序列。按简并的定义，要使不同的神经回路具有同样的功能，就意味着不同神经回路在同样的输入条件下，要有同样的神经脉冲序列输出。而且，随着输入的变化，不同神经回路输出的变化规律要相同。在生物系统中，同样的神经回路，在同样的刺激下其输出已很难保持相同，更不用说不同的神经回路在同样条件下保证有相同的输出。因此，另一种可能解释就是虽然脉冲序列不同，但可以提取相同的特征量，用相同的特征量来保证相同功能。如何提取特征量，就成为涉及神经编码的根本问题。S 空间编码理论[23]可以较好地解释这一问题。

由文献［23］可知，神经脉冲序列是可排序的。因此，不同的神经回路输入、输出的关系可被理解为具有各种各样量的大小的函数关系，输入、输出的变化规律要保证完全相同，意味着输入、输出之间的函数关系（或映射关系）相同，这是很难实现的。从 S 空间看，照定理 1，输入、输出之间只要保持单调性变化规律相同，就可被认为是同一的。要使单调性变化达到一致的网络有很多。因此，我们认为，S 空间编码理论可较好地分析神经回路中的简并性。

不同功能应该有不同的简并回路。这里主要讨论两耳时间差（ITD）的模型，如图 2 所示（详细内容请见文献［14］）。这就是两耳时间差检测简并性回路。n_1，n_2，n_3，…，n_n 和 n'_1，n'_2，n'_3，…，n'_n 分别表示两耳的输入神经元（注：我们先不考虑模拟的声音信号如何变为脉冲序列信号，我们只假定相同声音所对应的脉冲序列相同，声音如果迟到 Δ 时间，则对应的脉冲序列也迟到 Δ 时间）。把 h_i 及 h_i 以上上游细胞直到 n 和 n' 层的细胞连在一起，它就是一个独立的两耳时间差的神经检测回路。图中，H 层中共有 18 个细胞，也就是有 18 个不同结构的神经回路合在一起；D 层表示简并单元层。18 个回路和 D 层组成的系统符合 Edelman 所提出的简并原理[9]，只要保留两耳都有神经元存在，系统中可以任意去掉一些神经元，整个系统功能均保持不变。

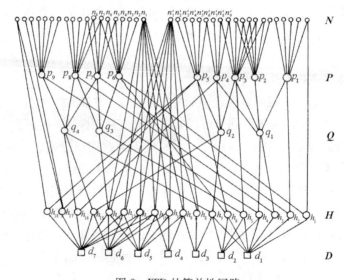

图 2 ITD 的简并性回路

第二个问题是如何被综合、被"简并"。按 Edelman 理论，这 18 个回路是按达尔文选择理论来进行"选择"使用的，所以被称为神经达尔文主义。如果真是这样的话，不用的回路就会逐渐退化而萎缩掉。萎缩后的神经回路就不是简并回路。看来这不符合生物实际。我们的观点是：这十几个回路都在使用。简并方法很简单，只要进行 S 空间加法就行了，D 层细胞都是简并细胞，如何简并 n 个信号，可用式（3）表示。（神经回路如何实现加法将另文讨论）。

$$Y = x_1 + x_2 + x_3 + \cdots + x_n \tag{3}$$

式中，x_1，x_2，x_3，$\cdots$，x_n 表示来自 n 个细胞的输出；Y 表示简并后输出。x_i 为单调向上变量数，则 Y 也是单调向上变量数。在这里任意去掉几个 x_i 不影响 Y 输出，但是 Y 的特性却比任意一个 x_i 都好。因为这些回路都不是线性系统，所以，对输入的灵敏性不会在整个输入信号强弱范围内都是均匀的。当输入的相位差在某一范围内 x_i 灵敏度较低，可能在另一 x_j 处灵敏度较高，则 Y 同样能反映出较高灵敏度。由于 n 较多，则 Y 可以表现出较大范围内的高灵敏度。这也反映出简并系统将优于每一个子系统。

图 2 完全是按理论任意画出的回路，这种回路图还可以画出成千上万张，图 2 中也可以任意去掉一些细胞，不会影响测量的灵敏度。如果我们把大部分细胞都去掉，留下 n_1、n'_1 以及 h_8、h_9、h_{10}、h_{11}、h_{12}、h_{13}、h_{15}，则得到 60 多年来被大家普遍认可的 Jeffress 模型（图 3）[26]。

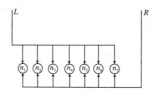

图 3　Jeffress 模型（ITD）

不管 Jeffress 模型是否存在缺陷，至少此模型被很多生物学家所承认，经过了 60 多年后还在研究，而且有文献说它有生物学的根据[27,28]。这是否说明简并回路也是符合生物实际的？更有意思的是，同一回路有两种不同解释，按我们的解释系统灵敏度更高，而且可靠性（冗余度）也比 Jeffress 解释的更高[14]，应该更符合生物实际。

8. 用 S 空间理论分析人工智能

有了 S 空间理论，我们对人工智能的学习方法也就有了不同看法。我们初步做了语音识别分析，现有的语音识别方法，不管方法有多好，总需要有一个语音数据库用于学习。需要大量数据库来进行统计，并从中得到具有"代表性"的特征量或"中心模式"，从而学到所需知识。可是小孩听大人说话或成人学外语，只要能听懂一人说话就能听懂其他人说话，能听懂男人说话就能听懂女人说话。

根据我们初步实验体会，认为人的语音（无论汉语、英语）和文字（无论中文、英文）都是符合 S 空间原理的。也许由于人们已经意识到神经系统是按照 S

空间中的规律工作的,所以语音和文字创造也要符合这一规律,便于辨别。否则人就会听不懂语音或识别不了文字。

每一个人的发音器官结构是一样的,如果有一个正确的数学模型,则所有人的模型应该是一样的,所不同的只是在各人模型的参数上不一样,根据 S 空间中系统单调性不变原理,这些参数的变化不改变每一单元的单调性,则整个输出波形虽然有很大变化,但是,从 S 空间看它没有变,也就是在 S 空间中所取的特征值是不变的。这也可以解释成人学外语不需要大量数据库的原因。其实,根据我们的语音初步实验也能认识到这一点。

9. 高灵敏不稳定的模拟计算机的开发

如果认识到脑是不稳定和不确定的,又承认脑的信息系统是精细定量的,就表明脑是不稳定高灵敏的模拟计算机。现代数字机是不能实现不稳定高灵敏的计算的。搞过计算数学的人都知道,由于数字机是有限位计算的,所以充其量是在有理数范围内工作,而混沌系统等都是工作在实数范围内,有理数只能无限接近实数,但永远代替不了实数。计算机每计算一步就会引入计算误差,这种误差对于稳定系统问题不大,随着轨道计算的延长它还是会趋向稳定点,可是对于不稳定系统,这些误差不仅不会消失反而会被放大,每计算一步,就会加入计算误差,而且这些误差会随着轨道的延长而不断被放大。因此,在数字机中计算出来的混沌轨道,当轨道较长时有专家说它已是"胡说八道"了。我们计算过一个神经元在一串脉冲序列刺激下其输出的脉冲序列(采用 64 位双精度),在输出为二十几个脉冲以后,已经有不可忽略的误差。如果两个神经元串联起来,第二个神经元输出可能只有十几个神经脉冲可信。如果有三个神经串联起来,其输出可能只有几个脉冲可信了。现在国际上有人在计算 10 000 个以上神经元的网络,在现有的通用机上计算看来可信度是让人怀疑的。

按我们的观点:要模拟大规模神经网络,不能用数字机,除非计算位数足够大,否则只能用模拟机实现。模拟机不被重视,主要是由于它的不稳定性。其实脑本身是更加不稳定的系统。如能真正了解脑,知道它是如何解决不稳定和不确定问题的,我们就有可能做出高灵敏、不稳定的模拟计算机。

10. 结束语

综上分析可知,在神经信息研究中要考虑神经系统的不稳定性和不确定性,同时也要考虑到神经信息的定量特性，这两者看来是有矛盾的，但又是生物实际。这是一个观念问题。它至少向我们提出了这样一个问题：人们要从追求稳定的确定性的线性观点向以不稳定和不确定为特征的非线性观点转变。解决了这一问题，神经信息研究才能有所突破。S 空间是在这样的情况下提出的，它可用来解决这一矛盾。但是，S 空间理论是很初步的。

有了 S 空间的思想就更能理解 Prigogine 的观点：我们正处在科学史中的一个转折点上。我们走到了伽利略和牛顿所开辟的道路的尽头，他们给我们描绘了一个时间可逆的确定性宇宙的图景，我们现在却看到确定性的腐朽和物理学定律新表述的诞生[29]。

参 考 资 料

[1] Stern P, Travis J. Of bytes and brains. Science, 2006, 314 (6): 75

[2] Houghton C. Studying spike trains using a van Rossum metric with a synapse—like filter. J Comput Neurosci, 2009, 26: 149-155

[3] Banerjee A. On the sensitive dependence on initial conditions of the dynamics of networks of spiking neurons. J Comput Neurosci, 2006, 20: 321-348

[4] Tomko G, Crapper D. Neuronal variability: non-stationary responses to identical visual stimuli. Brain Res, 1974, 79: 405-418

[5] Burns B D, Webb A C. The spontaneous activity of neurones in the cat's cerebral cortex. Proc R Soc London, B, 1976, 194: 211-233

[6] Tolhurst D J, Movshon J A, Dean A F. The statistical reliability of signals in single neurons in cat and monkey visual cortex. Vision Res, 1983, 23: 775-785

[7] Snowden R J, Treue S, Andersen R A. The response of neurons in areas V1 and MT of the alert rhesus monkey to moving random dot patterns. Exp Brain Res, 1992, 88: 389-400

[8] Britten K H, Shadlen M N, Newsome W T, et al. Responses of neurons in macaque MT to stochastic motion signals. Visual Neurosci, 1993, 10: 1157-1169

[9] Edelman G M. A Universe of Consciousness. New York: Basic Books, 2000

[10] Edelman G M. Neural Darwinism. New York: Basic Books, 1987

[11] Banerjee A. On the sensitive dependence on initial conditions of the dynamics of networks of spiking neurons. J Comput Neurosci, 2006, 20: 321-348

[12] 尼克尔斯 J G, 马 J A R, 华莱士 B G, 等. 神经生物学——从神经元到脑. 杨雄里, 等译. 北京: 科学出版社, 2003

[13] Konishi M. Listening with two ears. Sci Am, 1993, 268 (4): 34-41

[14] 张宏, 刘淑芳, 钱鸣奇, 等. 神经系统的简并性与序空间编码分析. 物理学报, 2009, 85 (10): 7322-7329

[15] Hong F T. Towards physical dynamic tolerance: an approach to resolve the conflict between free will and physical determinism. BioSystems, 2003, 68: 85-105

［16］Eccles J C. 脑的进化——自我意识的创新. 上海：上海科技教育出版社，2005

［17］Izhikevich E M. Neural excitability, spiking and bursting. Int J Bifurcat Chaos, 2000, 10（6）：1171-1266

［18］Ott E, Grebogi C, Yorke J A. Controlling chaos. Phys Rev Lett, 1990, 64（11）：1196-1199

［19］Pecora L M, Carroll T L. Synchronization in chaotic systems. Phys Rev Lett, 1990, 64（8）：821-824

［20］Chua L O. Chua's circuit 10 years later. Int J Cir Theo Appl, 1994, 22：279-305

［21］Bilotta E, Di Blasi G, Stranges F, et al. A gallery of Chua's attractors. Part VI, Int J Bifur Chaos, 2007, 6（17）：1801-1910

［22］张宏，方路平，童勤业. 海豚等动物神经系统处理多普勒效应的一种可能性方案. 物理学报，2007，56（12）：7339-7345

［23］童勤业，钱鸣奇，李绪，等. 嗅觉神经系统脉冲编码的机理研究. 中国科学 E·信息科学，2006，36（4）：449-466

［24］张宏，莫珏，童勤业. 海豚的神经系统是如何利用声波定向的. 生物物理学报，2007，23（6）：455-462

［25］Chiel H J, Beer R D, Gallagher J C. Evolution and analysis of model CPGs for walking：I. dynamical modules. J Comput Neurosci, 1999 7（2）：99-118

［26］Jeffress L. A place theory of sound localization. J Comp Physiol Psych, 1948, 61：468-486

［27］Carr C E, Konishi M. A circuit for detection of interaural time differences in the brain stem of the barn owl. J Neurosci, 1990, 70（10）：3227-3246

［28］McAlpine D, Grothe B. Sound localization and delay lines—do mammals fit the model. Trends Neuro sci, 2003, 26（7）：347-350

［29］伊·普利高津. 确定性的终结. 上海：上海科技教育出版社，1999

作者简介

童勤业、张　宏，浙江大学。

计算神经科学的现状、机遇与挑战

吴　思　梁培基　任　维　陶乐天　张丽清　张　涛

1. 什么是计算神经科学

计算神经科学是国际上最近才迅猛发展起来的有关神经系统功能研究的一门新的交叉学科。神经系统是宇宙中最复杂的系统之一。虽然现在人们对神经系统已经有了很多了解，但是，神经系统的复杂性使得没有哪一种单独的方法可以用来研究神经系统功能组织和实现所有的方面。每一种方法都有它的局限性，只有把各种方法取得的结果综合起来，我们才能对神经系统有比较全面的、符合实际的认识。使事情更复杂的是，神经系统在结构上有着诸多层次，每个层次都是由下一个层次的许多单元通过相互联系组成的，并且表现出下一个层次的单元本身所不具备的某些突现性质。因此，对不同的层次有不同的研究手段。粗略地说，我们可以把这些层次分成宏观的层次、介观的层次和微观的层次。这些不同层次的相关研究方法包括：膜片钳记录、微电极细胞内或细胞外记录（微观层次）、场电位记录、光学成像（介观层次），脑功能成像、脑电图、脑磁图、行为和病理观察（宏观层次），以及包括建模和仿真在内的计算神经生物学方法。基于各种结构层次的建模和仿真是把不同层次的知识联系起来的有效方法。

自然科学领域中，任何一门学科的发展都遵循由定性到定量、由描述到实验、由实验到理论的发展道路。在具体开展研究时，理论上的考虑和假设的提出是极其重要的一环，然后设计和开展实验，获得数据和结果，再与原始假设进行比较，进行修改和调整。如果原始假设考虑能用理论模型表达，就可以进行数值预测和推论，就更接近理想状态了。如果实验结果可以用一组数学模型来描述，就可以深入到事物的本质，理论上达到更高境界。因此，理论和实验是科学的两翼，不能偏废。如能相互促进和提高，就能推动科学更快发展。计算神经科学正是在这样的规律之下，逐渐发展成为神经科学的一个分支。在国际上，除了有专门的学术期刊（如 *J. Computational Neuroscience*，*Neural Computation* 等）来发表有关研究结果，*Nature*，*Science*，*PNAS*，*Neuron*，*Nature Neuroscience*，*J. Neuroscience* 等重要杂志也有较大量篇幅报道计算神经科学方面的研究进展。

此外，以 MIT 出版社出版的"*Computational Neuroscience*"系列丛书为例，在过去的十多年中，已出版了 20 多种专著。

另外，神经系统是亿万年剧烈的生存竞争的产物，它在信息处理的方式和原理方面、控制调节机体的活动方面，积累了许多优点。人类进入信息时代还不到半个世纪，虽然电子计算机的运算速度可达每秒万亿次，但感知能力、学习能力、适应能力等方面，都远落后于动物的神经系统，所以搞清楚神经系统的工作原理，把它应用于人工智能、机器人和计算机设计是大有前途的。Marr 的视觉计算理论对工程技术的发展，产生了极大的理论指导作用。而神经仿生和神经工程等应用科学对神经科学的理论模型研究提出了迫切要求。此外，有关神经信息处理的研究，不仅对认识神经系统工作机制、发展人工智能而言至关重要，而且对临床康复而言，亦具有非常重要的意义。许多视觉缺失和听觉缺失者之所以看不见和听不见，并不是由于他们的大脑丧失了这些功能，而仅仅是由于他们的感受部分出了问题，不能把外界信息传递到大脑。如果通过特定的脑机接口把外界刺激转换成适当的电刺激传递到大脑，那么残疾人还是有可能对外界刺激作出类似健康人的响应，这就是所谓的感觉替代。问题的关键是要了解神经编码，即了解正常感官是如何编码感觉刺激并向大脑传输的。目前应用最广、技术相对比较成熟的是电子耳蜗，而视觉假体的研究也已经起步。感觉替代既可以像电子耳蜗一样是同一种模态的替代，也可以用不同模态进行替代，如用触觉替代视觉的触觉-视觉替代，还有听觉-视觉替代、触觉-平衡觉替代等。脑机接口的临床应用除了感觉替代之外，还有用于因中风或神经退行性病变造成的全身麻痹以及因意外事故造成的脊瘫，从这类病人的头皮脑电或者皮层埋藏电极中引出的多导神经脉冲序列或局域场电位可以控制假肢或者操作计算机等外界设备。研究者发现，初级运动皮层中的神经元对产生肢体运动方向只有很粗略的调谐，因此，为了精确预测肢体的运动方向，需要对大量神经元的活动求它们的矢量和。这就意味着，为了得出控制人工装置的运动信号，需要同时记录许多神经元的活动，并设计出从这样的群体活动中抽提出运动控制信号的算法。由于皮层的可塑性，电极阵列位置不需要十分精确。随着超大规模集成电路的飞速发展，现在已经有望研制出能实时处理这些信号的芯片，并将其植入体内。最困难的问题是要实时地从这些信号中提取出运动信息。目前人们正尝试用判别分析、多元线性回归、人工神经网络等方法实现这一目标。

由此可见，基于对大脑信息处理过程的研究，已经发展出像神经工程（包括脑机接口、感觉代偿、运动控制、脑信号处理等）、神经计算机、智能化机器人的诊断和治疗这样一些新的研究和应用领域。神经信息处理的研究正在多层次、

多方位地全面向前拓展。

2. 国内外计算神经科学发展的现状

    计算神经科学近年在国际上越来越受到重视，并得到了各国政府的大量资助，取得了快速的发展。很多专注于计算神经科学的研究所或者学术中心纷纷建立，比较著名的有：英国伦敦大学的 Gatsby Computational Neuroscience Unit，日本理化学研究院脑科学所的四个理论实验室，美国哥伦比亚大学的 Theoretical Neuroscience Center、麻省理工学院的 Department of Brain and Cognitive Science 以及散布在美国大学中的 11 个 Swartz Centers of Theoretical Neurobiology（在哈佛、普林斯顿、耶鲁等）。德国最近也建立了四个 Bernstein Centers of Computational Neuroscience。另外，国际上还定期举办各类短期课程（知名的有美国 Woods Hole 的 Marine Biological Laboratory，日本冲绳以及欧洲的计算神经科学课程）来训练有潜力的学生进入这个领域。

    相比于西方发达国家，中国计算神经科学的发展还相当落后。这既有历史因素，也有中国科学还处于成长期的原因。但是，中国计算神经科学的萌芽却可以追溯到 1959 年贝时璋院士在新成立的中国科学院生物物理所组建的一个以郑竺英为带头人的理论研究小组。这个小组的研究集中在生物控制论，他们发表了中国内地有关计算神经科学的一些最早的论文。在 1964 年，这个研究小组扩充建立了仿生学实验室，研究重点也转向了视觉信息处理。可惜的是，由于"文化大革命"的原因，计算神经科学在中国的发展处于几乎停滞的状态。直到 1979 年，一个新的隶属于中国自动化学会的专业委员会，即生物控制和生物科学工程委员会的成立，才标志着计算神经科学在中国重新开始。在 1995 年，中国神经科学学会成立了计算神经科学专业委员会，这个委员会随后成为该领域的主要专业性组织。

    在国家自然科学基金、国家"973"和"863"等各项基金的资助下，目前我国已经有越来越多的科研工作者进入计算神经科学这一交叉学科研究领域，他们散布在全国各大学和研究所，研究方向覆盖了计算神经科学的多个分支，而且在神经信息的编码机制、学习及记忆的神经网络理论、视觉、嗅觉及听觉系统的计算理论、神经计算在人工智能中的应用等领域已经形成具有较强优势的研究团队。但是，在神经信息的动态传输和神经网络连接的优化激励、大尺度神经网络的计算机模拟、简单模式动物的神经系统等方面的研究力量还很薄弱。

    相对于科技发达国家和地区，如美国、英国、日本和欧洲，中国计算神经科学还很落后。这体现在如下几个方面：

（1）在领域内的科学家数目还非常少，没有形成较大规模的研究中心或团体；

（2）在领域内还缺乏国际级的领军人物，所发表的论文受到的关注度还较小；

（3）计算和实验神经科学家之间的有效合作有待提高；

（4）国家对该领域的投入还太少，目前还没有专门面向计算神经科学的大的科研项目（如"973"计划或"863"计划）。交叉学科的发展往往需要更多的投入，现有评估体系在很大程度上抑制了学科交叉和人才培养。

但是困难往往也孕育着机遇。计算神经科学是一个很年轻的学科，这意味着通过中国科学家的努力，我们也可能在较短时间内达到国际先进水平。最近一段时间里中国科学界的一些可喜变化也表明中国计算神经科学的发展也有自身的优势。这包括：

（1）国家加大了对基础科学的支持；

（2）越来越多在海外工作或受训的学者回到了中国，已逐渐形成一些好的科研群体，加强了研究力量，并使合作与交流变得可能；

（3）中国有大量的研究人工智能的学者（人数不少于欧美），在合适的政策引导下，这些具有很强数理背景的学者能很快进入计算神经科学领域，作出应有的贡献；

（4）国内的大学每年都会培养出数以万计具有很强数理背景的大学生，他们都是发展计算神经科学的重要资源；

（5）实验神经科学近年来在中国（如中国科学院的神经科学研究所、生物物理研究所、昆明动物研究所，以及北京大学、复旦大学、中国科技大学和北京师范大学等高校）取得快速发展，实验科学的迅猛发展形成对分析计算方法的需求，这为计算神经科学的发展提供了坚实的基础。

当然，机遇也意味着挑战。要发展计算神经科学这个领域，中国科学界需要用科学发展的态度加大对该领域的支持，如：

（1）成立较大规模的专注于计算神经科学的研究中心；

（2）增加科研经费，增加科研项目，引导更多的中国学者和学生进入该领域；

（3）由于计算神经科学是一个新的高度交叉的学科，对该领域人才的培养不能仅仅依赖于传统的大学教育，还需要专门的强化训练。在这方面，欧美经常组织从几星期到几个月不等的讲习班、短期课程，训练学生（通常是数理背景的研

究生、博士生或博士后）快速进入该领域。我们也可以借鉴这些经验。

3. 优先发展领域与重大研究领域

当前国际上计算神经科学的研究几乎覆盖了神经系统功能和行为的各个层面，既有基于生物现象的抽象的原理探讨，也有针对于特定脑区或系统的细致的模型研究。下面我们选出其中的若干个研究方向作为中国在未来 10 年内可能的重点发展领域。这些方向的选择是基于如下的原则：

（1）它们是当前或不久的将来国际研究的热点；

（2）它们探讨的问题是对我们了解脑功能具有一般意义的重大问题；

（3）它们到目前都没有很明确的答案，但是在未来 10 年内，有可能取得重大的突破；

（4）国内在这些研究领域有一定的工作基础。但是，我们仍然应谨慎地避免触及一些虽然非常重要但是不太有把握的问题，如意识和情感的研究，因为我们不能确定在未来 10 年内，实验和理论方法是否足以让这方面的研究取得突破。

这些领域包括：①神经信息的编码机制；②学习、记忆及信息储存的神经网络机制研究；③感觉系统及不同感觉模式之间信息整合的计算理论；④简单模式动物的神经系统研究；⑤大尺度神经元网络的计算特性；⑥高级认知行为的计算模型；⑦脑功能研究中的数据分析和算法；⑧人工智能研究中的计算神经科学。

作者简介

吴　思，中国科学院神经科学研究所。

梁培基，上海交通大学。

任　维，陕西师范大学。

陶乐天，北京大学。

张丽清，上海交通大学。

张　涛，南开大学。

生命系统电磁现象及电磁对生命系统的作用若干问题的探讨

董秀珍　　俞梦孙

从电磁的侧面观察研究生命的特征，利用电磁原理研究生命的信息并且探讨外加人工电磁场对生命的影响、调理和干预的功能，就构成了"生命系统电磁现象及电磁对生命系统作用"这一主题。

1. 现代"生命系统与电磁"主要研究领域的梳理与探讨

1.1　生命的电磁特性基础

电磁现象是生命活动的一个基本过程，它与机体生理活动密切相关，与组织和细胞的代谢也紧密联系在一起。研究生物电磁的活动特性与规律，可以了解生命的规律，揭示生命的奥秘。

1.1.1　生命的电磁源特性

我们把伴随着生命活动而产生电磁场的特性叫做生命的电磁源特性。

1）研究进展

a. 生命电源特性研究

1780 年意大利科学家 Galvani 发现生物电，19 世纪上半叶 Matteucci 发现一切正在收缩的肌肉都产生肌肉电流，德国 Reymond 等提出了"动作电位"的概念。1887 年法国 Waller 记录下历史上第一幅人类的心电图，1928 年德国 Berger 记录到脑电流信号之后，生物电的发现引导生命电活动的研究取得了重要进展并在临床诊断中得到了广泛的应用。从此对人体电活动的研究进入了高峰，取得了一系列成果。

生物电研究历史较长、内容很丰富，当前的研究中大家关注较多的是逆问题的研究。主要体现在：①心电逆问题研究；②脑电逆问题的研究。逆问题研究的

一个重要问题是如何克服病态性。

b. 生命磁源特性研究

生物电概念提出数年后 Franz 提出"生物磁"的概念。当前主要研究的是：

（1）心磁的研究。1962 年 Baule 与 McFee 成功地利用梯度仪首先记录出人体心脏磁场，1970 年 Cohen 等采用带有超导量子干涉装置的磁力计记录了心磁图（MCG）。

（2）脑磁的研究。Cohen 于 1969 年首次记录到脑的节律磁图（MEG）。

研究认为心电图（ECG）和脑磁图（EEG）所测量的是体电流，MCG 和 MEG 测量的是与细胞内电流相关的磁场分布，所以 MCG 和 MEG 被认为比 ECG 和 EEG 更为敏感与准确，具有许多明显的优势。但问题是 MCG 和 MEG 的记录都需要使用超导技术，设备复杂昂贵，使用不方便，在临床应用研究积累不足，因此 MCG 和 MEG 的测量与应用还处于初级阶段。

c. 生命电磁场研究

生命过程中必然产生电磁场。1950 年德国傅尔 Voll 研究发现，人体有"电磁场"并分布在每个细胞内外之间，其振荡频率很低，可从皮肤测出人体"电磁场"的变化。他发现测量人身上"电磁场"变化的"路线图"与两千年前中国人绘制的"经络图"几乎一样，于是他发明了"傅尔电针"，但不完善，其系统仪器操作的"人为误差"较大，至今一直未能突破，褒贬不一。

华裔俄罗斯科学家姜堪政提出，一切生物体在其生命过程中发射电磁波，即电磁场，或称生物场，该场载有该生物体生命活动的信息，能向生物体外传播，并能使该生物场所及范围内的其他生物体受其影响发生形态及功能上的变化。他发明了接收、反射、传递生物微波的装置，称为场导舱，并应用该场导舱使人接收载有信息的植物幼苗发射的生物电磁波，成功地获得了使人体向着年轻化方向变化的效应。但是相关研究不够深入。

2）分析与讨论

a. 论文发表分析

我们仅从 IOP（英国物理学会）和 IEEE（美国电气与电子工程师学会）两类数据库进行检索分析（虽然不全面，但有一定代表性）。

如图 1 所示，关于生命电磁特性的研究不太活跃、论文也较少；关于磁特性的研究在近 5 年相对活跃、论文较多。

如图 2 所示，关于生命电磁逆问题的研究比较活跃，生命磁逆问题的研究比较少。有关生命产生电磁波（场）的论文 1977 年以后共 13 篇。

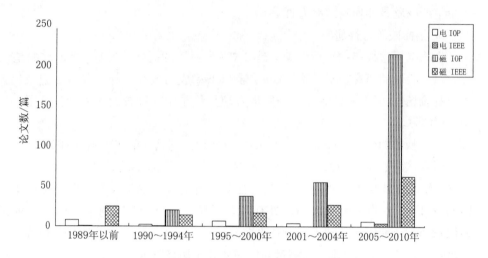

图1 与生命产生电磁特性相关的论文数量

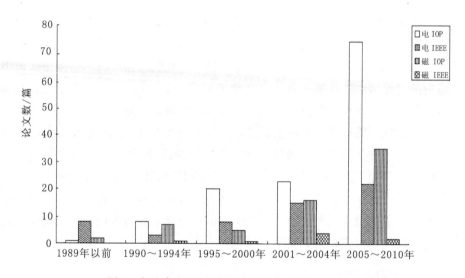

图2 与生命电磁逆问题相关的论文数量

b. 建议关注的问题

在以上分析的基础上建议关注：

（1）生命电产生的机理，特别是脑电活动产生的机理与传输机理；

（2）生命电磁活动逆问题：在建模方法学方面已经投入了很多力量，但是需要关注基础问题生命电磁传播介质（人体组织）的介电特性与磁特性的研究；

（3）生命过程产生的电磁场信息的检测方法和应用——不是热点，但是需要深入研究；

（4）生命电磁波对其他生命的影响研究。

1.1.2 生命组织对电磁场响应的基本特性

生命过程存在电磁场，同时生命系统对外加电磁场也有相应的反应，如何度量这种特性，需要相关的基础研究。

1）研究进展

a. 生命（生物）组织的介电特性

生物组织的介电特性是生物物质的被动电性能，是组织对外加电磁场的响应特性的基础。生物组织介电性能通常用介电常数 ε 和电导率 σ 随频率变化的介电谱来表示。1871 年，德国 Hermann 发现生物组织具有电阻抗特性。但一直到 20 世纪 60 年代以前，介电性并没有引起很大的关注。随着科技的发展，由于各种各样电器的广泛应用而引发的电磁安全问题日益突出，还由于各种生物电源定位和功能成像逆问题，在 80 年代后，人体介电特性研究开始受到关注。

b. 生物组织磁特性

反映生物组织磁特性的一个重要参数是磁化率。磁化率是表示一个原子在外加磁场作用下的磁感应强度。生物组织的磁化率是生物组织中大量不同原子磁化率的累加。生物组织的磁化率的研究很少。

2）分析与讨论

a. 论文发表分析

关于介电特性研究不是研究的热点，国内外有少量、非系统化的研究。总体关注的比较少，如图 3 所示，IEEE 论文相对较多，IOP 论文相对较少，说明基本方法学与基础参数研究薄弱。关于磁特性研究的论文更少。

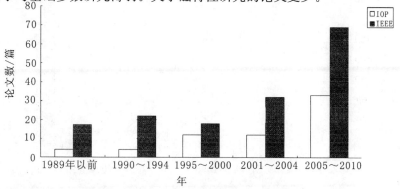

图 3　与生物介电特性相关的论文数量

b. 建议关注的问题

根据论文发表情况和科学研究与社会发展的需求，希望给予生命组织介电特性研究更多的关注。因为生命组织的介电特性是很多研究的重要基础，由于受各种因素的限制，目前研究大部分从动物的离体组织入手，其中英国 Gabriel 的研究最具代表性，他比较系统地研究了绵羊主要组织和部分人尸体组织的介电特性。意大利应用物理学会根据 Gabriel 的研究结果建立了网站，可推算 55 种人体组织介电特性数据，成为相关研究的重要参考和依据，但是中国人民解放军第四军医大学的研究显示，这些介电特性数据与真实活性组织的介电特性有很大差别。

而生物（生命）组织基本特性的研究是一个难点，需要起步和突破。

1.2 利用电磁原理获取生命信息的研究

有关生命信息可分为两大类：其一是对生命源特性的获取，其二是利用其他能量激发得到生命的相关信息。

1.2.1 生理系统物理信息的获取与应用研究

1) 研究进展

生命运行的生理系统主要由循环、神经、消化、呼吸、泌尿等系统组成。从18 世纪发现生物电、心电、脑电、血管压力以来到 20 世纪，围绕着人类生命主要生理系统运行状态的物理信息研究已经取得很大进展，心电、血压、脉搏、血氧饱和度、脑电、诱发电位、呼吸、体温等参数的获取与分析研究已经日趋成熟。目前主要研究状况如下所述。

a. 生理信号的精确提取与分析——各种信号处理技术的应用是热点研究

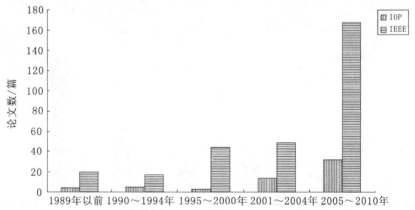

图 4　与生理信号检测及处理相关的论文数量

如图 4 所示，近年来将各种新的信号处理技术用到各类生理信号的检测处理中是一个热点领域，IEEE 发表的信号处理方法学研究较多。

b. 无约束的信息获取

传统的生理信号获取大都是使用与人体紧密接触的电极、传感器，被测对象在有负荷（形体、心理）状态下，会使测量结果受到影响。我国首先是俞梦孙院士在 15 年前提出应在无负荷状态下测量生理信号，并率先研究了能测量心率、呼吸等生理信号的床垫，国外近 10 年才有报道，如 2005 年韩国才有关于无约束测量床垫研究的报道。

另外，非接触生理信号测量主要有生物雷达研究和红外测量等。由图 5 可见，这方面的研究不是热点。

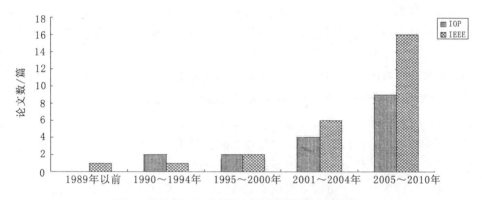

图 5　无约束（含非接触）生理测量的论文数量

c. 以多生理参数为基础的生命状态评估（以健康为中心）

把以疾病为中心的生理参数检测分析报警转变为以体健康为中心的检测分析是当前应重视的问题。我国俞梦孙院士在国内首先提出健康生理状态评估，但目前研究的力量薄弱。

关于健康生理状态评估的论文 IOP 与 IEEE 都没有，有关睡眠状态评估的论文数量很少，且是近年才开始。

2）分析与讨论

无约束、远距离的信息获取是生物电磁领域研究的一个新的重要分支，在健康领域和灾害救治、临床医学方面都有很大的优势。

以生命状态为中心研究多参数的信息检测、监测与评估是适应医学模式变革的研究方向，应引起我们的关注。

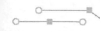

1.2.2 生命系统结构和功能主要信息获取与应用研究

1895 年 12 月，德国物理学家 Röntgen 发现了 X 射线并为其夫人的手拍摄了第一张能显示内部骨结构的 X 线照片，拉开了人体内部结构成像的序幕，到 20 世纪该领域取得了很大进展，例如，X 拍片、X-CT、MRI、超声成像等形态结构成像，γ 照相、SPECT、PET、FMRI 等功能成像。20 世纪末又开始了各种新型电磁成像技术的研究。

1）研究进展

a. 以生命体内介电特性分布为成像目标的新型电磁功能成像研究

这类成像是根据人体内不同组织具有不同的介电特性、同一组织在不同的生理、病理状态下具有不同的介电特性的原理。由于不使用核素或射线，对人体无害，可以多次成像，重复使用，速度快，具有功能成像等特点，加之其成本低廉，不要求特殊的工作环境等，因而是一种具有诱人应用前景的无损伤医学成像技术，迅速成为研究热点。主要有以下 5 个研究方向。

（1）电阻抗断层成像。自 20 世纪 80 年代以来，在电磁场基础、激励测量模式、成像算法等方面研究很多，但是真正能实际成像的不多。因颅骨电阻率高导致脑部成像困难，仅有少数小组研究脑电阻抗断层成像。国内第四军医大学、重庆大学、天津大学等小组近年来一直坚持研究，突破脑颅骨成像的难题，并提出床旁实时动态图像监测，形成以脑部、腹部、肺部连续实时动态图像监测的研究特色，有望经过进一步研究形成实用技术，并且开拓了图像实时监测研究新领域。

（2）电阻抗扫描成像。国外以以色列为代表的几个小组开始研究，瞄准乳腺癌检测，已经拿出样机进入临床研究。国内仅有第四军医大学开展研究，同样以检测乳腺癌为主要目标，现在完成了便携式 25 帧/s 的乳腺癌检测系统。

（3）磁感应电阻抗成像。是利用电磁感应原理，通过测量生物组织的感应磁场，根据重构算法来表现被测组织电阻（导）率分布的一种成像方法。但是磁感应测量的精度问题是个难点，目前在这一关键问题上还没有突破。我国重庆大学、第四军医大学、中国科学院正在进行研究。

（4）核磁电阻抗成像。利用 MRI 将电流密度成像与电阻抗断层成像相结合，是一种无创式静态电阻抗成像的新方法，理论上能够获得较高分辨率和精确性的生物电阻抗图像。主要问题首先是成像方式，如何克服成像目标的旋转；其次是激励和数据采集方式的优化。还有注入电流的安全问题，我国有中国科学院、浙江大学的两个研究小组进行研究。

（5）感应式磁声医用成像。美国 Bin He 等在近年提出了一种感应式磁声成像方法，能对生物组织进行深层次的成像。目前处于起步阶段。国内跟踪较快，已经有中国科学院、浙江大学等单位启动研究。

b. 微波成像研究

1978 年以后美国、西班牙、英国、意大利、法国等国家都有研究。我国研究得较少，四川大学、华东师范大学进行了相关研究。但大多仍停留在实验室研究阶段，其主要困难在于微波波长与被测生物体尺寸接近，衍射作用明显，算法复杂，更主要的困难是组织结构差别很大的散射体所产生的体外散射场却相差很小。近年来开始的微波激励热声成像的探索是一种利用脉冲调制的微波照射生物组织来激发热声信号的断层成像技术。20 世纪 90 年代之后，美国与俄罗斯等研究小组分别对微波热声成像进行了大量研究，总体还处于初期阶段。国内个别小组进行了探索研究。

c. THz 检测与成像——开始探索的研究

THz 波段位于毫米波和红外线之间，曾被称为"THz 空白"，近几年来取得了许多进展，成为一个引人注意的前沿领域。其特点是，物质的 THz 谱含有丰富的物理和化学信息。与红外和可见光相比，THz 波对许多非极性材料具有很好的穿透性；与 X 射线相比 THz 波的光子能量很低，不会对生物组织产生有害的电离效应；与微波相比，THz 的波长更短，可以获得更高的空间分辨率。通过分析 THz 脉冲的振幅和相位，可以得到生物样品的实时 THz 光谱信息，能提供三维的层析成像。THz 由于容易被生物体内水分吸收，所以主要适合生物体表面结构成像，如牙齿、皮肤。

d. 超宽谱生物雷达成像

多天线超宽谱生物雷达成像是近年才开始的隔一定距离和障碍物探测的成像技术，也是一种军方十分关注的技术。其特点是可成像探测、能辨别多目标、穿透能力强、制造成本高，也是一个研究热点。目前公开发表的论文很少。

2）分析与讨论

a. 各种新型电磁成像研究的比较

各种新型电磁功能成像相关的论文发表情况如图 6 所示。

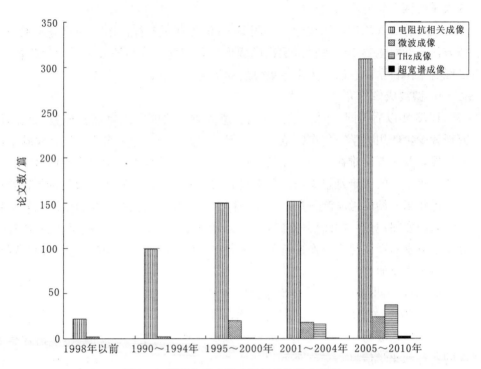

图6 与新型电磁功能成像相关的论文数量

可以看出，在新型电磁功能成像中与介电特性相关的成像是研究热点，THz检测成像是21世纪新兴的研究方向，超宽谱成像也是新兴方向，但多为军事机密，发表的论文很少。

b. 介电特性相关成像领域各方向的比较

通过图7可以看出，电阻抗断层成像从20世纪末到现在呈上升趋势，总量最多，另外，欧洲专利分析显示申请专利数量在不断增加。并由大学向其企业过渡，说明企业对该领域的前景看好。国外没有连续实时动态图像监护的论文和专利，国内外都争取在电阻抗断层成像方向有所突破。在图像监护方面我国独具特色，到目前尚无EIT图像监护的专利，也没有EIT相关技术的产品正式进入市场。

磁感应成像与核磁电阻抗成像从2001年后开始呈逐步上升趋势，总量较少；电阻抗扫描成像论文较少，以公司研究为主体，针对乳腺癌检测；磁声电阻抗成像是最近5年才开始的新型研究方向。

c. 关于新型电磁成像研究的建议

重视电阻抗成像这一热点领域：在我国现有特色——动态图像检测方面加强

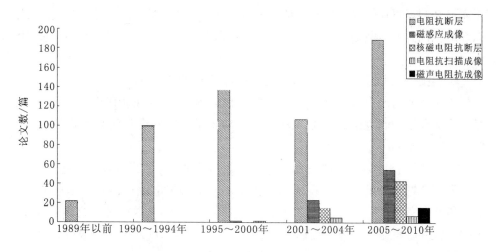

图7　与各种生物介电成像相关的论文数量

力量争取为医疗器械产业提供原创性技术和新技术，争取在生物医学原理方法方面有新的突破。

在电阻抗扫描成像、磁感应电阻抗成像、核磁电阻抗断层成像等方面我国研究与国外总体处在同一个水平，也要争取有自己的特色；注意加强新兴磁声成像的研究，争取有所突破。

注意启动 THz 检测成像技术，与国外同步，并争取有所作为。在超宽谱成像研究方面组织力量，不要落后于国际水平。

1.3　生命状态的电磁场调理与干预

1.3.1　人为电磁场对生命的影响——电磁场生物效应研究

1）研究进展

随着科技的进步和城市化的加剧电磁场更是渗入到每个人的身边。只有明确了电磁场对健康的影响和剂量关系，才有可能指导建立城市电磁环境功能区域划分、电磁辐射环境质量评价体系和防护措施。关于这一问题的研究方向主要有以下几个方面。

a. 流行病学调查——最直接，但难以控制的研究

电磁场的生物效应最早源于流行病学调查。各国学者都作过相关的研究，但难以得出明确结论。目前流行病学研究的问题是电磁场暴露人群分类困难，对照人群难以确定；人群的电磁场暴露剂量不容易正确测定；由于环境电磁场影响而表达健康影响的周期长，且相应的干扰因素多，没有确定的与损伤相关的电磁场

暴露参数和观察指标等，使研究结果可信度难以保证。目前比较公认的是开展前瞻性的队列研究，但是这种研究周期长、耗资大，只有欧洲正在实施中，我国没有立项。

b. 电磁场生物效应动物实验研究，没有确定的结果

电磁场暴露动物实验没有得到一致的证据，自发肿瘤实验研究，极低频电磁场暴露对移植肿瘤危险的研究，极低频电磁场暴露在联合致癌模型的影响研究等，没有确定的结论。

c. 微观层次的研究（细胞和基因）较多，但缺少与系统的对应研究

研究者做了大量的细胞在体和离体实验，来研究电磁辐射对细胞层面的影响，借此来考察电磁辐射的生物效应。人们通过对低频电磁辐射，尤其是工频辐射的细胞实验研究，发现电磁辐射对细胞以及细胞内部可产生多种效应。也有研究发现电磁场辐射并不会影响细胞的生物电活动。

d. 生物电磁剂量学的研究

电磁剂量学是生物学效应研究的基础，科学合理的剂量学应该既能反映出电磁波被生物体"吸收"的特性，又能反映出被吸收的量在生物体内"分布"的特性。主要进展是定义了"比吸收率"即 SAR 这一概念，并将其作为剂量学量；探索通过测量生物仿真模型内的相关物理量而获得 SAR 的实验剂量学方法，但是物理结构模型制作难度大；研究了理论剂量学方法：用计算机对生物体仿真，再将其归结为相应的电磁边值问题进行求解以获得 SAR 的方法，三维重建得到人体结构模型进行计算机仿真已成为可能，但需要各生物组织在任意频率下的介电常数和电导率。

2）分析与讨论

a. 论文发表分析

如图 8 所示，关于电磁场生物效应的论文在相应的医学论文数据库中很多，但是 IOP 和 IEEE 两个数据库的论文都不多，说明关于电磁场生物效应的物理工程方法学研究很少，以生物学实验为主。

b. 分析与建议

电磁场生物效应研究的困难之一是缺少新的交叉方法学研究的突破，即如何将生物学实验与物理学的分析计算结合建立新的方法学，困难之二是缺少生命组织的基本介电特性，无法建立准确的模型。

建议：第一应重视生物电磁剂量方法学研究，力争从理论剂量学方面有所突破；第二加强实验剂量学研究，从建立各种器官的介电特性仿体出发，过渡到人

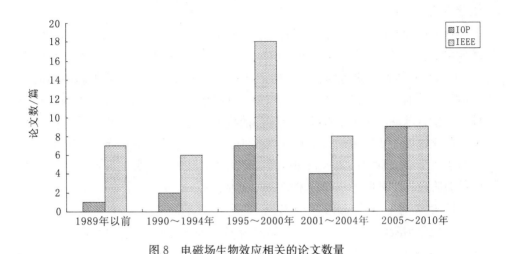

图 8　电磁场生物效应相关的论文数量

体部位的仿体，再过渡到整体研究；第三要探索电磁场生物学效应研究的新方法。

建议政府行政部门与科学部门结合，相关科学家参与开展前瞻性的流行病学研究，制订计划、组织实施。

1.3.2　人工电磁场对生命的调理、干预研究

1）研究进展

a. 电场对生命的调理干预

关于生命电位极性变化的影响研究，可以追溯到 1920 年美国 Lund 的研究。他发现可以借通入一个小电流来控制水螅生物体内的自然电位极性，极性相反时在水螅的头部会长出一条尾巴。后来 Rose 提出"生物躯体前后电荷变化的梯度，应该是控制动物生长抑制器或刺激器的作用主因"，但是没有继续深入的研究。21 世纪华人生化学家赵敏研究发现了使细胞对电场做出应答的基因，通过给伤口增加一个电场改变细胞运动，引导修补伤口，提高伤口愈合速度。

从 2000 年以后，关于单纯利用电场的非热物理特性治疗肿瘤的报道逐渐增多。癌症治疗最大的两个问题就是难以根除和病人的痛苦大，电场治疗肿瘤开拓了一种治疗癌症的新思路。主要有：

（1）肿瘤治疗电场研究（TTF）。其基本原理是在肿瘤区域内施加的治疗电场将破坏快速增殖的肿瘤细胞，而对正常细胞没有明显的影响，对不同肿瘤有不同的最佳频率。前期临床实验样本数较小，但是被 FDA 认为是一个很有前途的

治疗方法。

（2）电穿孔的细胞内电处理效应。这是最近几年才被发现的，国内外的研究才刚刚起步。其作用机理是当外加电脉冲电场强度达到 kV/cm 量级，脉冲宽度为 us～ms 量级时，细胞膜会发生构形变化，出现大量微孔，使细胞膜的通透能力激增，从而有利于细胞吸收各种药物、基因物质、蛋白质及其他大分子和脂质体。对微秒脉冲不可逆电穿孔治疗肿瘤的技术研究发展较快，中国、美国都开始向产品化过渡。我国重庆大学孙才兴院士对全时/频段电场脉冲治疗理论与方法进行了较全面的研究；纳秒脉冲诱导凋亡的研究细胞实验取得较好效果，处在动物试验阶段；皮秒脉冲治疗技术的研究刚刚提出。

b. 磁场对生命的调理、干预研究

经颅磁刺激（TMS）：1985 年 Barker 首先创立并对其相关机理进行了研究。从 20 世纪末至今，TMS 已应用在神经科学基础和临床研究、疾病诊治等方面，是当今神经科学关注的前沿研究之一。

在磁场治疗肿瘤的研究中，我国山东淄博磁旋肿瘤治疗仪的临床研究取得好的初步效果，一些晚期癌症个例，治疗后完全康复。俞梦孙院士根据上述特定的旋转磁场的参数和个别病例的疗效，从电磁场整体对生命作用的角度提出该旋转磁场可能是对生命整体的一种极强有序能量（负熵）的输入，这种输入对红血球（含铁血红蛋白）的旋转力矩和对细胞离子代谢有调理到正常方向的作用。假说还需要进一步的基础与实验研究来验证。

介质与外部磁场结合加热的肿瘤深层热疗方面，在 20 世纪 90 年代早期美国的几个研究组首先开展了交变磁场中利用磁性微粒对肿瘤进行热疗的实验。目前德国、美国、日本、意大利和韩国等开展了较多的研究。国内的清华大学、东南大学、上海交通大学、复旦大学、湘雅医院等科研单位在此方面进行了大量的研究。

c. 电磁场对生命的调理、干预

脉冲电磁场治疗骨科等疾病：20 世纪 70 年代，Bassett 等首次把电磁场疗法应用于骨科疾病的治疗，经过多年的临床应用和基础研究，其治疗作用已得到肯定。

极低频电磁场对于肿瘤治疗作用的研究主要体现在：

（1）极低频电磁场作用于离体肿瘤细胞的实验研究，认为对肿瘤细胞有明显抑制作用，在一定程度上诱导肿瘤细胞的凋亡；

（2）极低频电磁场作用于荷瘤动物的实验研究，认为可直接杀伤癌细胞，同时对荷瘤小鼠的免疫功能具有一定的调节作用；

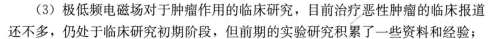

（3）极低频电磁场对于肿瘤作用的临床研究，目前治疗恶性肿瘤的临床报道还不多，仍处于临床研究初期阶段，但前期的实验研究积累了一些资料和经验；

（4）极低频电磁场抑制肿瘤可能的微观机理的研究正在探索中。

2）分析与讨论

a. 论文发表情况

如图9所示，进入21世纪，电场、磁场、电磁场对疾病的干预研究呈上升趋势。

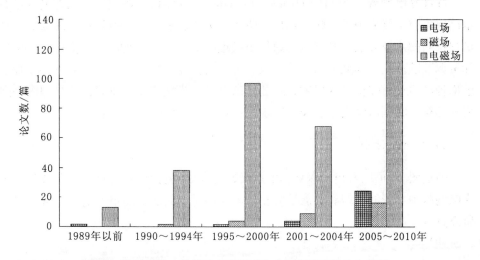

图9 应用电场、磁场及电磁场对生命调理干预的论文数量

b. 分析与建议

应重视电场对生命的影响机理研究：前面提到20世纪初 Lund 的研究与21世纪初赵敏的研究都是关于生命电场的、两个看似没有直接关系的研究，却提示了生命与电场的关系的奥秘远没有揭开，是应该进一步探索的。

电场（脉冲）对生命状态的调理、治疗肿瘤的机理、相关技术及临床应用是一个重要的研究方向。

磁场对人体干预的研究值得重视，因为它不仅能治疗，而且能调解人体状态，特别是其干预肿瘤的机理研究应引起足够重视。重视我国山东恒稳旋转磁场对肿瘤治疗的初步临床研究效果及机理研究。

1.3.3 植入式直接干预（植入电刺激）

1）研究现状

心脏起搏器自20世纪60年代发明以来，相关研究和应用广泛而深入，朝着长寿命、高可靠性、轻量化、小型化和功能完善的方向发展。研发主力是大公司。我国临床应用研究较多，技术研究较弱，只有西安交通大学医学院与企业合作研究。

深部脑电刺激：20世纪60年代开始探索，80年代开始应用，深部脑刺激技术已成为或可能成为治疗帕金森病、肌张力失常、强迫症、抑郁症、癫痫等神经精神疾病的重要方法。脑部电刺激作用机理尚不明了，但其具有微损伤、可恢复和可调节的优点，因此成为一项有效、可靠的神经外科手术方法。应进一步加强脑部神经活动研究机理的研究，在此基础上进一步完善技术研究。这是国内外研究的趋势。我国清华大学、天坛医院等正在研究，已经取得重要进展。

2）分析与讨论

通过图10可以看出，深部脑电刺激研究在21世纪后受到重视，在各类植入式电刺激中，脑的组织和功能最为复杂，人们对脑的认识还很不清楚，脑刺激是研究热点。

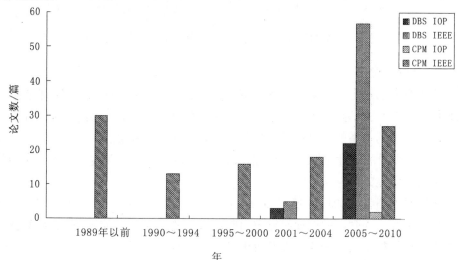

图10　植入式干预的论文数量

2. 关于生物医学工程科研有关问题的探讨

生命系统与电磁研究是典型的生物医学工程范畴的问题，因此就生物医学工程研究存在的"跟踪前沿的科学研究多，鲜见原始创新的科学研究"问题谈点看法。我们国家现在创新意识很强，但是为什么生物医学工程科学研究的原始创新研究较少呢？初步考虑原因可能有以下 3 点。

1) 现代生物医学工程的原始创新对交叉结合的背景要求很高，我们交叉结合的背景条件不足

回顾生物医学工程的历史，很多早期发明是医生完成的，因为他们在第一线，能发现问题，如心电、脑电、血压测量等。而近代生物医学工程主要发明是在医疗第一线（或有机会在一线）的工程物理学家完成的。例如，提出 X-CT 理念并完成算法研究的美国物理学家柯马克（Cormack），1955 年他在一所医院担任放射物理师时，由于需要而产生了断层成像的灵感。这说明必须在生物医学一线才可能根据问题的需要产生生物医学工程原始创新的火花。当代仅靠医生已经很难提出生物医学工程原始创新的课题。

我们生物医学工程学科设置基本上与医疗实践结合得不够紧密，以理工为知识主体的生物医学工程人员很难根据临床实践作理性思考提出创新的理念与思路，聪明才智大部分被用于技术升级改进的"创新"。

第四军医大学生物医学工程系的工程背景并不深厚，他们却能提出床旁动态实时图像监测研究这一创新性课题，源于他们在临床一线发现因脑创伤，CT 检查正常，几小时后却突发脑出血急症抢救无效的事实，引发实时图像监测的设想，开始研究电阻抗床旁动态实时图像监测问题，这说明有机的交叉结合是创新的源泉。

2) 生物医学工程原始创新科学研究需要的专业跨度大、周期长，没有企业的介入，仅靠院所科研人员很难完成原始创新研究

生物医学工程的学科交叉与其他的学科交叉不同，不仅交叉，而且跨越大领域。一个原始创新往往需要经过：①生物物理原理研究；②工程设计原理研究与实现；③工程平台的生物（动物）学试验；④医学临床应用研究；⑤产品化设计与开发；⑥商业化设计等。生物医学工程人员充其量能做到③，以后很难进行；而跟踪国外"前沿"研究，第④⑤⑥步则因为风险较小，又被认可，较易进行。

20世纪电子显微镜的发明过程是一个很好的例子。1929～1933年德国Ruska研究了分辨率超过光学显微镜的电子显微镜，虽然提高显微镜分辨率一直是许多人的渴求，然而事实上，很多生物学家持怀疑态度，拒绝使用。为此Ruska遭受失业，只有他学医的弟弟花了7年的时间（1933～1940年）致力于用电子显微镜来解决生物医学的问题，为电子显微镜过渡到应用做开路先锋（20篇文章），但也未能改变电子显微镜的命运。一次偶然的机会Ruska进入西门子公司，西门子公司于1940年成立了客座实验室，邀请大批科学家来实验室用电子显微镜进行相关研究，取得了巨大成功。仅仅4年，就有200多篇文章被发表，平均每年约50篇文章，电镜才被接受。当我们享受电子显微镜的结果时，可能没有想到，如果不是西门子公司的介入，当时的成果可能夭折。而中国有"西门子"这样的公司吗？我国的企业座谈时明确表示，为了降低风险，企业愿意"跟踪创新"，而不愿意"原始创新"。

3）当前科学研究的考核机制，使得科研人员首先得保"生存"，为了探索而进行科学研究的空间不足

现行的科技考核体制中存在许多与科学研究规律不相适应的地方，特别是对生物医学工程这样的应用型边缘交叉学科的发展十分不利。现在考察过于强调论文的影响，而缺乏对应用性阶段进展的肯定；过于追求短期效果，而忽视长期发展；过于强化科技计划的竞争性，而缺少"以人为本"的稳定支持等。这样的机制导致不少科研人员放弃原始创新的探索，追求短平快的成果、追求发表没有实际意义的SCI论文，制约了生物医学工程原始创新的发展。

作者简介

董秀珍，中国人民解放军第四军医大学。
俞梦孙，中国人民解放军空军航空医学研究所。

仿生膜发展与展望

李改平　汪尔康

在生命的进化过程中，膜的出现具有特殊的意义，质膜（细胞外周膜）的形成是非细胞生物与细胞生物的一个重要分界点，而细胞内膜系统的发展则是细胞生物从低级向高级进化的反映。生物膜是由脂类、蛋白质以及糖等组成的超分子体系，其特有的脂双分子层结构是生命体系的三大基本结构之一。生物膜不仅维持着细胞内各部分的结构有序性，同时还与生物体内的许多重要过程，如物质运送、能量转换、信息识别与传递、细胞免疫和代谢控制等有关。天然生物膜的结构、组成和功能很复杂，直接研究比较困难。在充分认识和了解天然生物膜的基础上，通过物理、化学手段制备结构和功能与生物膜相似的人工膜，即仿生膜，为我们开辟了一条逐步认识和掌握生物膜功能的捷径。仿生膜为生物膜的离体研究提供了简化模型，有利于搞清楚生物膜各个组分独立的功能，从而进一步揭示天然生物膜的奥秘，更加充分地了解和掌握其生命机理，同时对解决医学、农业以及工业上的一些实际问题也有重要的指导意义。

仿生膜的研究涉及包括分子生物学、细胞生物学、生物化学和材料化学在内的多种学科，是一个多学科交叉的前沿领域。近年来，纳米科技蓬勃发展，已成为当今最热门的研究课题，仿生膜研究也与其产生了诸多交叉，两者的结合吸引了越来越多人的兴趣，并取得了一些令人瞩目的研究成果。下面我们主要分 5 个方面做简要介绍。

1. 基于仿生膜的功能纳米材料的制备和应用

仿生膜良好的生物相容性和可化学修饰性，与纳米材料新颖的特性相结合，已成功制备出多种具有某些特殊性质的功能纳米材料，包括磁性纳米材料、量子点、贵金属纳米材料、碳纳米管、二氧化硅纳米粒子以及脂质多层膜/纳米粒子复合材料等，并成功应用于磁共振成像、蛋白质分离、生物标记、生物传感、药物传输等领域。

两亲性的磷脂或者表面活性剂分子能够与纳米材料表面的疏水性配体形成杂

化双层膜，这就提供了一种将疏水纳米材料转入水相的普适性方法，还可以将多个纳米粒子包裹在脂质体内[1]。另外，磷脂双层膜也可以直接充当一些纳米材料的有效保护剂，赋予其良好的水溶性和生物相容性。研究发现，阳离子脂质体（双十二烷基二甲基溴化铵，DDAB）修饰在金纳米颗粒表面后，其与DNA形成的复合物稳定性增强[2]，且该金纳米粒子还可用做商品化脂质体转染试剂Lipotap和DOTAP的转染促进剂，提高其转染效率2倍以上[3]；双十八烷基二甲基溴化铵（DODAB）保护的金纳米颗粒可以直接介导基因转染，效率高于单纯的DODAB脂质体5倍之多，且细胞毒性有所降低[4]，这为设计安全高效的转染试剂提供了一个崭新的思路，同时还可以利用金纳米颗粒高的电子密度进行DNA示踪。

一维纳米材料/磷脂双层膜复合结构可用来构建生物传感器或者制造生物纳米器件，人们在单壁碳纳米管组成的晶体管上构筑了支撑磷脂双层膜，然后将其作为电荷传感器成功检测到蛋白质与磷脂膜的结合过程[5]。我们知道，在一定浓度下，磷脂分子可以自组装形成交替的多层结构，这为纳米粒子的长程有序排列提供了合适的场所，磷脂的流动性使得金属原子可以进入膜中并成核生长，之后在膜中形成均匀且有序的纳米粒子，最终得到磷脂多层膜/纳米粒子的有序组装体，这种超晶格复合材料有望用来构建纳米传感器阵列或者纳米催化阵列[6]。

2. 超疏水仿生膜的研究

自然界中许多生物的表面，如荷叶、水稻叶、芋头叶、芸薹、蝉翼以及水黾腿等，都呈现出完美的超疏水特性。探索这些天然超疏水生物表面的奥秘，进而通过化学方法制备具有相似功能的膜材料是近年来比较活跃的领域之一。研究发现，这些超疏水的动植物表面有许多微米级的小凸起，而这些凸起表面又布满了纳米级的蜡质晶粒，这种微米纳米分级结构有效提高了表面粗糙度，使得固液接触面减小，接触角变大。正是这种微纳米复合结构与表面覆盖的低表面能物质共同赋予了其超疏水的特性，这为构建人工疏水表面提供了灵感。

目前，人们已经通过各种方法，包括气相沉积、相分离、模板法、刻蚀法、粒子填充法、溶胶-凝胶法、自组装法等，成功制备出具有类似结构的超疏水膜材料，或者将基底材料的表面改性使其具有超疏水界面[7,8]。不过当这种超疏水膜暴露在空气中时，表面覆盖的低表面能物质经历风吹日晒会逐渐分解，或者被刮擦掉，导致其疏水性减弱甚至丧失，因此膜的稳定性和耐用性是一个需要考虑的问题。荷叶能够长期保持表面的超疏水特性是因为当其表皮蜡质被破坏后，它

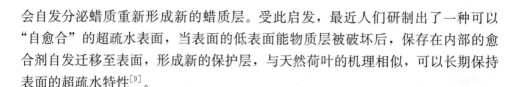

会自发分泌蜡质重新形成新的蜡质层。受此启发，最近人们研制出了一种可以"自愈合"的超疏水表面，当表面的低表面能物质层被破坏后，保存在内部的愈合剂自发迁移至表面，形成新的保护层，与天然荷叶的机理相似，可以长期保持表面的超疏水特性[9]。

超疏水表面在自清洁、防腐蚀、微流体系统和特殊分离等方面具有极其重要的意义，不过目前所报道的超疏水膜的制备过程中多用到较昂贵的低表面能物质，而且许多方法还涉及特定的设备、苛刻的制备条件和较长的制备周期，难以实现大规模和大面积的制备。因此，要实现其广泛的应用仍然需要很多努力，今后的研究重点应放在探索简便可行的制备条件和技术、拓展成本较低的化学原料等方面。

3. 基于仿生膜的生物矿化研究

生物矿化是在生物体内形成矿物的复杂过程，是一种普遍的自然现象。骨、牙釉和贝壳的珍珠层是典型的生物矿化材料，它们都是在特殊的反应介质、有机基质和细胞的参与下完成的。研究生物矿化能够为探索自然矿物合成提供重要信息，利用仿生膜为模板，不仅可以模拟生物矿化过程中有机基质的调控作用和生物大分子的指导作用，还可以提供生物矿化所需的特殊隔室，对矿物晶体成核和生长进行定域调控，使反应物富集、定位，并催化矿化反应发生。

生物矿化的一个重要特征是：由细胞分泌的自组装有机物对无机物的形成起模板作用，使无机物具有一定的形状、尺寸、取向和结构。多年来，科学家一直致力于从天然生物矿化材料的多层次结构中获得灵感，实现分子水平上对材料构筑过程、性质、尺度及微结构的有效调控。目前，人们利用各种表面活性剂在溶液中自发形成的胶束、泡囊、液晶、微乳液等自组装体作为软模板，已经成功制得多种具有复杂结构的功能材料，尤其在制备空心和多孔材料方面具有传统方法不可比拟的优点：反应条件温和，且孔尺寸可调。得到的材料一般形貌独特，孔隙率高，比表面积大，可用作催化剂载体、生物医用材料、轻质陶瓷以及分离膜等。近年来，人们还提出了利用仿生技术在文物表面生成仿生无机保护膜来保护石质文物的设想，并取得了初步成效，开发了保护濒危石质文物的新材料[10]。

无机材料的仿生合成已成为材料化学研究的热点，设计并制备与天然生物材料具有相似性质和功能的人工材料，具有非常重要的现实意义，它必将极大地推动生物医用材料和组织工程材料的发展。此外，研究生物矿化过程中一些添加剂的抑制作用，对开发临床上治疗骨病和结石病的新药也有一定的指导作用。不过目前研究较多的还是单纯的脂质体体系，我们知道，基质模板上矿物的形成离不开蛋白质、酶和糖类等功能大分子的参与，因此，在脂质体中嵌入相关的功能分子，才能使脂质体模拟体系更类似于生物体中的基质泡囊，从而能更真实地模拟生理环境下的生物矿化过程，这也是下一步的研究重点。

4. 纳米材料与仿生膜的相互作用研究

随着纳米材料的广泛应用，其生物效应与安全性引起了科学界和各国政府的高度重视。纳米材料对生命过程的影响，有正面的也有负面的，它给疾病的早期诊断和治疗带来了新的机遇和方法，同时也可能对人体健康和人类生存环境产生潜在的负面影响。众所周知，皮肤是人体的天然保护层，它能有效阻止外源性宏观颗粒物进入体内，但是纳米颗粒大小与较大蛋白质的尺寸相当，可能很容易侵入人体和其他物种的自然防御系统。当它们进入人体后，将产生怎样的化学活性和生物活性，将与生命体发生怎样的相互作用，这些问题都值得人们深入研究。毋庸置疑，在这个过程中纳米材料与生物膜的相互作用扮演了至关重要的角色，鉴于生物膜过于复杂，近年来人们大都通过理论计算或者采用仿生膜体系来进行研究。

研究表明，疏水性的 C_{60} 可以进入磷脂双层膜的疏水区中，而亲水性的 C_{60} 衍生物则吸附在双层膜的表面[11,12]，另外，纳米颗粒的粒径以及表面电荷密度也在很大程度上影响到它们与生物膜的作用方式[13,14]，因此，可以通过适当的化学修饰来降低或者消除某些纳米材料的负效应，同时保持其有益的纳米特性。在纳米载药体系中，人们多采用亲水性聚合物对纳米载体进行表面修饰，提高其表面亲水性、增大空间位阻及调整 Zeta 电位，延长纳米颗粒在体内的循环时间[15,16]，甚至随循环排至体外。另外，荷电的纳米粒子可以稳定脂质体，尤其是电中性的脂质体，这为脂质体在基底上的固定提供了一个新方法[17,18]。

研究仿生膜与纳米材料的相互作用，有助于了解纳米材料与细胞的作用方式，对设计合成安全可靠的生物医用纳米材料，以及减小或者避免纳米材料对健康和环境的负面影响都有着非常重要的指导意义，同时为纳米科技的应用和产业化提出前瞻性的意见和建议，此外，研究中发现的纳米材料的生物负面效应也可以应用到纳米医学诊断和治疗领域。

5. 仿生智能膜的研究

20 世纪 80 年代中期，人们首次提出了智能材料的概念，智能材料要具有类似天然生物体的智能属性，具备自感知、自诊断、自适应和自修复等功能。与此同时，能感知和响应外界物理和化学信号的智能膜迅速成为仿生功能膜领域的重要研究方向之一。

仿生智能膜目前已经成为仿生膜体系研究的热点，并取得了一些初步成果。人们将对环境刺激具有响应功能的智能高分子材料通过化学或者物理方法固定在基底膜上，成功制备了多种环境感应型智能膜[19]，包括温度响应型、pH响应型、光照响应型、离子强度响应型以及温度和pH双重响应型等；另外，人们还引入具有分子识别功能的主体分子，制备出了分子识别型智能开关膜，可以实现特定分子的控制释放，以及化学或者生物物质的高精度分离等；也有报道利用磷脂类化合物对高分子聚合膜进行改性，从而赋予高分子聚合膜一些生物特性，如高渗透性和高选择性[20]；人们用葡聚糖模拟细胞膜结构制备了非吸附的表面，突出的葡聚糖高度水合后的空间效应可以有效抑制蛋白质的非特异性吸附[21]；此外，人们还设计了防腐蚀涂层，当金属被腐蚀时，pH发生变化，刺激释放抑制剂，阻止进一步的腐蚀[22]，这种自反馈保护机制也被用来设计制造自愈合和自加固材料[23~25]等智能材料，这在建筑和工程领域有广阔的应用前景。

众所周知，生物膜上有各种各样纳米尺度的孔道，用于调控蛋白质、核酸等生物大分子的运输[26]，随着纳米科技的发展，人工制备孔径稳定、物化性能良好的固态纳米孔已经成为现实，可通过适当修饰赋予生物纳米孔高选择性，为精确模拟生物膜模型提供了新的材料。人们将一种对pH敏感的DNA分子修饰在人造纳米孔内，通过pH的变化来改变DNA构象从而实现通道开与关之间的转换，成功制备了酸敏感的离子通道开关[27]；同理，利用分子构象对钾离子敏感的DNA分子也成功制备了钾离子调控的人工通道[28]。此外，人们还在固态纳米孔上装载了α溶血素纳米孔，这种"杂交体"实现了稳定性和功能性的有效结合，为单分子穿越生物纳米孔的动力学研究提供了有力手段[29]。总之，作为一种新型的纳米探测器，纳米孔必将在DNA测序[30]、生物大分子检测以及分子识别的研究中发挥积极作用。

仿生膜研究是人类向大自然学习的重要步骤，也是生物科学给材料科学发展带来的重大机遇。目前仿生膜的研究正处于快速发展期，与纳米科技的结合为其提供了更为广阔的发展空间。仿生膜研究从结构仿生入手逐步达到功能仿生，有望最终实现对生物膜生命活动的模拟。另外，设计制备多功能膜材料，甚至开发天然生物膜不具备的特异性能，从而拓展其更为广阔的应用领域也面临巨大的挑战和机遇，有待进一步研究。此外，仿生膜材料也是环保型材料，对日益恶化的生态环境而言，大力发展仿生材料有助于改善人类的生存环境。总而言之，破解生命的奥秘，进而研制实用的仿生膜材料的路还很长，但是其前途似锦毋庸置疑！

致谢 感谢国家自然科学基金（Nos. 20735003 和 90713022）的资助。

参 考 文 献

[1] Al-Jamal W, Kostarelos K. Liposome-nanoparticle hybrids for multimodal diagnostic and therapeutic applications. Nanomedicine 2007, 2：85-98

[2] Li P, Zhang L, Ai K, et al. Coating didodecyldimethylammonium bromide onto Au nanoparticles increases the stability of its complex with DNA. J Controlled Release, 2008, 129：128-134

[3] Li D, Li G, Li P, et al. The enhancement of transfection efficiency of cationic liposomes by didodecyldimethylammonium bromide coated gold nanoparticles. Biomaterials, 2010, 31：1850-1857

[4] Li P, Li D, Zhang L, et al. Cationic lipid bilayer coated gold nanoparticles-mediated transfection of mammalian cells. Biomaterials, 2008, 29：3617-3624

[5] Zhou X, Moran-Mirabal J, Craighead H, et al. Supported lipid bilayer/carbon nanotube hybrids. Nat Nanotechnol, 2007, 2：185-190

[6] Oh N, Kim J, Yoon C. Self-assembly of silver nanoparticles synthesized by using a liquid-crystalline phospholipid membrane. Adv Mater 2008, 20：3404-3409

[7] Ma M, Hill R. Superhydrophobic surfaces. Curr Opin Colloid Interface Sci, 2006, 11：193-202

[8] Zhang X, Shi F, Niu J, et al. Superhydrophobic surfaces：from structural control to functional application. J Mater Chem, 2008, 18：621-633

[9] Li Y, Li L, Sun J. Bioinspired self-healing superhydrophobic coatings. Angew Chem Int Ed, 2010, 122：6265-6269

[10] 洪坤, 詹予忠, 刘家永. 石质文物表面生物矿化保护材料的仿生制备. 材料科学与工程学报, 2006, 24：948-950

[11] Qiao R, Roberts A, Mount A, et al. Translocation of C_{60} and its derivatives across a lipid bilayer. Nano Lett, 2007, 7：614-619

[12] Spurlin T, Gewirth A. Effect of C_{60} on solid supported lipid bilayers. Nano Lett, 2007, 7：531-535

[13] Ginzburg V, Balijepalli S. Modeling the thermodynamics of the interaction of nanoparticles with cell membranes. Nano Lett, 2007, 7：3716-3722

[14] Leroueil P, Berry S, Duthie K, et al. Wide varieties of cationic nanoparticles induce defects in supported lipid bilayers. Nano Lett, 2008, 8：420-424

[15] Hans M, Lowman A. Biodegradable nanoparticles for drug delivery and targeting. Curr Opin Solid State Mater Sci, 2002, 6：319-327

[16] Paciotti G, Kingston D, Tamarkin L. Colloidal gold nanoparticles：a novel nanoparticle platform for developing multifunctional tumor-targeted drug delivery vectors. Drug Dev Res, 2006, 67：47-54

[17] Zhang L, Granick S. How to stabilize phospholipid liposomes (using nanoparticles). Nano Lett, 2006, 6：694-698

[18] Zhang L, Hong L, Yu Y, et al. Nanoparticle-assisted surface immobilization of phospholipid liposomes. J Am Chem Soc, 2006, 128: 9026-9027

[19] Xia F, Jiang L. Bio-Inspired, smart, multiscale interfacial materials. Adv Mater, 2008, 20: 2842-2858

[20] 戴清文, 徐志康, 刘振梅. 磷脂改性聚合物膜. 化学通报, 2002, 5: 312-320

[21] Holland N, Qiu Y, Ruegsegger M, et al. Biomimetic engineering of non-adhesive glycocalyx-like surfaces using oligosaccharide surfactant polymers. Nature, 1998, 392: 799-801

[22] Zheludkevich M L, Shchukin D G, Yasakau K A, et al. Anticorrosion coatings with self-healing effect based on nanocontainers impregnated with corrosion inhibitor. Chem Mater, 2007, 19: 402-411

[23] White S R, Sottos N R, Geubelle P H, et al. Autonomic healing of polymer composites. Nature, 2001, 409: 794-797

[24] Bleay S M, Loader C B, Hawyes V J, et al. A smart repair system for polymer matrix composites. Composites Part A, 2001, 32: 1767-1776

[25] Sanada K, Yasuda I, Shindo Y. Transverse tensile strength of unidirectional fibre-reinforced polymers and self-healing of interfacial debonding. Plast Rubber Compos, 2006, 35: 67-72

[26] Bezrukov S. Ion channels as molecular Coulter counters to probe metabolite transport. J Membr Bio, 2000, 174: 1-13

[27] Xia F, Guo W, Mao Y, et al. Gating of single synthetic nanopores by proton-driven DNA molecular motors. J Am Chem Soc, 2008, 130: 8345-8350

[28] Hou X, Guo W, Xia F, et al. A biomimetic potassium responsive nanochannel: G-quadruplex DNA conformational switching in a synthetic nanopore. J Am Chem Soc, 2009, 131: 7800-7805

[29] Hall A, Scott A, Rotem D, et al. Hybrid pore formation by directed insertion of α-haemolysin into solid-state nanopores. Nat Naotechnol, 2010, 5: 874-877

[30] Clarke J, Wu H, Jayasinghe L, et al. Continuous base identification for single-molecule nanopore DNA sequencing. Nat Nanotechnol, 2009, 4: 265-270

作者简介

李改平、汪尔康, 中国科学院长春应用化学研究所电分析国家重点实验室, e-mail: ekwang@ciac.jl.cn。

中国载人航天催生的交叉学科
——航天医学工程学

陈善广

中国载人航天走过了 40 多年不平凡的发展历程，取得了累累硕果，特别是 20 世纪 90 年代初实施的"载人航天工程"取得了令世人瞩目的辉煌成就。航天事业的发展极大地带动与推进了科学技术的发展，也催生和促进了相关领域新学科和新技术的发展。其中，旨在研究载人航天中与人密切相关的医学/工程问题的多学科交叉融合的应用基础学科——航天医学工程学[1,2]也应运而生。

1. 什么是航天医学工程学

1.1 学科定义

航天医学工程学是以系统论为指导，利用现代科学技术以及与之相适应的方法体系，研究载人航天活动对人体的影响及其特征规律，研制可靠的工程对抗防护措施，设计和创造合理的人机环境，寻求载人航天系统中人（航天员/载荷专家）、机（载人航天器及运载器）和环境（航天环境和飞行器内环境）之间的优化组合，确保航天活动中航天员的安全、健康和高效工作的学科。

1.2 学科基本构成

航天医学工程学主要由 13 个分支学科构成（图 1）。

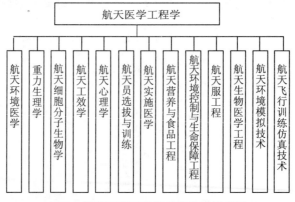

图 1　航天医学工程学分支学科组成图

1.3 学科主要特征

1) 任务牵引特性

航天医学工程学在明确的任务牵引下，遵循应用基础研究、应用技术攻关、应用技术工程化实践的发展规律和科学的方法体系，综合集成生物学[3]、医学[4~6]、电子学[7]、数学、力学、机械工程学[8]等多学科知识、理论和技术，通过医学与工程技术的交叉融合，形成确保学科目标实现的实施体系（图2），有着很强的工程应用背景[9]。

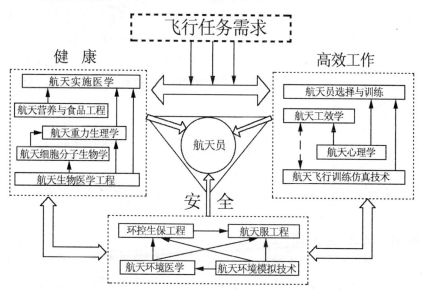

图2 航天医学工程学与载人航天任务关系示意图

2) 以人为本理念

以人为本是航天医学工程学的核心理念。人始终是航天医学工程学关注的焦点和核心，各分支学科的研究都是围绕人展开的。

3) 医工结合特色

医工结合（多学科交叉融合）既是航天医学工程学学科的构成特色，也是学科的方法学特色[10]。在医学研究过程中借鉴工程化的方法，强化研究的边界条件和过程控制，使研究结果更具工程可行性；在工程研制中充分考虑医学需求，以人为中心展开设计，工程研制的结果通过有人参与的试验加以验证。

4）明晰的学科目标

安全、健康和高效工作是航天医学工程学的学科目标。以安全、健康和高效工作为目标牵引的三大模块存在着相互影响、相互支撑的内在联系，且层次递进。

5）鲜明的系统特性

坚持系统论为指导[11,12]，在航天医学工程学分支学科设置、研究内容和研究方法确定、学科发展规律探索等方面，始终贯彻系统论的指导思想。设置的 13 个分支学科，紧紧围绕载人航天中航天员安全、健康和高效工作的目标开展协同研究，既有基础学科又有应用基础和工程技术学科[13,14]，各学科之间相互关联、相互渗透、相互融合，构成一个综合性、交叉的学科群（体系），共同解决载人航天复杂的人机系统问题[15]。

2. 航天医学工程学是如何形成的

航天医学工程学伴随我国载人航天事业的发展历程，经历了萌芽、初步形成、发展充实、日趋成熟 4 个发展阶段。

航天医学工程学萌发于 20 世纪 50 年代新中国成立初期的宇宙医学研究[16]，后来随着国内研究领域的拓宽，宇宙医学演变为宇宙医学及工程，从 60 年代末 70 年代初起，国内学者基本上都开始把这一学科领域称为航天医学工程[17]。

从 20 世纪 70 年代初至 90 年代初，经过国家"曙光"号任务、返回式 1 型卫星（FSW-1），CBS-1 生物搭载舱实践和国家"863"计划设立的载人航天器环控生保及医学防护技术预先研究课题，初步形成了航天医学工程学科的基本脉络[18~20]。

1992 年，国家"载人航天工程"正式启动，以明确的任务需求为牵引，航天医学工程学科得以快速发展。张汝果研究员主编了《航天医学工程基础》，航天医学工程学科的总体框架逐步形成。

2003 年，"神舟五号"首次载人航天飞行的实践使这一学科理论得到实际工程的有效检验。2005 年，"神舟六号"多人多天飞行及航天员进入轨道舱参与科学实验，标志着这一学科日趋成熟。2008 年，在全面总结、梳理了航天医学工程学科发展脉络的基础上，《航天医学与医学工程》上发表的专题文章"中国航天医学工程学发展与回顾"提出了航天医学工程学的概念，并系统地阐释了具有中国特色的航天医学工程学学科理论体系和技术方法，概述了航天医学工程学的体系构成、研究内容、学科特点和发展目标。2008 年，"神舟七号"航天员出舱活动成功，展示了航天医学工程学在载人航天工程中的重要作用。

3. 航天医学工程学伴随"载人航天工程"成长与发展

航天医学工程学的发展充分体现了"任务带学科，学科促任务"的指导思想，是"载人航天工程"的重要支撑，在其基础上创建了两个最具载人特色的工程系统——航天员系统和航天器环境控制与生命保障（以下简称环控生保）分系统[21]。在"载人航天工程"研制实践中，从四次无人飞行验证到三次载人飞行成功，一方面工程技术体系不断完善，另一方面伴随工程研制的进展，航天医学工程学的学科体系和内容也日趋丰富、充实，特别是三次载人飞行使其在成熟中获得跃升。

3.1 首次载人航天飞行使航天医学工程学理论与技术经受住第一次实战考验，并在工程化方面获得新突破

（1）创建了以教育训练学原理为基础的航天员选拔训练体系。开展了包含基本条件、临床医学、生理功能、心理品质及综合评价等内容的选拔方法和选拔标准的研究，从政治思想、医学、心理素质和训练成绩 4 个方面对航天员实施了考评和综合评定，最终选出了执行首飞任务的航天员。建立了以胸背向超重对抗、飞行程序与任务模拟、心理放松与表象技术为主体的训练专项技术体系。逐步形成了以基础理论、体质训练、航天环境适应性训练、心理训练、专业技术训练、飞行程序与任务模拟训练、救生训练[22]及大型联合演练等为核心内容的训练技术体系基本框架。研制了飞船飞行训练模拟器，发展了航天飞行训练模拟技术[23]，培养出了一支优秀的航天员队伍，选拔训练出了合格的首飞航天员。

（2）创建了航天员医监医保体系。开展了航天员健康监测方法与评价标准研究，研究制定了以心电、呼吸、体温、血压"四大生理指标"为核心的在轨医学监测指标体系，并指导工程实现；研究制定了航天员医学鉴定标准、飞行任务放飞与中止飞行标准；将中医理论和辩证方法与航天员医学保障技术有机结合，开展了中医药在载人航天中的应用研究，研制了适应航天员医监医保要求的中药制剂；运用航天生物电子技术，开发了生物信息提取、传输、分析识别与辅助诊断技术，研制了舱载医监设备，为医监医保创建了遥医学平台。

(3) 航天环境医学与工效学指导飞船适人性设计。航天环境医学深刻认识航天环境特点及对人体的影响,结合工程实际,提出了适合我国载人飞船工程设计的医学要求和数据,包括大气环境、力学环境、电离和非电离辐射环境要求及人体代谢参数等,作为"神舟"号飞船设计依据。制定出对飞船乘员舱医学评价标志和方法,并结合飞船真空热试验、返回舱空投和着陆冲击试验、海上漂浮试验、环控生保载人模拟飞行试验等工程研制试验,实施了全面评价,成为决定"神舟五号"飞船能否载人飞行的关键因素[24]。航天工效学是应用工效学的理论、原则和方法,解决"载人航天工程"系统的安全和效率问题[25],使航天飞行中人-机系统达成高度的协调统一,充分发挥航天员的能力和特长。在载人飞船工程型号任务中,根据航天员的作用和人机功能分配方案及航天员不同时段操作工况,开展了航天员人体参数测量,并对飞船结构布局、人工控制、显示与照明、报警等设计提出了工效学要求,作为飞船工程设计的依据。完成了座舱工效性能测试、评价;在历次人船联试中,通过组织航天员进舱进行实际操作验证、评价与改进,使飞船逐步提高和完善工效设计。载人飞行试验结果表明,飞船工效学设计与评价正确,充分体现了航天工效学研究成果和发展水平。

(4) 舱内航天服装备的研制成功,标志着航天服工程发展进入一个新阶段。舱内航天服是载人飞船舱内使用的极为重要的压力应急防护装备,一旦发生飞船座舱压力应急(失压)事件时,可为航天员建立一个适于生存的压力和微小大气环境[26]。2003 年 10 月 15 日,航天英雄杨利伟穿着由航天员系统负责研制的我国首套舱内航天服遨游了太空。在载人飞行任务中,舱内航天服工作正常,功能、性能良好,接口匹配,满足载人飞行任务需要,整体技术水平与国外相当。

3.2 "神舟六号"实现"多人多天"飞行,航天医学工程学走向成熟

1) 环控生保工程突破了微重力适应难题

环控生保工程主要研究如何保障与人相关的物质流和能量流的平衡问题,解决失重环境下物质的存储、传输、分配以及废弃物管理与再利用,使之全面满足医学要求。

环控生保系统的主要功能是:

(1) 确保座舱内具有合适的大气总压和氧分压;

(2) 排除航天员代谢产生的 CO_2,控制座舱内有害气体浓度;

(3) 控制舱内气体的温度、湿度,提供必要的通风环境;

(4) 在压力应急情况下给航天服通风供氧;

（5）具有烟火检测与灭火能力；

（6）为航天员提供微重力环境下的饮水、就餐、大小便等生活设施。

该系统是"神舟"飞船系统中最新的系统之一，也是我国载人航天需要突破的多项关键技术之一。

相对"神舟五号"，"神舟六号"攻克了环控生保系统中的高压气态储氧、强迫对流换热、冷凝除湿、微重力环境气液管理、安全可靠性等关键技术，研制出了飞船环控生保系统。整体技术水平达到国际先进水平，并带动了航天工效学、航天环境医学的进一步发展完善。为满足环控生保的研制和地面试验需求，研制了一大批有特色的地面模拟设备，促进了航天环境地面模拟技术的发展。"多人多天"飞行中，两名航天员进入轨道舱工作和生活，更全面地考核了飞船环控生保的功能和性能。

2）掌握了多人乘组选拔训练与医学保障技术

创建了多人飞行乘组选拔的指标体系、标准和方法，在选拔中首次引入模糊数学模型，研发了乘组选拔评价辅助决策支持系统，建立了专家经验与科学算法相结合的选拔机制；提出了适应于"多人多天"飞行任务的航天员心理素质综合评价方法，解决了乘组心理相容性的定量评价和岗位胜任特征的评价难题；探索和提出了失重效应的地面模拟[27]、在轨生活照料、对抗空间运动病以及纠正失重定向错觉等训练方法，有效地提升了乘组的整体工作效能；创建了飞行乘组飞行前状态调整和综合保障技术和行之有效的实施模式，确保乘组训练合格率100%、零伤病率、飞行乘组达到最佳临战状态；首次将中医理论应用于航天中生理功能变化的防护，有效增强了航天员对失重环境的适应和返回后的再适应能力；针对"神舟六号"任务和"多人多天"飞行任务特点，研制出7大类近50种航天食品；"神舟六号"飞行经受了乘组五天太空微重力生活实际考验，航天员身体健康状况良好，圆满完成了飞行任务。首次开展了在轨有人参与的空间细胞分子生物学实验研究，空间细胞实验装置经受了飞行任务的考验。

3.3 "神舟七号"首次突破出舱活动技术，充分展示了航天医学工程学的关键作用

圆满完成空间出舱活动是"神舟七号"任务的主要目标。在"神舟七号"任务中，航天员系统和环控生保分系统面临前所未有的挑战。伴随中国载人航天工程的发展而日益成熟的航天医学工程学在这一关键时刻，围绕出舱活动的新要

求，强调学术研究和工程研制相互促进和提升的学科思想和学科特点，在圆满完成任务中发挥了重要的理论指导作用，取得了主要理论与技术突破：

（1）突破并掌握舱外服研制技术，建立了先进的舱外服体系结构和研发平台，"飞天"舱外服的整体性能达到国际先进水平；

（2）掌握气闸舱研制技术，泄复压系统和舱载支持设备工作可靠，与舱外服接口匹配；

（3）建成出舱活动大型地面设备，舱外航天服试验舱、模拟失重训练水槽、出舱活动程序训练模拟器均填补国内空白；

（4）建立出舱训练技术体系，培养出优秀的出舱活动乘组，圆满完成首次出舱任务[28]；

（5）掌握出舱活动医学问题防护技术，中医药首次在航天飞行中得到应用，从训练到飞行、从地面到天上，综合解决了空间运动病高发期与出舱时间重合的难题；

（6）掌握航天员出舱活动总体设计技术，达到了系统接口匹配、整体性能最优[29]；

（7）在完成任务的同时获得了对航天医学工程学的学科体系和知识内涵的新认识：①"飞天"舱外航天服在较短时间内研制成功，不仅充分彰显了医工结合的高效率，也标志着形成了完整的航天服工程学科，同时带动了相关分支学科的发展，极大地促进了航天医学工程学的发展[30]；②创建了出舱活动航天员训练技术体系，包括面向出舱活动训练的独特方法、标准和评价指标，丰富了航天员选拔训练学科内容；③航天基础医学与实施医学经历了学科层面新的洗礼，在航天医学难题——空间运动病的综合防护上积累了宝贵经验，认识上有了新的提高，航天中医药学初显风采；④航天员系统中多学科融合、载人地面试验设计、飞行中联合技术支持与保障的高效性不仅进一步彰显了医工结合模式的优势而且也丰富了其内涵，尤其是医学工程化在本次任务中得以理性运用和提升。

4. 航天医学工程学的未来发展

我国载人航天工程的后续目标和发展方向明确，随着我国载人航天"三步走"战略规划的实施，我国的载人航天将沿着空间实验室、空间站、载人登月和火星探测的路线发展。新目标、新任务为学科的发展带来新的挑战，航天医学工程学的研究与发展面临着更新的任务[31~33]，在科学问题的纵深研究探索上将迎来更大的挑战。

围绕航天员安全、健康和高效的工作目标，航天医学工程学需解决针对中长期航天飞行的航天员选拔训练及健康维护、航天特因环境效应防护、舱外航天服研制、空间站居住系统医学工程、空间站再生式环控生保[34]、航天医学空间实验研究、空间站医学和工效学设计评价等一系列科学问题。

围绕登月和月球居留面临的特殊重力环境、空间时间环境的生理适应、辐射危害与防护、心理健康维护、遥医学、人-机工效学和生命保障的医学工程等科学问题，航天医学工程学需针对载人登月和建基月球，探索载人登月航天员健康保障、登月航天服、受控生态生保等一系列科学问题。开展长期月球居留辐射生物学、月球重力环境生理/心理效应及防护研究；开展空间时间生物学研究，探索生物节律变化对人体心理、行为的影响及节律导引问题[35]；解决月球基地环控生保和月球农场、月球资源利用、月球基地生保物质闭合循环等系列科学问题。

针对载人登陆火星，航天医学工程学需探索自主心理健康维护科学问题；解决建立自主医疗体系、火星飞行任务环控生保系统、火星舱外航天服技术、火星探索辐射防护和以人工重力为主的失重防护体系、火星环境医学和工效学设计评价标准体系、地外生命探测体系等一系列科学问题。

在面临的诸多科学问题中研究重点涉及：人在空间环境（含未来月球表面、火星表面环境）长期驻留的医学、生理学、心理学、卫生学等问题及防护技术研究；空间站、登月/火星探测等新型载人航天器以及未来月球/火星基地设施工程设计的医学、工效学要求与评价标准体系研究及其"人-机-环境"整合设计；适用于空间站、新型载人航天器和未来月球/火星基地的新型环控生保技术研究；先进舱外航天服、登月服、火星服技术研究；长期飞行或未来月球/火星探测活动中航天员任务分析及与之适应的航天员选拔训练与在线医学保障技术研究；长期飞行的航天员营养[36]、食品保障、航天药品和在线医监医保设备研制；面对未来载人航天任务的环境模拟试验技术和航天员任务模拟训练技术研究；等等。

毋庸置疑，航天医学工程学在后续载人航天任务实施中必然得到进一步应用、丰富和发展，同时航天医学工程学的发展也将进一步促进载人航天工程未来型号任务的完成和载人航天技术的发展。

参 考 文 献

[1] 陈善广. 航天医学工程学发展 60 年. 北京：科学出版社，2009

[2] 陈善广. 中国航天医学工程学发展与展望. 航天医学与医学工程，2008，21（3）：157-166

[3] 李莹辉. 航天医学细胞分子生物学. 北京：国防工业出版社，2007

[4] 沈羡云，薛月英. 航天重力生理学与医学. 北京：国防工业出版社，2001

[5] 王德汉. 载人航天实施医学回顾与进展. 中华航空航天医学杂志，1996，7（2）：132-135

[6] 俞尧荣,钱锦康. 航天员医学监督与医学保障. 北京:国防工业出版社,2001

[7] 陈士贵,房兴业. 航天生物医学电子工程. 北京:国防工业出版社,2004

[8] 黄晓慧. 载人航天环境模拟技术. 北京:国防工业出版社,2006

[9] 陈善广. 航天医学工程理论与实践. 中国工程科学,2007,9(9):30-34

[10] 魏金河,黄端生. 航天医学工程概论. 北京:国防工业出版社,2005

[11] 陈信. 论人-机-环境系统工程. 北京:人民军医出版社,1988

[12] 钱学森. 论系统工程. 上海:上海交通大学出版社,2007

[13] 黄伟芬. 航天员选拔与训练. 北京:国防工业出版社,2006

[14] 马治家,周前祥. 航天工效学. 北京:国防工业出版社,2003

[15] 龙升照,黄端生. 人-机-环境系统工程理论及应用基础. 北京:科学出版社,2004

[16] 张汝果,魏金河. 航天医学基础. 北京:科学技术文献出版社,1997

[17] 张汝果. 航天医学工程基础. 北京:国防工业出版社,1991

[18] 江丕栋,朱治平,杨星科,等. 小狗飞天记——中国生物火箭试验纪实. 北京:科学出版社,2008

[19] 孙金镖. 返回式卫星密封舱压力控制系统. 航天医学与医学工程,1998,11(3):189-194

[20] 沈力平,王普秀. 我国卫星生物搭载试验. 中国航天,1991,(12):12-15

[21] 汤兰祥,高峰,邓一兵,等. 中国载人航天器环境控制与生命保障技术研究. 航天医学与医学工程,2008,21(3):167-171

[22] 张汝果. 航天员个人救生装备的发展. 载人航天,1999,25(2):31-33

[23] 薛亮. 航天飞行训练模拟器技术. 北京:国防工业出版社,2005

[24] 虞学军. 我国航天环境医学研究的实践与成就. 航天医学与医学工程,2008,21(3):188-191

[25] 梅磊. ET-脑功能研究新技术. 北京:国防工业出版社,1995

[26] 陈景山. 航天服工程. 北京:国防工业出版社,2004

[27] 李莹辉,白延强,陈善广,等. "地星"1号-60d头低位卧床实验研究概况. 航天医学与医学工程,2008,21(3):291-294

[28] 黄伟芬. 神舟七号载人航天飞行任务航天员选拔与训练. 载人航天,2008,(4):19-26

[29] 陈善广. 航天员出舱活动技术. 北京:中国宇航出版社,2007

[30] 李潭秋. 飞天舱外航天服研制. 载人航天,2008,(4):8-18

[31] 李莹辉. 二十一世纪的航天医学细胞分子生物学. 航天医学与医学工程,2003,16(s):588-592

[32] 沈力平. 载人航天工程的后续目标与航天医学工程的研究方向. 航天医学与医学工程,2003,16(s):475-481

[33] 宿双宁. 中国载人航天医学工程学发展的过去、现在与未来. 航天医学与医学工程,2003,16(s):471-474

[34] 周抗寒,傅岚,韩永强,等. 再生式环控生保技术研究及进展. 航天医学与医学工程,2003,16(s):566-572

[35] 陈善广,王正荣. 空间时间生物学. 北京:科学出版社,2009

[36] 白树民. 航天营养与航天食品工程. 北京:国防工业出版社,2004

作者简介

陈善广,中国航天员科研训练中心。

方药量效关系研究的关键问题和策略

仝小林

目前，中医药的发展存在许多问题，然而，最根本的还是疗效问题。为提高中医药疗效，国家先后立项资助了方和药多个领域的研究，我们的同行为此作出了不懈的努力，也取得了有目共睹的成绩。中医临床是一个有药、有方、有量的辩证思维过程，自古有云"中医不传之秘在药量"，方药的剂量直接关乎中医药临床疗效。但是，迷失的经方本源剂量、过于保守的中药剂量阈、未成系统的方药剂量理论已经在一定程度上影响了临床医生识量和用量的水平。因此，开展方药量效关系的研究，解开剂量这一中医不传之秘，将推动中医药进入"量化时代"，是提高中医药临床疗效的重要途径之一。

"量效关系"是源自西医化学药物研究的名词，有清楚的定义和成熟的研究模式，然而与成分明确的化学药物相比，中药复方的量效关系具有更加复杂的特点。方和药是中医量效关系研究的两个要素，其中，方代表"以人为本体"的用量策略，药则代表"以药为本体"的剂量规律。方的决定者是医，医生的遣方用量策略更接近于一种具有哲学性和艺术性的思辨，是人类"神"的活动过程，可归属于形而上的哲学范畴；而药是一种有科学物质基础的有"形"的物质，与医相对应，可归属于形而下的范畴。因此，做到医与药的统一、形与神的统一在方药量效关系研究中尤为重要。

综上所述，方药量效关系研究与中医药临床疗效密切相关，与西医相比，方药量效关系有自身的特点，如何进行中医方药量效关系的研究？能否照搬西药量效关系的研究模式？本文将对中医方药量效关系研究的关键问题、难点和研究策略等进行初步探讨。

1. 方药量效关系研究的关键问题

1.1 临床与疗效

疗效是中医生存的命脉，提高临床疗效必然是方药量效关系研究的根本目的之一，也是研究的关键问题。因此，"973"计划立项资助了中医行业第一个以临床为主的研究课题——以量效关系为主的经典名方相关基础研究。研究首先通过临床疗效评价验证几个示范方药的临床疗效，证实量效关系的存在，得出粗略的量效理论，并通过药理、药学、汤药煎剂超分子结构等研究进一步探讨其科学内涵，从而形成"以药为本体"的剂量规律。同时选取古今文献，对现代临床医师进行访谈，通过相应的横断面调查、数据挖掘等手段和方法，提炼出"以人为本体"的方药用量策略，从而初步构建系统的中医方药剂量理论。本研究的临床部分，拟验证和初步探索汤剂、颗粒剂、丸剂、中药注射液治疗内分泌、外科、儿科、神经科等不同疾病的量效关系。

1.1.1 从单病例谈量效关系

治疗不同疾病，对其疗效不能简单地用有效和无效来判定，还应考虑起效的快与慢，疗效的强与弱，疗效持续时间的长和短等。经过长期临床实践，我们认为方药量效关系确实存在，从以下 3 个病例就能体会到剂量对疗效的影响。

病案一的患者王某是一个 17 岁的女孩，父母花费重金送她到北京学画，一日花费逾千元。夏季炎热，王某夜间入睡后未关闭空调，次日晨起周身疼痛不适、头痛、头晕、咽痛、无汗出、无发热，诊断为感冒。王某父母希望女儿尽快复课，要求医生药到病除。根据患者病情，我们用经方麻黄汤加减治疗：生麻黄 24g、杏仁 24g、桂枝 60g、白芍 60g、炙甘草 30g、金银花 60g、芦根 120g、藿香 24g（后下），一日一剂，水煎，分四次服。患者服药一剂后，周身微微汗出，诸症消失，感冒霍然而愈；次日上方诸药剂量减一半，分四次再服，巩固疗效。普通感冒为自限性疾病，一般七日左右自愈，而患者家属提出快速治愈的要求，我们加大了发汗解表药物的剂量。该处方所有药物的剂量均超过 2010 版《中华人民共和国药典》（简称《药典》）规定的药物最大用量。君药生麻黄，功在发汗散寒，其剂量 24g 是《药典》规定最大用量 9g 的 2.7 倍。若按中医院校教科书经方一两折合 3g，《伤寒论》麻黄汤原方麻黄三两、桂枝二两，麻、桂分别只能用 9g 和 6g，很难在短时间内起到发汗散寒之效。同时，本处方的服药方法并非早晚各服一次，而是分四次服，观察患者汗出的情况，病情缓解后中病即减、中病即止，避免大剂量麻黄发汗太过、损伤正气。本病案体现了大剂量与"兵贵神速"的量效关系，中病即减、中病即止及分温频服的用量策略也提高了大剂量用药的安全性。

病案二是早年跟随国医大师周仲瑛老师治疗流行性出血热的病例。患者吴某，32 岁，男性，入院时已出现眼眶痛、腹痛、腰痛、少尿、精神萎靡，醉酒貌、球结膜充血、水肿Ⅲ°、两腋下皮肤及软腭黏膜可见出血点、肾区叩痛阳性等症状和体征，诊断为流行性出血热（重度）。入院后，西医常规治疗效果不佳，第四日病情急剧恶化，体温升至 40℃，狂躁欲起、目直骂詈、不识亲疏，多人按压不住。后心率升至 150 次/min，全身皮肤紫绀，尿闭，病情危重。中药处方予清热凉血、重镇安神的方1和清热化痰的方2，联合峻下逐水之十枣汤和中成药鲜竹沥水、紫雪散以涤痰开窍。方1重用大生地 200g、生石膏粉 300g（先煎）、生龙牡各 100g（先煎），中午服1方一剂、下午服2方两剂，配合十枣汤两剂，全天服紫雪散9支、鲜竹沥生姜汁大半碗，次日患者病情好转，体温降至 38.3℃，心率 114 次/min，喘憋明显减轻，面部紫绀转红，神清语明，24h 尿量增至 3100 毫升。病势松动、乘胜追击，调整处方大生地用量增至 400g、生石膏粉用量调为 200g、加用北沙参 100g。又服加减后的1方两剂、2方一剂，累计一日内服用生地 800g，石膏 400g。至 23 点，患者心率降至 86 次/min，呼吸平稳，安静入睡。入院第7天，热毒之势已退，原方减量继进，病愈。《药典》规定生地、石膏的最大用量分别是 15g 和 60g，然而对于重度流行性出血热这样的急危重症，15g 生地和 60g 石膏极难撼动病势，故以重剂顿挫，胆大心细，嘱患者频频服药，密切观察病情，中病即减，提高用药安全。

病案三的患者贺某，男性，58 岁，患糖尿病8年，一年前出现双下肢麻木疼痛、逐渐加重，诊断为糖尿病周围神经病变，西医治疗效果不理想。患者双下肢疼痛剧烈如刀割，伴麻木发凉，夏月仍需穿两条厚长裤，行走困难，每日仅能步行 200m 左右，严重影响睡眠，几度欲自杀。肌电图检查发现双侧运动神经传导速度减慢，提示双下肢神经性损害。处方予乌头汤合黄芪桂枝五物汤加减，其中制川草乌用量各 30g（先煎 8h），服药两个月，下肢疼痛麻木减轻 30% 左右。效不更方，然病情缓解不明显故调整剂量，制川草乌用量增至各 60g（先煎 8h）、黄芪 90g。患者连续服上方6个月，双下肢疼痛、麻木、发凉症状基本消失，每日可步行 3000m。病情好转，将制川草乌减为各 30g，继服两个月，下肢疼痛、麻木症状消失，肌电图明显改善。服药期间患者未出现心悸、胸闷、胸痛等心脏不适症状、肝肾功能检查未见异常。制川草乌是有毒中药，辛、甘、大热，有较强的补火助阳、散寒逐湿之效，《药典》规定的最大剂量是 15g。糖尿病合并周围神经病变是一种慢性疑难病，目前西医尚缺乏有效的治疗手段，本病例重用制川草乌最大 120g/d，体现了以重剂起沉疴的用量策略。初始制川草乌日用量60g，后加至 120g，病情好转后减为 60g，也符合中医随症施量的用量规律。

1.1.2 从临床研究谈量效关系

在葛根芩连汤不同剂量组治疗 54 例 2 型糖尿病（湿热内蕴证）的临床观察

中，我们发现 3 个月后不同剂量组控制血糖的整体疗效不同，高中低剂量组降糖的有效率分别为 80％、47％和 33％。高中低剂量组平均降低糖化血红蛋白1.79％、0.66％和 0.12％，高剂量组与其他两个组比较有显著性差异（$P <$0.01）。三组患者服药前后肝、肾功能均无明显变化，高剂量组一例患者服药后胃痛，改为餐后服药胃痛消失，中剂量组一例患者出现便秘。本研究初步证实了葛根芩连汤治疗 2 型糖尿病（湿热内蕴证）存在量效关系，高剂量组的疗效优于其他剂量组，不良反应不明显。

1.2　继承与创新

中医历经几千年的发展，对量有了一定认识，前辈和同行在经方剂量考证、随症施量策略、方药量效关系的方法学研究等方面取得了初步成果，充分继承现有成果是本研究的基础。但是，经方本源剂量的考证多停留在文献上，缺乏临床实际应用；方药剂量理论散在分布于古今文献中，尚未形成体系；方药量效关系的药学研究多采用化学药研究模式，其结论难以指导中医临床；总而言之，方药量效关系研究尚缺乏成熟的模式，继承已经不能完全满足当代方药量效关系研究的需求，因此，如何在继承中创新已成为本研究的关键问题。我们认为方药量效关系的研究首先应从思路上创新，以临床为核心，从临床出发，选择药少而精、效专力宏的经方为研究对象；其次，方法和技术手段的创新，多学科、多层次、多技术的结合将有助于方药量效关系研究的进一步深入。

2. 方药量效关系研究的难点

经方大家曹颖甫先生在《经方实践录》中谈到剂量："麻黄一钱、桂枝一钱、炙草八分、杏仁三钱。佐景按：此吾师早年之方也，观其药量之轻，可以证矣。师近日所疏麻桂之量，常在三五钱之间。因是一剂即可愈疾。师常诏余侪曰：予之用大量，实由渐逐而加来，非敢以人命为儿戏也。夫轻剂愈疾也缓，重量愈疾也速。医者以愈病为职者也，然则与之用重量，又岂得已也哉？……恽先生苦读《伤寒论》有年，及用轻剂麻黄汤，尚且绕室踌躇，足见医学之难。"由于中医方药复杂性的特点，量效关系研究仍将面对许多难题。以下将从临床角度初步探讨最为困扰方药量效关系研究的 5 个难点。

2.1　药物剂量阈

剂量阈指中药的剂量范围。为什么剂量阈是方药量效关系研究的难点？目前

《药典》对大部分药物的剂量范围规定过于严格，多数药物的剂量阈均在 10g 以内，《药典》是法典，其剂量规定具有法律效应，然而，临床我们发现常用量并不一定是最大有效量，《药典》规定量大多是安全量，却不一定是最佳有效量。药物的起效量是多少、最佳有效量是多少、出现毒副作用的剂量是多少？都是剂量阈研究的问题。

由于药物的功效、药性、毒性、疾病性质、病程长短、病人体质等差异，药物的剂量阈会有一个较宽的范围。就药性、毒性而言，中国第一部本草著作《神农本草经》（以下简称《本经》）将药物分为上中下三品，其中上品"无毒，多服、久服不伤身"，中品无毒或有小毒，下品才是有明显毒性的药物。我们对《伤寒论》使用的 85 种中药按三品分类法进行统计，其中上品 27 种，占 38.03％；中品 23 种，占 32.39％；下品只有 14 种，占 29.58％。以《本经》药物三品分类法为理论依据，上品药的剂量阈应该较宽。按照 2002 年《卫生部公布药食同源物品可用于保健食品物品名单》进行统计，《伤寒论》中属于药食同源的药物占 32％，属于保健品的药物占 21％，这些药物也应该有较宽的剂量阈。

我们通过 1321 例门诊有效病例初步探索了黄连治疗 2 型糖尿病的剂量阈。初步认为黄连治疗 2 型糖尿病的剂量阈为 9～120g，最常用剂量为 30g、15g 和 45g。黄连用量与患者空腹血糖（FPG）有相关性，FPG＜7mmol/L 常用黄连 15g，7 mmol/L≤FPG＜10mmol/L 黄连多用 30g，若 FPG≥10mmol/L 黄连多用 30～60g。黄连苦寒，长期大剂量服用是否伤胃？在研究中我们发现黄连降糖常与干姜（生姜）配伍，干姜辛温可制约黄连苦寒之性，黄连剂量在 15～30g 时干姜用量为 6～9g。《药典》规定黄连的剂量阈是 2～5g，然而对小鼠的急性毒性实验证明尽管单味黄连有毒，其无毒剂量相当于人日用量 45g 的 24 倍左右，同时复方葛根芩连汤（含黄连 45g）未发现毒性，提示黄连存在较宽的剂量阈。《本经》认为黄连是上品药，在治疗糖尿病时，黄连的用量也远远大于《药典》规定的用量上限 5g。

通过统计门诊 5600 张使用经方的处方，常用药物的剂量阈均较宽，如黄连 3～120g（《药典》2～5g）、黄芩 9～60g（《药典》3～9g）、知母 9～60g（《药典》6～12g）、水蛭 1.5～30g（《药典》1.5～3g）、制川乌 3～60g（《药典》1.5～3g）、桂枝 6～45g（《药典》3～9g）、酸枣仁 15～180g（《药典》9～15g），可见《药典》规定的剂量阈确实有一定局限性，只应作为临床参考而非法规。

2.2　大剂量的临床应用

小剂量或常规剂量安全性高，临床应用广泛，积累了丰富的经验；然大剂量由于超出《药典》范围，临床应用需承担较大风险，故其使用不如常规剂量广，大部分医生缺乏大剂量用药的临床经验，更不敢轻易尝试。因此，在量效关系研究中，大剂量用药成为研究者关注的焦点，更是研究的难点。

为证明大剂量黄连的降糖疗效，我们进行了一种大剂量黄连（30g）降糖复方的临床研究，研究对象是250例初治肥胖2型糖尿病（胃肠实热证）患者，用2型糖尿病的一线降糖药二甲双胍为对照，观察清热降浊方的疗效。治疗12周后，该方降低糖化血红蛋白（HbA1c）1.67%，疗效与二甲双胍相当；降低总胆固醇（CHO）0.45mmol/L，甘油三酯（TG）0.78mmol/L，疗效优于二甲双胍；清热降浊方不良事件发生率为2.44%，而二甲双胍是8.26%，可见大剂量黄连的降糖复方有较好的安全性。

我们统计了门诊千余张处方超《药典》用量的情况，其中川乌超过3g（《药典》最大用量）的处方占99.1%，黄芩超过9g的占98.8%，黄连超过5g的占97.9%，葛根超过15g的占84.6%。笔者也总结了大剂量用药的临床经验，如黄芪治萎，四两（60g）起步；黄连消糖，卅克（30g）基本；枣仁安眠，最大百八（180g）；乌头止痛，八两（120g）口麻欲吐，效毒两刃，等等。

我们提倡经方大剂量，是针对特定的病情——急危重症，特定的阶段——急性发作，使用大剂量来扼制病势、控制病情、迅速起效，中病即减、中病即止，随后改用丸散调理，正所谓合理用药在病情，大小剂量两相宜。

在笔者编写的《重剂起沉疴》代序中，王永炎院士指出："临证重理法以指导组方遣药，既要重视'邪侵正'，也要关注'正胜邪'，依据病证救治的需求而设置重剂与轻剂的运用。""'沉疴'当用重剂，针对危笃重症需防顷刻间病势突变，对急重症，关键是要迅速扭转病势，一两剂间化险为夷，以冀生还的希望。""谈及重剂起沉疴，并非忽视轻剂的作用。当正邪双方势力严重失衡，病邪偏盛时，自然需用重剂；而双方势均力敌时，轻剂则可收四两拨千斤之效。"吴咸中院士认为："根据病重药重，病轻药轻的原则，经方大剂量用药不宜普遍用于多种疾病，应用于危急重症的特定阶段，目的在于扼制病势，控制病情，迅速起效；还应中病即减，应止即止。随后转为常用量治疗，大小剂量相宜。"国医大师朱良春先生提出："中药用量的决定，是要从多方面来考虑，要它发挥新的作用或起到特定的疗效时，就必须突破常用剂量，打破顾虑，才能达到目的。当然也不能因为增大剂量，可以加强药效，就忽视小剂量的作用，形成滥用大剂量的偏向，如大处方，药味多而乱，既浪费药材，增加病人的负担，更对机体有损，这是必须防止的一个倾向。并且具体应用大剂量时还必须随症施量，不能简单草率，以免偾事。"几位前辈均肯定了大剂量存在的合理性和治疗沉疴痼疾之优势，同时也明确了不能草率使用大剂量，还应做到随症施量。

大剂量充分考验了医生识量和用量的水平，什么时候用大剂量？怎样提高大剂量用药的安全？都需要进行深入探索。同样在《重剂起沉疴》代序中，王永炎院士提出："治疗疑难重症，本是中医之特色优势，而当今中医有逐渐失去阵地的忧虑。究其缘由，中医疗效难以提高是导致其在疑难重症面前缺乏自信的关键原因。"我们经长期临床实践认为突破方药常规剂量可能是提高中医药治疗疑难重症的有效途径之一。

2.3 用量策略

对临床医生而言，仅掌握量效理论的知识是无法满足临床需要的，方药量效关系的研究成果最终都将转化并总结为用量的策略指导临床，告诉医生如何用量才最安全、最有效。

通过既往的研究，我们初步概括了以下用量策略：根据病情合理用药是处方的基本原则，该大则大、该小则小、随病施量、随症施量，大小剂量，各得所宜；大量小量、柔道霸道，各领风骚，霸药斩关夺门取捷效，小剂轻舟飞渡有妙用。临床上药物剂量的大小要因人因时因地制宜，如病情重者宜大，轻浅者宜小，药质轻者宜小，质重者宜大，急病大其治，慢病小其治，慢病发作期大其治，缓解期小其治，下焦大其治，上焦病小其治，病实体壮者大其治，病弱体虚者小其治，等等；大其治者，以汤荡之，小其治者，以丸散膏丹调之，此大剂小剂之概略也。

用量策略之所以是研究的难点，在于医生用量的思维过程是一种"悟性"，难以提炼，更难以统一，进一步探索用量策略的研究方法将是方药量效关系研究的重点。

2.4 复方疗效评价

疗效评价是临床研究的重要组成部分，量效关系研究的成果要最终转化到临床，必须通过疗效评价这一关。但是，与成分明确的化学药物相比，复方量效关系更加复杂，复方的量不是一味药的剂量，而是君臣佐使多味药的量，也是君臣佐使的相对量（用药比例）；复方的量并非一成不变，而是根据病情变化而变化；复方的效不能简单概括为有效和无效，更应包括效的强与弱、起效的快与慢、效果持续的短与长等。面对方药复杂变化的量和多方面的效，如何评价量效关系临床研究的疗效？能不能全盘采纳西医疗效评价的方法？尚待深入探讨。

2.5 经方本源剂量考证

经方是东汉名医张仲景《伤寒杂病论》之方，被后世誉为"群方之祖"，然其本源剂量却迷失在历史长河中，成为一宗悬案，现有将经方一两折合 1g、3g、9g、13.75g、15.625g 等，令人莫衷一是。

经方是我们进行量效关系研究的切入点，经方本源剂量考证可谓本研究的基石。目前经方本源剂量研究仍处于"惑、缺、乱"的状态：剂量传承存在误区、理论未成体系、临床应用剂量混乱。由于汉代距今已 1700 余年，度量衡发生了巨大变化，缺乏证据级别高的出土文物和文献记载，经方本源剂量尚难定论。望今后能集文献、考古、计量等领域学者之合力，取得剂量考证的突破。

3. 方药量效关系研究的策略

在方药量效关系的研究过程中，我们始终坚持以下 5 个研究策略。

（1）临床策略：以临床研究为核心，以提高临床疗效为主要目标。

（2）经方策略：以药少而精、效专力宏的经方为切入点，作为量效关系研究的示范方剂。

（3）多学科合作策略：努力集合医学、药学、系统生物学、循证医学、统计学、数学、物理学、化学、历史等多学科人才力量，集思广益。

（4）转化医学模式的应用：引入转化医学模式，提高方药量效关系研究的应用价值。

（5）在量效关系研究中遵循安全性与有效性的统一，探索安全范围内的最佳有效剂量。

在此，要感谢"973"项目"以量效关系为主的经典名方相关基础研究"的分课题负责人王跃生教授、徐国良教授、傅延龄教授和饶平凡教授及课题组的所有成员，也要感谢为本研究献计献策的科学家们。方药量效关系研究仍存在许多难点，要取得突破性进展还有很长的路要走。本文是笔者——一名从事中医临床工作近 30 年的医生，从临床角度对方药量效关系研究的粗浅认识，希望可以抛砖引玉，争取各个学科的更多有识之士加入量效关系研究的队伍，早日解开方药剂量之迷，进一步提高中医药疗效，加快中医药现代化的步伐。

作者简介

仝小林，中国中医科学院广安门医院，e-mail：melonzhao@163.com。

蛋白质分离和鉴定的新技术新方法
——从定性到定量

张玉奎　袁辉明　周　愿　张丽华　邹汉法

张祥民　陆豪杰　杨芃原　钱小红

随着人类基因组全序列测定的基本完成，人类基因的注释与功能确认已成为生命科学面临的最重要任务之一。在蛋白质组学水平上对生命活动的功能执行体——蛋白质进行深入系统的研究，不仅可以全景式地揭示生命活动的本质，而且发现的关键蛋白质也是研究疾病机理和预防诊治药物等的直接靶体库。因此，通过蛋白质组研究发现新的具有重要生物学意义的疾病诊断标志物和药物靶标蛋白质已成为新世纪最大的战略资源之一，是国际生物科技的战略制高点和竞争焦点。

相比基因组学研究，蛋白质组学较复杂。以人为例，人的基因组有 30 亿对碱基，大约有 25 000 个基因，然而由于基因突变，翻译后修饰、剪切等的存在使人的蛋白质数目非常庞大。这对蛋白质组的全面分离鉴定提出了很大的挑战。蛋白质组学研究面临的另一个重要问题是在复杂生物体系中不同种类蛋白质的含量相差巨大。如在血浆中蛋白质丰度分布超过 10 个数量级；高丰度蛋白质的含量占血浆总蛋白的 90％以上，而数以万计的低丰度蛋白质含量却低于 10％。这些低丰度蛋白质往往包括一些在生命过程中起关键性作用的蛋白质，如功能调控蛋白、标记蛋白和药物的靶蛋白等。由于数量庞大、组成复杂，受高丰度蛋白质的掩盖、屏蔽作用的影响，以现有的检测手段难以发现并分离鉴定大多数低丰度蛋白质，这已成为制约蛋白质组研究的瓶颈问题之一[1~3]。随着蛋白质组海量数据的产生，如何高效、灵敏地获得可靠的蛋白质数据也已成为蛋白质组学研究需要解决的问题。近年来，人们在注重蛋白质组定性分析的同时，对蛋白质组定量分析也越来越关注。因此，对蛋白质分离鉴定新技术和新方法提出了更高的要求。

"十一五"期间，我国在蛋白质组学定性分析技术研究的许多方面都取得了长足的发展。例如，在人类肝脏蛋白质组学全谱分析中，中国科学家在 2006 年鉴定了 6 788 种蛋白质；2009 年，鉴定数目达到了 12 000 多种，处于国际领先地位[4]。在高丰度蛋白质的去除方法方面，分别发展了蛋白质印迹技术和多维阵列色谱技术。前者通过以高丰度蛋白质为模板，在溶液中与功能单体相互作用，形成特定排列方式的复合物，并通过交联剂将这种排列方式固定下来，洗去模板蛋白后形成的印迹孔穴可以再次选择性地结合模板蛋白，从而达到选择性去除蛋白质的目的。这种方法可以克服商品化抗体柱化学稳定性差，使用和保存条件苛刻且无法重复使用的问题。此外，对于抗体来源困难的蛋白质，这种方法也显示出较好的应用前景。多维阵列色谱技术则是建立在高分辨的多维液相色谱分离方法的基础上。通过设定蛋白质检测信号的门槛值来判别高低丰度蛋白质，并从中选择检测信号高的色谱峰予以去除，从而达到去除高丰度蛋白质的目的。众所周知，在复杂的生物体系中，往往含有几十种，甚至更多种未知的高丰度蛋白质。无法通过采用大量亲和抗体来实现所有高丰度蛋白质的去除，而采用这种方法恰恰可以解决这些问题。最近，张祥民等人利用该方法去除了血清样品中的210种高丰度蛋白质，并从蛋白质集中的24个洗脱馏分中鉴定出了2491种非冗余蛋白质，其中含有数百个磷酸化修饰、26个乙酰化修饰和134个糖基化修饰蛋白质，显示了该方法的全面性和高的分析效率。

大量的研究结果表明，大多数功能蛋白质在样品中的含量很低，采用二维聚丙烯酰胺凝胶电泳（2D-PAGE）或二维高效液相色谱（2D-HPLC）方法很难直接进行检测。因此，对蛋白质样品进行普适性或选择性富集，可以避免低丰度蛋白质的检测丢失，提高功能蛋白质的检出率。目前针对磷酸化和糖基化蛋白质的富集材料和方法均得到了发展。在富集材料方面，各种亲和配基通过共价结合或表面吸附的方式固定在介孔材料、整体材料、磁性纳米材料、杂化材料等材料上，实现了对磷酸化肽和糖基化肽的选择性富集。在分析方法上，通过发展正交的多维分离方法，有望提高低丰度蛋白质的检出数量。例如，在磷酸化蛋白质的分析中，邹汉法等人通过建立高低pH反相色谱离线二维色谱平台，从人肝细胞中鉴定出了10644个磷酸化肽、9995个磷酸化位点和3149个磷酸化蛋白质[5]。

众所周知，在蛋白质组学的研究中，分离鉴定技术是至关重要的。近年来，以二维高效液相色谱-质谱（2D-HPLC-MS）技术为基础的分析手段得到了充分发展，逐步成为蛋白质组学研究的核心技术之一。尽管以多维蛋白识别技术（MUDPIT）为代表的技术平台具有样品消耗量少、易与质谱联用、便于实现自动化等优点，但是由于在分离前将所有蛋白质酶解，使得本来就非常复杂的蛋白质组变得更加复杂，这不仅给分离带来更多困难，而且如此多的肽段信息为蛋白质的组成和原始结构的推断带来困难，影响了分析结果的准确性。研究表明，先将蛋白质进行预分离有利于提高蛋白质鉴定结果的准确性和可靠性。以2D-

PAGE 结合 MS 为代表的技术已经成为国际上研究蛋白质组学的通用方法之一。然而该方法操作困难，不易于直接与 MS 对接，很难实现自动化。同时，胶上蛋白样品在转移过程中容易丢失。因此，近年来人们发展了基于蛋白质水平的 2D-HPLC 分离技术。再对收集的馏分进行离线酶解，并将酶解产物经 HPLC 分离后，送入 MS 进行鉴定。采用该方法尽管在一定程度上避免了 MUDPIT 和 "top-down" 技术的局限性，但是，在蛋白质馏分收集、离线酶解和多肽再进样过程中也很容易造成样品损失，而且操作烦琐，很难实现样品的高通量分离鉴定。因此，发展一种全自动化、集成化的蛋白质分离、在线酶解、多肽分离、质谱鉴定的蛋白质分析平台必将是一种更好的解决方法。最近，张丽华等人构建了体积排阻色谱-微柱反相色谱-溶剂交换接口-酶反应器-微柱反相色谱质谱的集成化分析平台。他们以鼠脑蛋白质组为样品，考察了该集成化平台的性能。结果表明，在 21h 内，鉴定了 2000 多种蛋白质，显示出了较高的鉴定能力。

随着海量蛋白质组数据的产生，数据处理平台的发展已经成为人们关注的热点。目前，在蛋白质组学的研究中，利用肽段串联质谱进行蛋白质鉴定的软件主要有 SEQUEST 和 MASCOT。在我国，中国科学院计算技术研究所的贺思敏团队也发展了相应的数据处理软件 pFind，并得到了较为广泛的应用[6~8]。针对磷酸化蛋白质组学中磷酸化肽鉴定难、假阳性率高、主要依赖于手工校正的现状，邹汉法等人发展了一种结合二级和三级 MS（MS2/MS3）以及正伪数据库检索的自动磷酸化肽段的鉴定方法，不仅提高了磷酸化肽段鉴定的灵敏度和可信度，而且可以对磷酸化肽段进行自动化鉴定。由于少部分磷酸化肽段在 MS 中不易发生中性丢失，因而这部分磷酸化肽段无法使用 MS2/MS3 方法鉴定得到。为了对该部分磷酸化肽段进行鉴定以进一步提高鉴定的灵敏度，他们在基于 MS2/MS3 匹配的自动化磷酸化肽段鉴定方法的基础上发展了一种基于分类筛选的磷酸化肽段鉴定方法，进一步提高了磷酸化肽段和磷酸化位点鉴定的灵敏度。在上述数据处理方法的基础上，他们进一步建立了一个蛋白质组学数据处理平台，可以对多个数据检索软件的磷酸化蛋白质组学数据进行处理，克服了目前磷酸化蛋白质组学数据处理中的烦琐性并提高了磷酸化肽段鉴定的灵敏度和准确性[9~11]。

随着蛋白质组研究的不断深入，蛋白质组学研究中的定性分析技术仅能提供蛋白质种类和修饰信息，已经不能满足生命科学研究的需要。因此，定量蛋白质组学的技术和方法正逐渐成为该领域方法学研究的热点问题。蛋白质组学定量方法分为相对定量和绝对定量两部分，相对定量蛋白质组学（也称为比较蛋白质组学）是指对不同状态样品所表达蛋白质组的动态差异进行分析。目前采用的主要分析方法有基于 2D-PAGE 技术[12]、荧光胶内差示电泳技术[13]以及基于同位素亲和标签与 MS 分析结合的相对定量技术[14]、等量标签相对和绝对定量方法[15]以及金属元素络合物标签结合质谱相对定量方法[16]等。在有机体中，蛋白质的相互作用是非常复杂的。在真核生物蛋白质组中，平均每 4 个蛋白质就可能被多个不同的蛋白复合物所共有。由于不能确定一个蛋白是代表一个复合物的化学计量核心还是代表一个用于超连接特殊复合物的相互作用因子的暂时亚化学计量，从而使蛋白在相互作用网络中的功能难以捉摸。尽管有一些全功能蛋白已经通过免疫亲和的方法得到分离，但不能确定它们是具有严格的化学计量，还是仅仅是在不同亚单位中化学计量比不同的相互关联的蛋白复合物。因此，为了了解蛋白质在相互作用网络中所起的作用，就必须用量的信息来表征蛋白的功能。另一方面，绝对定量对于临床上的生物标记物更具有明显的现实意义，生物标记物的量的变化，可以直接反映疾病的发展状况，通过对疾病不同时期的生物标记物的绝对量的监测，可以帮助我们直观地判断疾病的发展情况，对于临床诊断和疾病的治疗都具有现实的指导意义。由于蛋白质绝对量在蛋白质相互作用及临床上的重要意义，相关的方法学研究备受关注并取得了一定的进展。目前无标定量方法[17]和多反应检测技术[18]是其主要的分析方法。

近年来，国内定量蛋白质组新技术新方法也得到了较快的发展。钱小红等人以稀土元素为质量标签建立了一种新的蛋白质组相对定量的新方法。该方法具有化学试剂价廉易得、标记反应条件温和、无肽段歧视且肽段的二级图谱为连续的 y 系列离子，因此可提高蛋白质鉴定的可信度。同时 8 种稀土元素皆为单同位元素，且有 28 种自由组合，大大扩展了质量标签的选择范围[16]。此外，他们还发展了基于 ^{18}O 同位素标记结合 MRM 质谱技术的蛋白质绝对定量方法；该方法的浓度线性范围可以达到 2 个数量级，准确度为 $-20\% \sim 36\%$，精密度小于 20.66%[19]。在糖基化蛋白质的定量新方法方面，杨芃原等人发展了 ^{18}O 串联酶促标记糖位点的定量新方法；通过分析健康人血清和卵巢癌人血清，发现 56 种糖蛋白具有显著的变化[20]。此外，在自动化定量分析平台方面，邹汉法等人构建了基于反相色谱-强阳离子整体材料捕集柱-微柱的反相色谱-质谱平台，该平台将同位素标记和多肽的分离鉴定集成化，24h 鉴定了 1000 个人肝蛋白质。他们利用同位素标记比较了正常肝组织与肝癌组织中蛋白质表达的差异，发现了 94 个上调蛋白质和 249 个下调蛋白质[21]。众所周知，色谱技术具有重复性好，数据可靠性高，选择性好，定量动态范围宽等特点，因此，基于多维色谱分离的蛋白质定量新方法也引起了广泛关注。张丽华等人通过二维弱阴离子交换色谱-反相色谱的方法对不同生长时期鹿茸差异蛋白质组进行了分析，找到了 4 个生长期（15d、30d、50d 和 90d）的差异蛋白质 22 个。此外，张祥民等基于多维色谱分离-荧光检测-质谱鉴定的方法实现了对血浆蛋白质组的绝对定量。

随着 2D-HPLC 和 2D-PAGE 分离技术及生物 MS 技术的不断发展，以及对蛋白质组表达谱、修饰谱和蛋白质组相关新技术新方法研究的不断深入，蛋白质组学研究已经取得了巨大的进步。其中，定量蛋白质组学作为目前和未来蛋白质组学研究的热点之一必将受到更多的关注。目前蛋白质组的定量主要以同位素标记的相对定量为主；而蛋白质绝对定量方法也只能是针对某一种或某几种感兴趣的目标蛋白进行。这对于蛋白质组学而言是远远不够的。如何全面地获得所有的蛋白质的绝对量的信息对于了解所有蛋白质的功能作用网络具有重要意义。目前基于质谱的同位素标记方法存在着诸如基体效应、待分析样品物理化学性质等因素受强烈影响等问题，因此对蛋白质的定量准确性和可靠性提出了严峻的挑战。此外，基于 MS 数据统计分析的非标记的半定量方法的发展也由于不同的肽段在 MS 上的响应信号不同，在 HPLC 上的保留行为不同等因素受到了制约。因此定量蛋白质组学新技术新方法的发展将成为蛋白质组学今后发展的方向。多维色谱分离-质谱定性结合光谱定量的方法、单分子检测绝对浓度的定量方法、蛋白质复合物的定量方法，原位、活体、在线蛋白质定量平台以及适用于蛋白质组定量的生物信息学技术必将成为未来蛋白质组学研究的热点方向。

参 考 文 献

[1] Issaq H J, Xiao Z, Veenstra T D. Serum and plasma proteomics. Chemical Reviews, 2007, 107: 3601

[2] States D J, Omenn G S, Blackwell T W, et al. Challenges in deriving high-confidence protein identifications from data gathered by a HUPO plasma proteome collaborative study. Nature Biotechnology, 2006, 24: 333

[3] Gong Y, Li X, Yang B, et al. Different immunoaffinity fractionation strategies to characterize the human plasma proteome. Journal of Proteome Research, 2006, 6: 1379

[4] He F C. Chinese human liver proteome project: a pathfinder of HUPO human liver proteome project. Journal of Proteome Research, 2010, 9 (1): 1

[5] Song C X, Ye M L, Han G H, et al. Reversed-phase-Reversed-phase liquid chromatography approach with high orthogonality for multidimensional separation of phosphopeptides. Analytical Chemistry, 2010, 82: 53

[6] Wang L H, Li D Q, Fu Y, et al. pFind 2. 0: a software package for peptide and protein identification via tandem mass spectrometry. Rapid Communications in Mass Spectrometry, 2007, 21: 2985

[7] Jia W, Lu Z, Fu Y, et al. An strategy for precise and large scale identification of core fucosylated glycoproteins. Molecular & Cellular Proteomics, 2009, 8: 913

[8] Wang L H, Wang W P, Chi H, et al. A efficient parrallelization of phosphorylated peptide and protein identification. Rapid Communication in Mass Spectrometry, 2010, 24: 1791

[9] Jiang X N, Han G H, Feng S, et al. Automatic validation of phosphopeptide identification by the MS2/

MS3 Target-Decoy search strategy. Journal of Proteome Research, 2008, 7：1640

[10] Jiang X N, Ye M L, Han G H, et al. Classification filtering strategy to improve the coverage and sensitivity of phosphoproteome analysis. Analytical Chemistry, 2010, 82：6168

[11] Jiang X N, Ye M L, Cheng K, et al. ArMone：a software suite specially designed for processing and analysis of phosphoproteome data. Journal of Proteome Research, 2010, 9：2743

[12] Lilley K S , Razzaq A , Dupree P. Two-dimensional gel electrophoresis：recent advances in sample preparation, detection and quantitation. Current Opinion in Chemical Biology, 2002, 6：46

[13] UnlüM, Morgan M E , Minden J S. A single gel method for detecting changes in protein extracts. Electrophoresis, 1997, 18：2071

[14] Gygi S P, Rist B , Gerber S A, et al. Quantitative analysis of complex protein mixtures using isotope-coded affinity tags. Nature Biotechnology, 1999, 17 (10)：994

[15] Chong P K, Gan C S, Pham T K, et al. Isobaric tags for relative and absolute quantitation (iTRAQ) reproducibility：implication of multiple injections. Journal of Proteome Research, 2006, 5：1232

[16] Liu H, Zhang Y, Wang J, et al. Method for quantitative proteomics research by using metal element chelated tags coupled with mass spectrometry. Analytical Chemistry, 2006, 78：6614

[17] Griffin N M, Yu J Y, Long F, et al. Label-free, normalized quantification of complex mass spectrometry data for proteomic analysis. Nature Biotechnology, 2010, 28：83

[18] Picotti P, Bodenmiller B, Mueller L N, et al. Full dynamic range proteome analysis of S. cerevisiae by targeted proteomics. Cell, 2009, 138 (4)：795

[19] Zhao Y, Jia W, Sun W, et al. Combination of improved[18]O incorporation and mutiple reaction monitoring：A universal strategy for absolute quantitive verification of serum candidate biomarkers of liver cancer. Journal of Proteome Research, 2010, 9 (6)：3319

[20] Liu Z, Cao L, He Y F, et al. Tandem[18]O stable isotope labeling for quantification of N-glycoproteome. Journal of Proteome Research, 2010, 9：227

[21] Wang F J, Chen R, Zhu J, et al. A fully automated system with online sample loading, isotope dimethyl labeling and multidimenisonal separation for high-throughput quantitative proteome analysis. Analytical Chemistry, 2010, 82：3007

作者简介

张玉奎、袁辉明、周愿、张丽华、邹汉法，中国科学院大连化学物理研究所，中国科学院分离分析化学重点实验室，国家色谱研究中心。

张祥民、陆豪杰、杨芃原，复旦大学化学系，复旦大学生物医学科学院。

钱小红，军事医学科学院放射与辐射医学研究所，北京蛋白质组研究中心。

道地药材的知识产权本质及其保护方略

李 昶

道地药材是最能体现中医辨证施治思想的物质基础，其形成和演变与遗传、环境及生产实践密切相关，并表现出明确的私有权利和重大的经济利益，对于中医药的传承和发展具有非常重要的意义。道地药材因其特殊品质、确切功效和历史声誉不仅成为中医药临床疗效的根本保障，其本质上更是一种历史性的知识形态和知识产品，并具备产生系统、完整、独立的知识产权的可能性和必要性。我们注意到，尽管近年来科学界对道地药材的科学内涵已形成共识，研究及开发利用均已达到较高的水准，但在经济全球化加快的背景下，道地药材的资源供给和市场需求严重失衡。道地药材的发展正面临着产区盲目扩张、品种严重退化、传统工艺失传、临床使用不规范、假冒伪劣药材屡禁不止等严峻形势，并日益陷入生产缺乏科学指导、生态环境破坏严重、种质资源濒临灭绝、遗传资源被无偿商业化甚至被跨国公司窃取的尴尬境地。更需要注意的是，道地药材资源被破坏越来越多地表现为其知识产权利益的流失，且这种损害是不可逆转、无法挽回的。

透过上述问题的表象，我们认为，在制度层面上，制约道地药材传承发展的核心症结在于经济全球化和技术创新导致原有的道地药材利益分配机制失效。面对道地药材在历史演进中表现出的动态性和不确定性，有必要深入认识道地药材的本质特点，深刻把握道地药材的实质和内涵，选择与其匹配的保护制度，这样才能促进道地药材的可持续发展。

1. 道地药材知识产权客体的本质

知识产权是近代商品经济和科学技术发展相结合的产物，指的是人们对其智力创造的以知识产权形态表现的成果依法享有的民事权利，本质上都可以归为人为的具有商业价值的信息[1]。概括而言，作为知识产权保护对象的信息具有以下重要特点：信息可以永久存续；需依附于一定的载体而存在；可以被无限复制、广泛传播；内容可以共享、复合和重组，并在这些过程中发生畸变、创新；不能用控制物质性财产的方式控制[2]。

"道地药材"与信息之间有着天然的联系，因为它是对特定地域药材的属性、特征、规律方面的反映，即是信息的传递。人们对于道地药材观念的形成和品质的信赖均源于信息的有效获取。"道地药材"就是人们在生产实践中对于特定地域的药材在地理环境、生物特性、临床药效、生产工艺等方面所获得的可靠信息。这些信息本质通过多种方式予以表现。例如，道地药材形成过程中所传承的栽培方法、炮制工艺是典型的技术信息。道地药材"产地＋名称"的命名方式透露出产地、品种等重要的货源经营信息。在科学研究过程中，道地药材的物质形态不仅是信息的外壳，本身还包含着宝贵的遗传信息。道地药材作为生命科学研究的重要对象和信息来源，对于药用植物资源的开发和利用具有重要价值。通过对道地药材专有权的保护，可以为道地药材信息的有价值交换带来便利，达到最大限度地利用道地药材和获得相关福利的目的。

道地药材的信息不是固有的，而是中华民族远古先民在认识和改造客观世界过程中累积获得的。人们将与优质药材形成有关的物种、自然环境、生产、生活方式以及历史文化环境等各种信息分类总结，构成了道地药材资源利用的经验体系。这些信息逐渐积累，不断更新，最后形成独立的知识形态即我们常说的道地药材知识。从产生方式上看，道地药材源于传统的中医药理论，其产生不依赖于本土之外的其他知识体系。在世界四大传统医药体系中，植物入药比比皆是。但世界上其他国家和民族从未提出类似道地药材的完整概念，更谈不上针对药用植物的开发、利用以及构建相应的理论体系。因此，道地药材是凝聚特定区域集体智慧的原创性信息，反映出中华民族在长期的生产实践中对药材应用的独立思考和原始创新。而从表现形式上看，道地药材名称多数由地理名称与该药材商品的名称构成，不仅能够准确传递药材的产地信息，还可以表现出药材与产地特定联系的产品质量信息。由道地药材的名称、标志甚至符号人们能够联想到产出地的地理环境决定道地药材的优良品质。不仅如此，由于道地药材的形成蕴涵产地的传统种植技术、特殊炮制工艺和生产方法等在内的人文因素，道地药材亦是一种区别服务来源的标志性信息。

不难发现，作为知识产权客体，"道地药材"不仅是指特定的药材商品，还应泛指道地药材所承载的各种信息，即道地药材传承和发展过程中积累的创造性智力成果。基于上述认识，道地药材可以概括为来源于特定地域，产品品质和相关特征主要取决于自然生态环境和历史人文因素，临床疗效确切的与药材品种相关的遗传资源、传统知识和表现形式，具体指某一药材的商品货源、种质资源、衍生产品，与其品质形成相关的技术、诀窍和经验，体现其商业声誉的名称、标记、符号等。

2. 道地药材知识产权制度的构建要点

因"知识产权的客体表现为一定的信息","道地药材"与知识产权在本质上实现了内在统一,并在制度供给上解决了采用何种法律制度保护道地药材的问题。由于知识产权制度是在承认知识是一种财产并对其进行保护的基础上,促进知识的创造、传播和利用的重要法律制度,因此以知识产权的法律形式强调对道地药材的保护无疑具有重要的价值宣示意义和实际的发展促进作用。那么,如何建立道地药材知识产权保护体系?究竟什么样的管理制度才能满足道地药材知识产权保护和发展的需要?我们认为应从立法理念、权利构造、确权方式、制度设计4个方面着手,全面构建适应道地药材整体性本质的知识产权保护制度。

2.1　公法保障和私法救济并重

按照经济学的一般认识,私有产权是最有效率的。就此而言,将道地药材知识产权作为专有权给予私法救济是最基本的法律形式。即使不从经济学的效率出发,将道地药材知识产权规定为专有权也是最能够符合其保护的政策目标的。但道地药材的保护不应该止步于私法救济,尤其是在目前传统知识和遗传资源被随意获取利用的无序阶段,更需要国家公权力的主动介入。道地药材知识产权关系到国家的公共利益,涉及人民生产生活的传统医药和农业知识,蕴涵着民族历史的文化传统,直接关系到社会的整体利益。因此,对道地药材知识产权的保护最好是国家用公共资源和公权力,给予积极主动的法律救济。需要指出的是,在道地药材知识产权保护的过程中,国家主管部门作为公权力主体也可以采用私法方式完成公共任务,与社会各类主体平等合作,并对道地产区内部的自治行为和外部的市场行为进行一定程度的干预。因此,对道地药材的知识产权保护应该是公法保障和私法救济并重。

2.2　所有权和使用权分离

"道地药材"作为特定的概念是客观的存在,无论在法律上还是在事实上都没有任何人可以单独对其享有任何意义上的"所有权"。归根结底,道地药材是药材因其特定质量、声誉或其他特性而获得的特殊名称,中华民族的长期共同使用才使道地药材具有丰富的经济价值和社会文化价值,否则,"道地药材"就只能停留在商品名称的阶段。我们必须清楚地认识到,尽管道地药材知识产权是基于特定地域而产生的,但它并不是某个传统产区的标志或象征,只有特定地域出

产且达到道地药材质量标准（包含特定质量、声誉或其他特性）的药材，才能被称做道地药材。道地药材知识产权只是体现在知识产品的属性中，而不是标识产品的生产中。由此而论，"道地药材"不是生产者的权利，而是产品的权利。因此，道地药材知识产权的权利主体呈现出复合结构，其所有权和使用权可以分属不同的权利主体，在法理上表现为二元权利主体结构：权利为国家所有，由特定的生产者占有并使用。

2.3 权利法定和行政确权相适

知识产权专有权的产生以行政确权为主。例如，专利及商标一般都要经过实质审查或形式审查后才授予权利人专有权。即使是可以自动获得的知识产权如版权也是采用其他形式的行政确权强化相应的保护。

相比而言，虽然道地药材在历史上属于自发形成，但其演进过程中的变化决定了道地药材的权利不是自动获得的。道地药材的形成不仅依赖特殊的地理因素，也取决于人文因素的影响。道地药材的认定受药材主产区形成和变化的影响极大，也受本草考证的局限，甚至沿袭过程中出现误传错用。历史上政治文化中心转移、药材集散地和地域医药文化发展对道地药材形成均有影响。长期以来，道地产区的划定缺少客观的定量标准，人为因素过大，导致道地产区的认定较为复杂。药材产区或生产者并不能成为道地药材知识产权的权利主体。相应地，"道地药材"的专有使用权也并不因道地药材品种受到保护而自动产生。换言之，道地药材知识产权的专有使用权要获得法律上的确认，就必须符合法律规定的条件并提出相应申请，由国家授予产生。

2.4 专门立法和多元理念融合

单独对道地药材进行制度构建，不仅是基于道地药材重大经济利益的考虑，更是由于传统知识类型丰富，即便同属于传统中医药的范畴，道地药材的特点也不同于中药方剂等其他类型的中医药传统知识，因此应当构建符合道地药材特点的知识产权保护制度。适宜的制度选择应该是国家公权保护为主的行政性法律制度和道地产区生产者集体私权保护为主的民事性法律制度并行。其重点是在承认私权的前提下强调国家的管理，在法律上为公权的介入提供合法性。

考虑到"道地药材"不只是生物物种、环境生态、工业技术方案、传统文化等各个单一组成元素的简单加和，而是将这些组成元素紧密结合并呈现出一致性和连贯性的知识和文化的整体，因此在其立法中应引入知识产权法、环境资源法、生态法、非物质文化遗产法等立法理念，以便适应道地药材的整体性本质。

我们设想的道地药材专门制度是一个综合性的法律，不仅应当对道地药材知识的主体、客体、权利性质、权利内容和救济方式作出详细的规定，而且要对其他保护方式作出概括性或指引性的规定。

3. 道地药材知识产权保护的发展路径

管理制度改革是实现道地药材知识产权保护的关键。可以在充分考虑道地药材特点的基础上，稳步推进，分阶段实现道地药材管理制度的渐进式改革。

近期的任务是加强国家层面上跨部门的协调，建立起协调不同部委开展道地药材综合管理的机构和协调机制，强化规划引导和法律约束。要加紧改革现行道地药材的管理体制，尽快启动对道地药材的资源普查，开展对道地药材的知识产权状况调查，制订国家道地药材生态保护与建设整体计划，建立一套完整持续的政策体系，确保道地药材的可持续发展。

中期的目标是强化区域层面的决策管理，以道地药材知识产权为联系纽带，打破传统的行政区域界限，强化各利益相关方的参与，使道地药材的管理模式逐步从封闭的品种分散管理转向开放的区域综合管理。在国家层面上制定有关的道地药材区域性立法，建立符合道地药材特色的区域管理机构，合理划定道地药材的生产区域。在严格保证自然条件、种质来源、生产工艺相对一致的前提下，使新兴产区也能够合理分享道地药材的知识产权利益，以实现道地药材经济的福利最大化。

最终的目的是建立道地药材专门保护制度，将其作为道地药材保护的基本法律手段，继而建立起与之相适应的专门管理机构。通过立法，进一步明确国家中医药主管部门在道地药材知识产权保护中的主导作用，授权建立以利益相关方为主的新型管理机构，强调利益相关方的广泛参与及较高的产区自主管理水平。

4. 结语

"道地药材"不同于普通的商品，因其特殊的药材品质、深刻的价值内涵，兼之医药领域的特殊性而在本质上属于公共产品，对其给予充分的知识产权保护有助于维护社会公共利益。道地药材的概念由最初朴素的古代"道地观"逐渐发展演进到在文献研究、产地调查、形态研究和实验研究的基础上界定"道地药材"的科学内涵，但对道地药材的理解还应随社会变迁和技术发展不断加深，并在制度上进行适应性调整以满足实践的需要。

　　构建道地药材知识产权制度，不仅要从逻辑形式上对"道地药材"的概念进行法定，而且应当在法律层面使"道地药材"的边界清晰化，为道地药材延续发展提供必要的制度保障。要充分考虑道地药材知识产权保护的特殊性和必要性，在制度设计上将所有权和使用权适度分离，为公权的介入提供合法性，以便给予道地药材必要的行政保护和司法保护。将国家设定为权利主体的目的是突出国家的管理，对道地药材实行有效的公共管理，避免出现"市场失灵"，同时也有利于对市场主体的权利救济。

　　世界各国对传统知识和遗传资源所采用的保护模式往往取决于其在社会和经济发展中所起的作用和影响。道地药材的产生和发展有其历史必然性和内在逻辑性，对中国的社会和经济发展具有特殊意义。在知识产权制度框架内重构道地药材的权利体系，不仅使道地药材受到更高水平的保护成为可能，还可通过适当的法律机制实现其特殊利益。构建道地药材知识产权制度的目的不仅在于建立促进道地药材文化传承与发展的法律制度，最大限度地维护道地药材的价值核心，也是建立我国传统知识和遗传资源知识产权保护制度的有益探索。

参 考 文 献

[1] 李扬等. 知识产权基础理论和前沿问题. 北京：法律出版社，2004：2
[2] 张玉敏. 谈谈知识产权的法律特征. 中国发明与专利，2008，(4)：43

作者简介

李昶，国家知识产权局专利管理司，e-mail：lichang@sipo.gov.cn。

道地药材的品质特征及形成机制

黄璐琦　马超一　郭兰萍

　　道地药材（Dao-di Herbs）就是指在一特定自然条件、生态环境的地域内所产的药材，且生产较为集中，栽培技术、采收加工也都有一定的讲究，以致较同种药材在其他地区所产者品质佳、疗效好、为世所公认而久负盛名者称之[1]。道地性是对道地药材所具有各种优良性状的总称。作为我国中药行业一个约定俗成的中药质量的概念，道地药材可以被视为古代中医辨别优质中药材的独具特色的标准。道地药材在中药中用量最大，经济价值最高。常用 500 种中药材中，道地药材约占 200 种，其用量占中药材总用量的 80%[2]。胡世林在《中国道地药材》中收载常用道地药材 160 种，其中植物药 132 种，动物药 20 种，矿物药 8 种[3]。

　　新中国成立后，道地药材的研究发展也受到政府的高度重视。不少学者就道地药材科学性相关问题展开研究[1, 3~24]。其中，胡世林主编的《中国道地药材》[3]、《中国道地药材图说》[25]等著作是当代道地药材研究的重要成果之一。而黄璐琦等发表的关于道地药材生物学本质[4]、道地药材遗传本质[12]、道地药材环境机制[11]、道地药材人文学属性[10]、道地药材形成的模式假说[9]等论述则代表了道地药材研究的新进展。近年来，道地药材的概念引起西方世界的重视[26~31]，但道地药材的研究一直集中在中国境内，使得国外学者对道地药材的了解和认识存在一定局限性。本文在介绍道地药材化学成分特征的基础上，重点介绍了道地药材形成机理的研究成果，并讨论了未来道地药材研究中将会遇到的几个关键问题。

1. 道地药材品种特征

　　道地药材具有以下公认的属性：具有特定的质量标准及优良的临床疗效，具有明显的地域性，具有丰富的文化内涵，具有较高的经济价值。其中，具有特定的质量标准及优良的临床疗效体现了道地药材最重要的价值。而道地药材正是因为具有独特的化学物质基础才产生了有别于种内其他居群中药材的化学型，并在临床上呈现良好疗效。作为一个开放的复杂系统，道地药材化学型（表型之一）

的形成是长期适应环境的结果，并体现出独特的自适应特征[2]。最初，人们试图通过寻找道地药材特有的组分来作为识别道地药材的依据，但是随着道地药材研究的深入，人们认识到道地药材与非道地药材在化学成分上的差别可能不是某个或某几个成分的有或无，而是某些组分的特定含量或配比的改变。

为了证明道地药材具有独特的化学组分的配比，郭兰萍等[13]分单株采集 2 个居群道地产区，5 个非道地产区的 47 株苍术根茎，用 GC-MS 分离鉴定挥发油中的 6 个主要成分。聚类分析显示，11 个道地苍术与 36 个非道地苍术分别聚为两类；道地苍术挥发油主要组分的含量明显不同于非道地苍术。茅苍术道地性在挥发油中的表现主要是苍术酮、茅术醇、β桉叶醇及苍术素呈现出的一种特定配比关系，即（0.70～2.00）：（0.04～0.35）：（0.09～0.40）：1。刘玉萍等[32]研究发现，藿香道地药材与非道地药材挥发油组分也存在配比的不同。近年来，道地药材在化学成分上的差异表现为量变而非质变的理念逐步成为业界共识，因此，多组分化学指纹图谱技术在道地药材研究中得到应用[33]。

由于道地和非道地药材的量变及配比变化微妙，常规的分析方法在信息提取方面存在较大困难。近年来飞速发展的近红外光谱具有全息性特点，配合化学计量学的方法，近红外光谱在道地药材独特化学成分的分析中显示出极大优势，必将加快道地药材化学表征的进度[17]。

2. 道地药材形成的生物学机制

从生物学上说，道地药材的表型是由自身的遗传本质基因型所决定的，并受特定的生境条件影响。道地药材的形成应是基因型与生境之间相互作用的产物，可用公式表示：表型＝基因型＋生境饰变。所谓表型，指道地药材可被观察到的结构和功能特性的总和，包括药材性状、组织结构、有效成分含量及疗效等。基因型指道地药材在基因水平的变异。生境饰变（environmental modification）是指由生境引起的表型的任何非遗传性变化。当前，道地药材形成的研究主要集中在遗传和环境两个方面。

2.1 遗传机制

道地药材分子机制的研究，即在分子水平揭示道地药材居群水平的遗传分化，明确道地药材基因型特征以及环境对道地药材基因表达的影响，从而揭示遗传因素对道地药材形成的贡献率[12]。

近年来，在道地药材遗传多样性研究及分子鉴别，道地药材遗传分化及进化

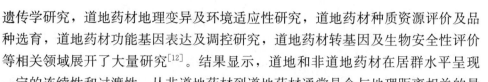

遗传学研究，道地药材地理变异及环境适应性研究，道地药材种质资源评价及品种选育，道地药材功能基因表达及调控研究，道地药材转基因及生物安全性评价等相关领域展开了大量研究[12]。结果显示，道地和非道地药材在居群水平呈现一定的连续性和过渡性，从非道地药材到道地药材通常是个与地理距离相关的量变的过程，其在遗传上存在一定的居群间分化，但由于基因交流的存在，这种分化尚未达到隔离水平。

黄璐琦等[12]在综合分析了道地药材遗传学研究的基础上，总结出道地药材在遗传上呈现以下 3 个特点，并开展了卓有成效的研究。

（1）道地性越明显，其遗传分化越明显。郭兰萍等[34]考察苍术遗传特性，探讨不同产地苍术遗传多样性。将源于 2 个亚居群的 11 个苍术道地药材聚为一类，而其他居群或亚居群的非道地苍术个体均没有各自聚为一类；苍术居群内、亚居群间和居群间变异分别占总变异的 76.74%、11.58% 和 11.68%。研究所用 3 个指标均表明苍术种内遗传多样性水平较高；苍术的遗传变异主要分布在居群内，但居群间已形成一定的遗传分化；茅山苍术个体间的遗传距离较小，遗传背景较为相似，并且不论在居群水平还是个体水平，茅山苍术都能单独聚为一类，表明茅山苍术在长期适应环境的过程中，已经发生遗传上的分化。

（2）道地药材的遗传分化模式决定了道地居群和非道地居群的遗传分化程度，隔离分化程度越高，道地居群和非道地居群的遗传分化越大。黄芩是道地性明显的大宗药材，其道地产区位于河北承德及周边地区，袁庆军等[26]对黄芩分布区内 50 个居群进行了分子谱系地理学分析，结果表明黄芩种内具有较高的遗传多样性和遗传分化，具有显著的谱系地理结构。遗传距离与地理距离的相关性分析表明两者之间显著相关，表现为受距离影响的受限基因流（restricted gene flow with isolation by distance）的遗传分化模式。单倍型网状进化树有 4 个分化明显的分枝，分别分布在东北地区、承德及周边地区和西北地区，单倍型的地理分布显著结构化。网状进化树中最原始的分枝和单倍型正好分布在黄芩的道地产区——承德及周边地区，同时道地产区的单倍型种类最丰富，表明黄芩的道地产区可能是黄芩的起源中心和多样化中心，其北面东西走向的燕山山脉和西面南北走向的太行山脉形成了第四纪冰川的天然屏障，使承德及周边地区可能成为冰期北方植物的避难所，这里优越的地理气候和生态环境使得道地居群与非道地居群产生了显著的隔离分化，从而形成了黄芩的道地性。

（3）道地性在个体水平表现为微效多基因控制的数量遗传。大量的研究表明，药用植物中天然产物的生物合成通常由途径中多条关键酶基因所调控，如紫杉烯（紫杉醇前体）[35]、青蒿酸（青蒿素前体）[36]、东莨菪碱[37]等。药用植物中天然产物（有效成分）的种类及含量，是药材道地性的集中体现，因此，药材的道地性在个体水平表现为微效多基因控制的数量遗传。黄璐琦课题组以中药丹参为模式药材，选择丹参酮类有效成分为目标化合物，通过对丹参酮生物合成相关基因的克隆及途径的揭示，探讨其在道地性形成过程中多基因调控机制。首先，提取道地产区丹参的 RNA，制备第一张中药材基因芯片，以及利用芯片杂交分别对丹参不同生长时期、外源诱导子诱导的基因表达谱进行研究[38~41]，得到大量的候选基因片段。接下来，采用 RACE 的方法，克隆到丹参酮生物合成途径上 *SmAACT*、*SmHMGR2*、*SmDXR*、*SmCMK*、*SmIPPI*、*SmFPS*、*SmGG-PPS*、*SmCPS*、*SmKSL* 和 *SmCYP*001 等 10 条全长基因[42~46]。通过对大田栽培丹参不同生产时间和器官的 RNA 提取分离和所克隆基因的 Real time PCR 检测分析，建立丹参生产过程中重要基因的定量表达分析平台[47]。通过对全长基因的功能研究，发现 SmHMGR2 是一种新颖和重要的关键酶，参与二萜丹参酮合成，并且该基因的过表达可以增加酶的活性，提高丹参中丹参酮的积累[48]。此外，通过对 *SmCPS*、*SmKSL* 两条基因的克隆、表达及功能研究，*SmCPS* 被鉴定为被子植物中首条（＋）-CPP 合成酶基因，*SmKSL* 则被鉴定为一条全新的二萜合酶基因，催化（＋）-CPP 形成新的二萜烯类化合物（次丹参酮二烯，milt-iradiene），并且采用功能基因组学方法阐明了丹参酮生物合成过程中的立体化学构型，将丹参酮生物合成途径研究往前推进了 2 步，发现这是一条丹参酮特有的二萜生物合成途径新的分支[27]。

2.2　环境机制

微效多基因控制的数量性状有个最大的特点就是受到环境的影响。数量性状的表型观察值是由遗传与环境共同作用的结果，即表型＝基因＋环境＋基因与环境的相互作用[49]。可见，基因有产生某一特定表型的潜力，但不是决定着这一表型的必然实现，而是决定着一系列的可能性，究竟其中哪一种可能性得到实现，要视生境而定。道地药材之所以离不开特定生境，是由于那些能体现其优良品质的特性是由微效多基因控制的。为此，揭示道地药材品质与生境的关系成了道地药材研究的核心内容之一。

郭兰萍等[50]用典型相关结合逐步回归得到气候因子与苍术 *Atractylodes lan-cea* 挥发油的相关模型并确定影响苍术质量的气候主导因子，得到了气候因子与苍术挥发油中 6 个主要组分的相关模型，及苍术挥发油的气候适宜性区划图，发现 10 月份的气象条件对苍术挥发油组分的影响最大，温度及其与降雨的交互作用是影响苍术挥发油组分的气候主导因子。郭兰萍等[15]还分析了明确影响苍术生长发育的生态限制因子，使用 IDIRIEIW 软件对苍术研究样地 30 年间生态主导因子和限制因子的均值进行空间插值，提取茅山地区气候因子参数进行空间叠加分析，寻找茅山地区生境特征。研究表明，茅山地区气候具有高温、旱季短、雨量充足的特点；苍术道地药材形成具有逆境效应。

决定药材疗效的物质基础是有效成分，有些有效成分在正常条件下没有或很少，只有当受到外界刺激（如干旱、严寒、伤害）时才会产生，这类物质属异常二次成分，被称为保护素（phytoalexin）[4]。黄璐琦等分析了环境对道地药材形成的影响，指出逆境可能更利于中药道地性的形成[11]。

3. 人为因素对道地药材质量的影响

除了遗传、环境及其交互作用对道地药材的形成具有巨大影响外，道地药材从选种、育苗、栽培、收获到加工炮制，无不是当地人民数百年来辛勤的充满智慧的劳动与自然环境的完美结合，因此，其药材优良品质在很大程度上可以说就是"天、药、人合一的作品"，人为因素对道地药材品种的形成具有不可忽视的影响[10, 51]。其中，炮制对药材道地性的影响一直备受瞩目。炮制是中医药特有的对天然药物的一种预处理方式，是中医药理论中最具有特色的领域。研究表明炮制对中药具有减毒增效、改变药物作用部分、控制起效快慢等作用。不少道地药材的形成与其独特的炮制方式密不可分。例如，卤水炮制阿胶，地黄道地药材需九蒸九晒，至于附子、当归等道地药材均各有其不同的加工炮制技术[52]。研究表明，炮制后，药材的化学组成更符合道地药材的特征。周洁等[53]分析了麸炒苍术挥发油成分的变化，阐述将道地药材标准用于苍术炮制品质量分析的可行性。结果表明炮制后苍术总挥发油含量降低，尤其是 β-桉叶醇、茅术醇含量低，挥发油组分显著增多，较生品更为接近道地药材，用道地药材标准来探讨苍术炮制品质量具有一定的可行性。

4. 小结

道地药材是生物进化过程中的产物，道地性归根结底是地理变异的一种居群水平的表现形式。为此，道地药材研究应高度重视尺度效应，相关观察研究必须在居群水平展开，而且该居群必须以道地药材的实际分布区为依据，而非人为划定的居群。同时，道地药材无论在居群水平、基因水平还是表型上都呈现出数量特征。利用数量遗传学的概念和实验方法，研究道地药材遗传的物质基础、性状的连续变异、尺度问题、均值分量和变异分量、互作和连锁、基因和有效因子、选择进展等问题，将成为揭示道地药材分子机理的重要手段；而对遗传与环境的交互作用的研究是揭示道地药材分子机理研究的关键，也必将成为道地药材研究的热点和难点。

道地药材的优良品质，除了中医临床疗效外，还包括药材的外观性状，甚至它的传播方式、市场口碑等能让这个产品增值。换言之，道地药材不是纯粹的自然科学概念，它除了具有自然科学的属性，还同时具有文化属性和经济属性。越来越多的人认识到，道地药材是一类典型的地理标志产品。因此，在充分利用现代科学技术揭示道地药材生物学、化学、药理药效学特征和规律的基础上，借鉴地理标志对产品的认定及保护技术和措施，开展道地药材鉴别及相关知识产权的保护，是当前道地药材研究面临的重要任务之一[10]。

参 考 资 料

[1] 谢宗万. 论道地药材. 中医杂志, 1990, 10: 43-46

[2] 黄璐琦. 分子生药学. 北京：北京大学医学出版社, 2006: 9

[3] 胡世林. 中国道地药材. 哈尔滨：黑龙江科学技术出版社, 1989

[4] 黄璐琦, 张瑞贤. "道地药材"的生物学探讨. 中国药学杂志, 1997, 9 (32): 563-566

[5] 肖小河. 中药材品质变异的生态生物学探讨. 中草药, 1989, 20 (8): 42-46

[6] 肖小河, 陈士林. 论道地药材的系统研究. 四川中草药研究, 1991, 30 (2): 15-21

[7] 肖小河, 夏文娟, 陈善墉. 中国道地药材研究概论. 中国中药杂志, 1995, 20 (6): 323-325

[8] 高文远, 秦恩强, 肖小河, 等. 当归药材道地性的RAPD分析. 中草药, 2001, 32 (10): 926-929

[9] 黄璐琦, 陈美兰, 肖培根. 中药材道地性研究的现代生物学基础及模式假说. 中国中药杂志, 2004, 29 (6): 494-496, 610

[10] 黄璐琦, 郭兰萍, 华国栋. 道地药材属性及研究对策. 中国中医药信息杂志, 2007, 14 (2): 44-46

[11] 黄璐琦, 郭兰萍. 环境胁迫下次生代谢产物的积累及对道地药材形成的影响. 中国中药杂志, 2007, 32 (4): 277-280

[12] 黄璐琦, 郭兰萍, 胡娟, 等. 中药道地性的分子机理及遗传背景. 中国中药杂志, 2008, 33 (20): 2303-2308

[13] 郭兰萍, 刘俊英, 吉力, 等. 茅苍术道地药材挥发油组成特征分析. 中国中药杂志, 2002, 27 (11): 814-819

[14] 郭兰萍, 黄璐琦, 阎玉凝. 土壤中无机元素对茅苍术道地性的影响. 中国中药杂志, 2002, 4: 5-10

[15] 郭兰萍, 黄璐琦, 阎洪, 等. 基于地理信息系统的苍术道地药材气候生态特征研究. 中国中药杂志, 2005, 30 (4): 565-569

[16] 郭兰萍, 黄璐琦, 华国栋, 等. 丹参地理变异及其道地性探讨. 现代中药研究与实践, 2006, 20 (5): 3-6

[17] 郭兰萍，黄璐琦，Huck C W. 道地性现代诠释及道地药材鉴别：近红外光谱技术及其在中药道地性研究中的应用. 中国中药杂志，2009，34（13）：1751-1757

[18] 周红涛，胡士林，郭宝林，等. 芍药野生与栽培群体的遗传变异研究. 药学学报，2002，37（5）：383-388

[19] 左云娟，朱培林，刘强，等. 道地药材江枳壳品种遗传学关系的 ISSR 证据. 中国中药杂志，2005，30（8）：1416-1419

[20] 韩建萍，陈士林，张文生，等. 栀子道地性的分子生态学. 应用生态学报，2006，17（12）：2385-2388

[21] 陈大霞，李隆云，彭锐，等. 黄连种质资源遗传多样性的 ISSR 研究. 中国中药杂志，2006，031（023）：1937-1940

[22] 聂淑琴，李兰芳，杨庆，等. 5 种产地苍术提取物主要药理作用比较研究. 中国中医药信息杂志. 2001，8（2）：27-29

[23] 陈幸，黎万寿，夏文娟，等. 四川中江丹参与其他产地丹参化学成分的比较研究. 中国中药杂志，1997，22（9）：522-524

[24] 范俊安，易尚平，张爱军，等. 川产道地药材受 GBS 制约效应. 中国中药杂志，1996，21（1）：12-14

[25] 胡世林. 中国道地药材原色图说. 济南：山东科学技术出版社，1998

[26] Yuan Qingjun, Zhang Zhiyong, Hu Juan, et al. Impacts of recent cultivation on genetic diversity pattern of a medicinal plant, Scutellaria baicalensis (Lamiaceae). BMC Genetics 2010，11：29

[27] Gao W, Hillwing M L, Huang L Q, et al. A functional genomics approach to tanshinone biosynthesis provides stereochemical insights. Org Lett，2009，11（22）：5170-5173

[28] Huang L Q, Xiao P G, Guo L P, et al. Molecular pharmacognosy. Sci China Life Sci，2010，53（6）：643-652

[29] 郭兰萍，黄璐琦. 中药资源的生态研究. 中国中药杂志，2004，29（7）：615-618

[30] 郑金生. "道地药材"的形成与发展（Ⅰ）. 中药材，1990，（6）：39-40

[31] 郑金生. "道地药材"的形成与发展（Ⅱ）. 中药材，1990，（7）：43-45

[32] 刘玉萍，罗集鹏，冯毅凡，等. 广藿香的基因序列与挥发油化学型的相关性分析. 药学学报，2002，37（4）：304

[33] 欧阳臻，杨凌，宿树兰，等. 茅苍术挥发油的气相色谱-质谱指纹图谱研究. 药学学报，2007，42（9）：968-972

[34] 郭兰萍，黄璐琦，蒋有绪. 苍术遗传结构的 RAPD 分析. 中国药学杂志，2006. 41（3）：178-181

[35] Ajikumar P K, Xiao Wenhai, Keith E J, et al. Escherichia coli precursor overproduction in isoprenoid pathway optimization for taxol. Science，2010，330：70-74

[36] Ro D K, Paradise E M, Ouellet M, et al. Production of the antimalarial drug precursor artemisinic acid in engineered yeast. Nature，2006，440：940-943

[37] Zhang L, Ding R, Chai Y, et al. Engineering tropane biosynthetic pathway in Hyoscyamus niger hairy root cultures. P Natl Acad Sci USA，2004，101（17）：6786-6791

[38] 崔光红，黄璐琦，唐晓晶，等. 丹参功能基因组学研究Ⅰ——cDNA 芯片的构建. 中国中药杂志，2007，32（12）：1137-1141

[39] 崔光红，黄璐琦，邱德有，等. 丹参功能基因组学研究Ⅱ——丹参毛状根不同时期基因表达谱分析. 中国中药杂志，2007，32（13）：1267-1272

[40] 崔光红. 丹参道地药材 cDNA 芯片构建及毛状根基因表达谱研究. 中国中医科学院博士学位论文，2006

[41] 王学勇. 丹参毛状根基因诱导表达分析及其有效成分生物合成基因的克隆研究. 中国中医科学院博士学位论文，2007

[42] 崔光红，王学勇，冯华，等. 丹参乙酰 CoA 酰基转移酶基因全长克隆和 SNP 分析. 药学学报，2010，45（6）：785-790

[43] 王学勇，崔光红，黄璐琦，等. 丹参 4-（5′- 二磷酸胞苷）-2-C-甲基-D-赤藓醇激酶的 cDNA 全长克隆及其诱导表达分析. 药学学报，2008，43（12）：1251-1257

[44] 张蕾，戴住波，崔光红，等. 丹参牻牛儿基牻牛儿基焦磷酸合酶基因的克隆与分析. 中国中药杂志，2009，34：2704-2708

[45] 高伟. 丹参酮类化合物生物合成相关酶基因克隆及功能研究. 中国中医科学院博士学位论文，2008

[46] 戴住波. 丹参酮类生物合成关键酶基因的克隆、鉴定及丹参毛状根基因修饰的研究. 中国中医科学院博士学位论文，2009

[47] Yang Y，Hou S，Cui G，et al. Characterization of reference genes for quantitative real-time PCR analysis in various tissues of Salvia miltiorrhiza. Mol Biol Rep，2010，37：507-513

[48] Dai Z，Cui G，Zhou S，et al. Cloning and characterization of a novel 3-hydroxy-3-methylglutaryl coenzyme A reductase gene from salvia militiorrhiza involved in diterpenoid tanshinone accumulation. J Plant Physiol，2010，Doi：10. 1016/j. jplph. 2010. 06. 008

[49] 马瑟 K，金克斯 J L. 生统遗传学. 第 2 版. 刘定富译. 北京：科学出版社，1988.

[50] 郭兰萍，黄璐琦，蒋有绪，等. 苍术挥发油组分的气候主导因子筛选及气候适宜性区划. 中国中药杂志，2007，32（10）：888-893

[51] 方成武. 对安徽道地药材牡丹皮的采收及产地加工方法考察. 中药材，2000，23（2）：52-53

[52] 叶定江，张世臣，潘三红. 中药炮制学. 北京：人民卫生出版社，1999

[53] 周洁，郭兰萍，黄璐琦，等. 基于道地药材标准的炮制苍术挥发油变化规律研究. 中国药学杂志，2009，44（8）：567-570

作者简介

黄璐琦、马超一、郭兰萍，中国中医科学院中药研究所。

鄱阳湖主要生态环境问题及保护对策

孟　伟　王圣瑞　郑丙辉　焦立新　刘征涛

鄱阳湖位于江西省北部，长江中下游南岸，流域面积为 16.22 万 km^2，主要涉及江西、湖南、福建、浙江、安徽等 5 省，其中江西省境内面积 15.67 万 km^2（占江西省流域总面积的 97.2%），占全流域的 96.6%。鄱阳湖是我国最大的通江吞吐型淡水湖泊，其主要接纳赣、抚、信、饶、修等"五河"来水[1]，经调蓄后由湖口注入长江。鄱阳湖是洄游性鱼类、珍稀水生动物的繁殖场所，多年平均水量占长江干流多年平均径流量的 15.6%[2]。鄱阳湖具有调蓄洪水和生物多样性保护等重要生态功能，是保障长江中下游水量平衡和生态安全不可缺少的屏障，其入长江水质和水量显著影响长江中下游地区的社会经济发展。近年来，随着三峡工程的建设和运行，鄱阳湖在稳定长江中下游正常生态流量和防止长江口海水倒灌等方面也发挥了重要作用[3]。

鄱阳湖湿地具有多种生态类型，是我国内陆湖泊生物多样性最为丰富的地区。其中，高等植物约 600 种，鱼类 136 种，哺乳类 52 种，鸟类 316 种（其中，属国家一级重点保护的有 10 种，二级保护的有 44 种）[4]。至 2008 年，鄱阳湖共建各种类型、不同级别自然保护区 33 个，占湖区总面积的 40%。其中国家级自然保护区 2 个，面积 6.82 万 hm^2[2,5]。另外，鄱阳湖国家级自然保护区也是首批列入《国际重要湿地名录》的七块区域之一[6]，鄱阳湖支持了世界上 98% 的国际濒危物种白鹤和 80% 以上的东方白鹳以及占世界上整个种群数量 1/4 的长江江豚。因此，鄱阳湖在全球迁徙候鸟和长江江豚保护等方面具有重要地位[7]。

然而，伴随江西省社会经济的快速发展，特别是 2000 年以来，长江流域水文情势的较大变化；入湖氮磷污染负荷增加、水质下降，富营养化趋势加剧；鱼类种类减少，呈现小型化、低质化趋势；湿地植被结构演替明显，生物多样性下降，珍惜保护物种受到威胁等，给鄱阳湖保护带来了较大压力。本文调查和总结了多年资料，对鄱阳湖主要生态环境问题及其驱动力进行了研究，并据此提出了科学对策，以期为鄱阳湖湿地的科学保护提供参考。

1. 鄱阳湖主要生态环境问题

1.1 近年来低水位频繁出现、枯水期延长，水文情势不容乐观

2003 年以来，由于流域降水与长江上游来水减少，鄱阳湖水文情势发生了较大变化[1,6]。无论是枯水年（2003 年、2004 年和 2007 年）还是平水年（2005 年和 2006 年），鄱阳湖星子站水位低于 10 m、9 m 和 8 m（吴淞高程）持续的天数均明显高于历史最干旱年份（1963 年），部分高于大干旱年份（1978 年）。其中，2006 年星子水位低于 10 m 的连续天数达到 141 d，创历年最高，并且出现的时间比正常年份提前了 75 d，有 65 d 实测水位低于历史同期最低水位。2005 年、2006 年、2007 年，星子站低于 12 m 以下水位的天数分别为 153d、230d、223d。2006 年 8 月 22 日至 2007 年 5 月 2 日出现了连续 254 天星子水位低于 12 m 的罕见低水位。2010 年 9 月以来，湖区及流域旱情加剧，三峡水库进行 175 m 试验性蓄水，长江上游来水明显减少，促使鄱阳湖水位进一步下降。据水文部门监测，2009 年 8 月 15 日～10 月 13 日期间，鄱阳湖水位累计跌幅 7.53 m，平均每日下降 0.13 m。10 月 13 日 08 时，星子站水位为 9.65 m，比 2008 年同期低 3.85 m，比历年同期平均水位低 5 m，枯水期较正常年份提前约 40 天。

根据 1951～2007 年、1951～2002 年及 2003～2007 年三组时间段，星子水位站各月平均水位、最高水位和最低水位调查资料（图 1）分析，2003～2007 年的平均水位、最高水位和最低水位均较历史同期偏低。相对于 55 年的总体趋势而言，年最高水位的下降幅度最大，其次是年最低水位，年平均水位的下降幅度相对平缓。

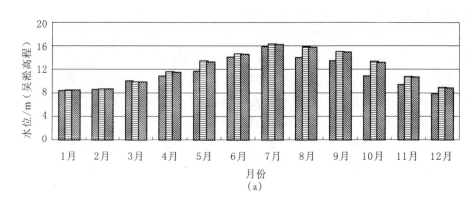

(a)

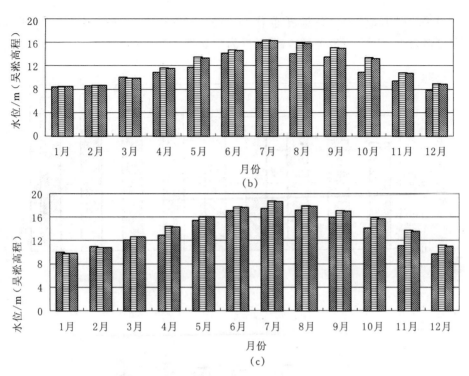

图1　星子站多年各月水位变化

(a) 月均水位；(b) 最低水位；(c) 最高水位。

▨ 2003～2007 年　▤ 1951～2002 年　▧ 1951～2007 年

鄱阳湖水位变化主要与"五河"来水的增减、河床、湖床冲淤以及下游水位顶托等因素有关[7]。流域及上游水利工程的建设，也可能对湖区水位产生一定影响。鄱阳湖丰水期水位较低，枯水期最低水位频繁出现且持续时间延长，不仅给湖区居民的生产和生活造成了较大影响，也严重影响了湖区水质、湿地生态系统稳定性以及珍稀候鸟的栖息环境[8]。

1.2　入湖污染负荷增加，湖区水质下降，富营养化趋势加剧

鄱阳湖区及周边地区是江西省社会经济发展的重要区域，也是江西省农业的重点发展区域。随着社会经济的快速发展，鄱阳湖的入湖污染负荷逐年增加[6]，其中"五河"输入的污染负荷占总量的80%左右，而湖区径流带入的污染物相对较少。根据调查表明，2008 年全省废污水排放量达到 1.389×10^9 t，比 2000 年增加了 44.83%。期间全省废污水排放量平均每年约以 4.8×10^7 t 的速度递增，化学需氧量（COD_{Cr}）排放量平均每年约以 1.2×10^4 t 的速度递增，氨氮排放量

平均每年约以 $1.3×10^3$ t 的速度递增（图2）。2004～2008年，每年进入鄱阳湖的总氮量为 15.0 万～18.0 万 t，总磷量为 2.0 万～3.0 万 t。

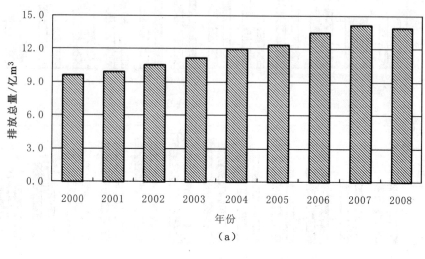

（a）

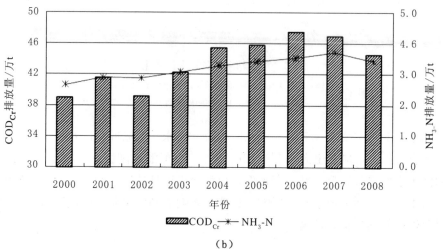

（b）

图2　2000～2008年鄱阳湖江西省主要污染物排放总量

（a）废污水排放总量；（b）COD_{Cr}、NH_3-N 排放总量

尽管目前鄱阳湖较全国其他大型淡水湖泊而言，水质总体较好，但其水质已由20世纪80年代的Ⅰ、Ⅱ类水质为主，逐渐转变为目前的Ⅲ类和劣于Ⅲ类水质为主，水质总体呈现下降趋势[1,9]。至2008年，鄱阳湖Ⅲ类和劣于Ⅲ类水质已占到80%以上，其中总磷和氨氮为主要的超标指标。根据湖泊富营养化评价结果，鄱阳湖富营养化指数［TLI（Σ）］已由1985年的35上升到2005年的49，年平

均增长速率为 0.7 个单位（图 3）。由此可见，鄱阳湖虽未发生大面积富营养化，但富营养化呈逐年上升趋势，部分时段，局部水域富营养化指数达 55.75。水质下降，导致鄱阳湖湿地生态系统功能下降，影响湿地生物多样性和湖区饮用水安全[8]。

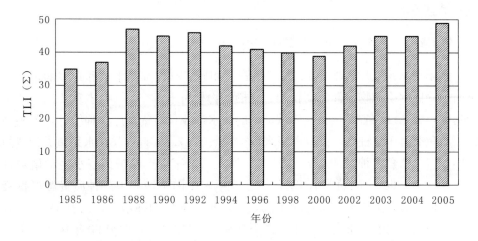

图 3　1985～2005 年鄱阳湖富营养化指数变化趋势

1.3　湿地生物多样性丰富，但已严重受到威胁

鄱阳湖独特的地貌、水文和气候条件，使其孕育了丰富多样的生物资源。然而，近 30 年来，由于受到人类社会经济活动以及河道泥沙淤积等影响，鄱阳湖湿地常见的水生、湿生和沼生植物群落及生物量等发生退化，动物、植物种群和数量明显下降，许多珍稀濒危物种面临灭绝的危险。主要表现在以下几个方面。

1）雁鸭类种群数量增加较快，白鹤等珍稀候鸟受到威胁

近年来，鄱阳湖栖息的主要珍稀鸟类，如白鹤、白头鹤、白枕鹤、灰鹤、东方白鹳和黑鹳等种群数量相对稳定。但近 10 年来，受枯水期水位变化及长江流域大型湖泊环境退化的影响，雁鸭类如鸿雁、白额雁和小天鹅等越冬候鸟种群数量大幅增加，给鄱阳湖湿地生态系统的稳定与安全增添了压力[10]。雁鸭类种群数量的增多不仅给鄱阳湖区防控禽流感带来了更多的压力，而且鸿雁等鸟类与白鹤等珍稀水鸟混群觅食，也会对白鹤等珍稀水鸟在鄱阳湖的越冬食源和栖息环境产生严重影响。根据调查显示，1998～2007 年的前 6 年，26 种雁鸭类（鸭科鸟

类)年均总数维持在20.7万只左右,后3年年均总数增长为35.7万只,同比增长了72.5%。其中,种群数量增长较快的种类主要为小天鹅、白额雁、豆雁、斑嘴鸭(繁殖鸟)、绿翅鸭、针尾鸭、赤颈鸭等。另外,鄱阳湖近年来水文情势的剧烈变化,湿地干枯、"堑秋湖"等现象必将严重威胁白鹤等国际濒危鸟类的越冬栖息环境[11]。

2) 鱼类种类减少,呈现低龄化、小型化趋势

鄱阳湖水系发达,"江湖"与"河湖"相通,有广阔的水域和众多的可养殖水面。湖区水生植物、浮游动植物、底栖动物相对丰富,是江西省重要的渔业生产基地,也是江西省乃至长江流域最大的淡水渔业种质资源库。据统计,鄱阳湖已记录鱼类有135种[4],占我国淡水鱼类种数的17.5%,占长江水系鱼类种数的36%,占江西鱼类种数的66%。其中,列入《国家重点保护经济水生动植物资源名录(第一批)》的鱼类有30种。但近年来鄱阳湖渔业水产种质资源严重衰退,珍稀特有鱼类种类数量显著下降,受保护的濒危物种增多,已有19种被收录在《中国动物红皮书名录》中。鄱阳湖渔获物总产量20世纪90年代达到历史最高,2000年以后呈现下降趋势。受人类社会经济活动影响,目前鄱阳湖渔业资源衰退程度呈加重趋势,湖区常见鱼类种类70余种,除捕捞产量减少外,渔获物小型化、低龄化、低质化现象明显,捕捞生产效率和经济效益均呈现下降趋势[1,12]。受冬季枯水期延长和持续低水位的影响,鄱阳湖鱼类越冬空间严重萎缩。

3) 湿地植被已受到严重威胁

鄱阳湖水位季节性变化的水情特点,促使其形成了水陆交替的草洲[12]。维管束植被以其特殊的生理结构,适应了水位起落的滩地环境,构成了洲滩植被群落的主体。近年来部分湖区春秋季干旱现象加剧,在一定程度上引起了土地的沙化,影响湿生植被的生长发育,导致其生物多样性下降[13]。湖区11.10～12.15 m高程范围内,大面积泥滩提前出现,以马来眼子菜和苦草等为优势种的沉水植被面积萎缩,大量的湿生植被得以繁殖,沉水植物向湖内迁移。湖区16 m高程以上区域种植杨树,湿地变林地,破坏了原有湿地维管束植物的生存条件,给湿地结构和功能带来了重大改变和影响[14]。

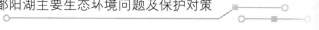

2. 鄱阳湖生态环境变化的主要驱动力

2.1 "五河"来水对鄱阳湖湿地生态环境的影响

鄱阳湖及其周边地区是江西省社会经济发展的重要区域。入湖污染物以"五河"输入为主[6]，占总输入量的80%。其中，赣江入湖污染物最多，达到污染物总入湖量的55.50%，饶河、信江、抚河和修河的入湖污染物分别达到12.80%、9.50%、5.60%和1.60%。在"五河"入湖污染物和面源污染的驱动下，鄱阳湖水质呈下降趋势，富营养化趋势加重。近30年来，鄱阳湖富营养化指数总体呈现上升趋势，目前总体处于中营养化水平，已经十分接近富营养化水平，局部湖区处于轻度富营养化水平，偶有短时水华发生。

鄱阳湖的泥沙来源于鄱阳湖水系和长江倒灌，主要来源于鄱阳湖水系，即"五河"和"区间"入湖河流所携带的泥沙[15]。其中，"五河"输沙量占五大水系的85.8%，主要发生在赣江、抚河和信江尾闾，赣江、修河尾闾和饶河尾闾。"五河"以抚河年输沙量最高，达到69 mm/a，其次是赣江，为25 mm/a，信江和修河均为3～25 mm/a，饶河最低为3 mm/a。1998～2007年五大水系的年平均含沙量分别为：赣江0.054 kg/m³，抚河0.095 kg/m³，信江0.063 kg/m³，饶河的昌江、乐安河分别为0.089kg/ m³和0.063 kg/m³，修河流域的潦河为0.075 kg/m³。从含沙量的年际变化分析，"五河"历年年平均含沙量呈下降趋势。鄱阳湖受到五大水系泥沙输入的影响，导致局部湖区沼泽化，生态环境受到严重影响。

2.2 流域社会经济发展对鄱阳湖生态环境的影响

2008年末，鄱阳湖流域总人口约为4286.62万人，占全省总人口的97.2%。鄱阳湖周边区域是江西省人口密度最高的地区，其人口密度高于流域人口密度。人口增长过快，尤其绝对数量增加较快，给鄱阳湖生态系统带来了巨大压力。

1）围湖造田

20世纪50年代到80年代初，为了解决粮食问题，鄱阳湖进行了大规模的围湖造田[16]。围垦面积达1210 km²，占1950年鄱阳湖面积的23.96%。围垦使湖泊面积减少，容积缩小，大大降低了鄱阳湖调蓄洪水的生态功能。尽管1998年后湖区实行了"退田还湖，移民建镇"，但围垦对鄱阳湖生态环境的影响仍未完全消除。

2）涸泽而渔

鄱阳湖流域人口密度的增加，刺激了湖区渔业的发展。"僧多粥少"是鄱阳湖渔业生产面临的严峻现实。目前，湖区围网捕鱼、电捕鱼和"堑秋湖"等过度捕捞现象严重。这不仅造成鄱阳湖渔业资源的萎缩，而且还导致鱼类小型化、杂型化和低质化，物种群落结构演替明显。赣江、修河等大型水利工程的建设及高强度的水产捕捞严重影响了湿地的生物多样性。另外，"堑秋湖"等行为破坏了湿地结构，对珍稀鸟类的保护十分不利。

3）外来物种入侵

近几年，鄱阳湖区在16 m高程以上地区开始种植杨树，湿地变林地。杨树属外来物种，代替了原有的湿地维管束植物，给湿地结构和功能带来了重大改变。种植杨树导致湿地沙化、硬化，水草等植物难以生长，进而影响了候鸟和底栖动物等的生存。

4）草洲粗放利用

湿地草洲作为水陆交界过渡的自然生态系统，是许多珍稀动植物的栖息地，蕴藏着丰富的物种资源和生物生产力。同时，作为自然生态系统的组成部分，湿地又有着巨大的环境效应。一方面，鄱阳湖湖区草洲利用粗放，资源价值未得到充分发挥；另一方面，放牧、刈割、火烧是湖区草洲最常见的方式。草洲蓄、养、种与承载力间的矛盾加剧，脆弱的湿地系统不堪负重。近年来，湖区血吸虫病再度泛滥也可能与草洲粗放利用有关。

5）无序采砂

近年来，无序的采砂活动给鄱阳湖带来了"爆发性"的生态破坏。无序的采砂活动不仅破坏原有的航道和湖盆形态，导致湖体水动力条件发生变化，而且大片草洲滑入水中，采砂作业区周边水体一片浑浊，直接影响鱼类的栖息环境，以及草洲生态系统的稳定。

2.3　枢纽工程可能对鄱阳湖及长江生态系统产生影响

鄱阳湖水利枢纽工程（以下简称"枢纽工程"）是江西省政府提出的一项综

合性水利工程，目前正处于研究和规划阶段。根据已有资料，枢纽工程的运行将会改变已经形成的"河湖"与"江湖"关系。水利枢纽工程将在枯水期提高湖区水位，这不仅改变了湖区的水动力条件，增加了枯水季节的湖区面积，而且大幅减少了枯水季节鄱阳湖进入长江的水量和污染负荷量。因此，水利枢纽工程将导致鄱阳湖区水文情势发生较大变化，不仅对鄱阳湖湿地，而且对长江中下游，甚至长江口生态系统也将产生一定的影响。

枢纽工程使枯水期湖区水位升高，湖区流速变缓，入湖污染物极易在"五河"尾闾及回水区等静水水域聚集，局部水质下降及富营养化风险增加；枯水期高水位将会导致湿地珍稀候鸟的栖息场所和觅食受到威胁，不利于湿地的生物多样性保护；枯水期的江湖阻隔，将会影响湖区水生动植物及长江中下游地区洄游性鱼类的生态安全[17]；随着鄱阳湖生态经济区规划的实施，入湖污染负荷将进一步增加，湖区水质和湖口出湖水质下降的风险较大[18]，进而威胁长江水质，加重长江下游经济发达省市日益严重的水资源短缺。

特别需要指出的是，长江口地区是当前我国社会经济发展最快的区域之一，但社会经济的高速发展却受到了水砂冲淤规律演变及咸潮入侵的制约，严重影响了长江口水资源的开发利用，对长江口地区的可持续发展十分不利。作为水源涵养区，枯水季节鄱阳湖每年平均可为长江下游补充约 60 亿 m^3 的清洁淡水；在枯水季节，枢纽工程将减少鄱阳湖进入长江的水量，势必会增加长江口潮滩蚀退咸潮入侵的风险，影响长江生态系统的安全。

3. 鄱阳湖生态环境保护的科学对策

3.1 以湿地生态安全为核心，保证湖区水质和基本水情

鄱阳湖水环境集工业用水、农业灌溉、生活饮用、渔业、景观、生态用水等多种服务功能。目前，鄱阳湖生态安全状况虽然总体处于"安全"水平，但是已接近"一般安全"水平，发展趋势不容乐观[19]。为保证湖区及长江中下游地区社会、经济、生态及环境可持续协调发展，保持鄱阳湖湿地生态过程和生命支持系统，保护生物多样性，保障人类对湿地生态系统和生物物种的持续利用，鄱阳湖水环境质量总体应控制在《地表水环境质量标准》（GB3838—2002）Ⅲ类或Ⅲ类标准以上。2007 年，在现状水文条件下，以Ⅲ类水为控制目标，全年鄱阳湖对化学需氧量的环境容量有一定盈余，总磷和总氮的现状入湖量分别超过其环境容量的 693.5 t/a 和 5 621 t/a；即在目前的负荷条件下，达到Ⅲ类水质标准，鄱

阳湖总磷需削减10%以上，总氮需削减5%以上；非汛期鄱阳湖化学需氧量的环境容量有一定盈余，总磷和总氮的现状入湖量分别超过其环境容量的2153.5 t/a和32 266 t/a。因此，有效控制和减少入湖总磷、总氮负荷成为保护鄱阳湖水环境的主要任务。

保证鄱阳湖湿地生态系统的稳定和生态安全，最重要的是要确保基本水情。结合鄱阳湖多年的水文资料（水位、流量、倒灌等）、主要生态因子（水质、湿地植物、水生动物、渔业、越冬候鸟、血吸虫防治、居民生活等）、主要服务功能（调蓄洪水、污染物降解、水源涵养、营养循环、航运、灌溉、生物栖息等），提出以下水位基本要求。

（1）维持鄱阳湖基本水文情势，即丰水期与枯水期交替出现，确保一年中丰水期和枯水期的基本水位。

（2）丰水期（6～8月）：星子站水位达到16～18 m（吴淞高程），草洲淹没一定的时间；枯水期（12～2月）星子站水位保持在12～14 m（吴淞高程）。

3.2 以"五河"治理为重点，严格控制总量，削减入湖污染负荷

水环境容量是指水体在满足功能要求前提下，扣除已容纳污染物的量后，还可容纳污染物的量。当水体中某一污染物超标，则该水体这种污染物的环境容量为零。鄱阳湖"五河"还具有一定的水环境容量值，各水系差异较大，其中信江和修河水系具有更大的水环境容量。赣江相对较小，表明赣江所承载的污染物负荷最大，受污染程度也较为严重。

结合各区域污染物排放预测、污染物消减水平及河流自净能力，可估算"五河"及鄱阳湖区对鄱阳湖主要污染物 COD_{Cr} 贡献，赣江（67.36%）＞抚河（12.0%）＞饶河（10.26%）＞信江（5.14%）＞修河（3.14%）＞鄱阳湖区（2.10%）。氨氮的贡献为赣江（73.75%）＞饶河（16.32%）＞信江（4.57%）＞抚河（3.86%）＞修河（1.18%）＞鄱阳湖区（0.33%）。赣江入湖污染物所占比重最大与其流域面积及水量最大有关，而鄱阳湖区次之；主要由于区内污染物消减水平较低、农业面源污染及农村生活废水直接入湖。因此，加大对赣江控排与环境整治是"五河"环境治理及鄱阳湖水质保护的重要内容。与此同时，针对鄱阳湖区，加大农业面源污染控制、减少农村生活废水直排入湖是减少本区域对鄱阳湖污染贡献的关键。

3.3 严格区域排放标准，协调经济社会发展与湖泊保护的关系

俄罗斯卫生学家于19世纪末首先提出了环境质量基准的概念。美国在20世纪60～70年代与欧盟等国开始了正式的水质基准研究，已建立了比较完善的基准推导方法学体系，并公开发布了一系列水质基准技术指南。水质基准有一个系统的框架，以保护水生生物和人体健康基准为核心，还包括生物学（完整性）基准、营养物基准、沉积物基准、微生物（病原菌）基准、娱乐用水基准和感官基准等。水质基准是水质标准的基础，是为保护水环境的特定用途所允许的污染物浓度，也是客观的科学记录和制定水质标准的科学依据。水质基准决定着水质标准的科学性、准确性和可靠性。而水质标准是综合考虑社会、经济、技术等条件制定的法定限值，具法律强制性。水质标准是环境管理的基础和目标，也是识别环境问题、判断污染程度、评估环境影响程度和确定技术方法进行污染治理等的重要依据。

营养物基准是湖泊富营养化控制标准的理论基础和科学依据。1998年6月，美国环保局制定了区域营养物基准国家战略，相继颁布了河流、湖泊、湿地等的营养物基准制定技术指南，并首先制定了一级分区湖泊营养物基准，各州根据营养物基准技术指南陆续制定本州的营养物基准，作为该州制定营养物基准的指导性文件[20]。营养物基准指标主要包括营养物变量、生物学变量和流域特征等。氮、磷等营养物质对水生生物的危害主要在于促进藻类生长而爆发水华，从而导致水生生物死亡和水生态系统破坏；在一定浓度范围内，氮、磷对水生生物的毒理作用相对较小，适量的氮磷浓度可促进水生生物的繁殖和生物多样性。

"十一五"期间，我国水环境管理实施从目标总量控制向容量总量控制转变，从单纯的化学污染控制向水生态系统保护的方向转变，这就迫切要求进一步完善和发展现有水质标准体系。近年来，我国已经开始着手于水质基准、标准和流域污染物总量控制方面的研究，并取得了初步成果[21,22]。然而，目前我国保护和管理湿地水体的唯一标准是《地表水环境质量标准》（GB 3838—2002），与富营养化相关的水质指标仅 TN 和 TP 两项，利用这些指标难以解决湿地富营养化出现的水华和生态退化的问题。尤其缺少度量生态响应和初级生产力的指标，如表征初级生产力的叶绿素和生物量等指标。因此，建立科学的营养物基准，制定适合的环境质量标准与排放标准等，基于水环境承载力提出适于鄱阳湖流域的环境优化和经济增长模式，是有效解决鄱阳湖湿地生态环境问题、保护湿地生物多样性的关键举措。

3.4　优化产业结构，转变经济增长方式

滨湖保护区为控制发展区，是保护鄱阳湖的重要屏障。在该区域，需要重点关注规模化畜禽养殖和种植等农业面源对湖泊的污染威胁。充分发挥区域内良好生态环境和特色农业资源优势，促进高效生态农业发展。在鄱阳湖生态经济区，大力构建优势产业集群，严格环境准入，优化布局，以工业园区为平台，以骨干企业为依托，推广循环经济发展模式，推进节能减排降耗，突出特色，打造南昌、九江、景德镇、鹰潭、抚州和新余六个工业中心，发展其优势产业，并着力推进昌九工业走廊发展，创建集约化、集群化工业发展模式。以生态旅游和发展现代物流产业为重点，大力发展第三产业。通过打造北部山水名胜区（重点发展庐山旅游）、中部湖泊生态区（重点发展鄱阳湖、拓林湖旅游）、南部人文景观区（重点发展南昌旅游）、东部特色文化区（重点发展景德镇旅游和龙虎山旅游）等生态旅游业，形成南昌（以南昌市昌北、昌南、昌西南物流基地为主）、赣北（以九江市为主）、赣东（以鹰潭—上饶为主）、赣西（以新余—宜春为主）等几个重要物流中心，全面提升第三产业总量。

参 考 文 献

[1] 葛刚，纪伟涛，刘成林，等. 鄱阳湖水利枢纽工程与湿地生态保护. 长江流域资源与环境，2010，19（6）：606-613

[2] 刘星，朱武. 浅谈鄱阳湖湖泊演变. 九江学院学报，2009，5：29-30

[3] 熊平生. 鄱阳湖区环境演变与生态安全对策研究. 绵阳师范学院学报，2010，29（5）：92-95

[4] 《鄱阳湖研究》编委会. 鄱阳湖研究. 上海：上海科学技术出版社，1988

[5] 蔡其华. 健康长江与生态鄱阳湖——在长江流域湖泊的保护与管理研讨会上的主题报告. 人民长江，2009，40（21）：1-4

[6] 闵骞，谭国良，金叶文. 鄱阳湖生态系统主要问题与调控对策. 水环境治理，2009，11：44-47

[7] 鄢帮有，刘青，万金保，等. 鄱阳湖生态环境保护与资源利用技术模式研究. 长江流域资源与环境，2010，19（6）：614-618

[8] 胡振鹏. 调节鄱阳湖枯水位维护江湖健康. 江西水利科技，2009，35（2）：82-86

[9] 胡遥云，欧阳青. 鄱阳湖生态湿地保护存在的问题及对策. 省情与对策，2010：15-16

[10] 涂业苟，俞长好，黄晓凤. 鄱阳湖区域越冬雁鸭类分布与数量. 江西农业大学学报，2009，31（4）：760-764

[11] 胡四一. 对鄱阳湖水利枢纽工程的认识和思考. 水利水电技术，2009，40（8）：2-3

[12] 黄晓平，龚雁. 鄱阳湖渔业资源现状与养护对策研究. 江西水产科技，2007，（4）：2-6

[13] 胡振鹏，葛刚，刘成林，等. 鄱阳湖湿地植物生态系统结构及湖水位对其影响研究. 长江流域资源与环境，2010，19（6）：597-605

[14] 葛刚，李恩香，吴和平，等. 鄱阳湖国家级自然保护区外来入侵植物调查. 湖泊科学，2010，22

　　（1）：93-97

[15] 吴曰友，赖格英. 鄱阳湖生态环境基本特征及近期变化趋势. 甘肃科技，2009，25（2）：47-49

[16] 胡启武，尧波，刘影，等. 鄱阳湖区人地关系转变及其驱动力分析. 长江流域资源与环境，2010，19（6）：628-633

[17] 洪峰，陈文静，周辉明，等. 鄱阳湖水利枢纽工程对水生生物影响的探讨. 江西科学，2010，28（4）：555-558

[18] 蔡其华. 健康长江与生态鄱阳湖——在长江流域湖泊的保护与管理研讨会上的主题报告. 人民长江，2009，40（21）：1-4

[19] 游文荪，丁惠君，许新发. 鄱阳湖水生态安全现状评价与趋势研究. 长江流域资源与环境，2009，18（12）：1173-1180

[20] USEPA. Nationl Strategy for the Development of Regional Nutrient Criteria. Washington DC：USEPA，1998

[21] 孟伟，张远，郑丙辉. 水环境质量基准、标准与流域水污染物总量控制策略. 环境科学研究，2006，19（3）：1-6

[22] 孟伟，张楠，张远，等. 流域水质目标管理技术研究（Ⅰ）——控制单元的总量控制技术. 环境科学研究，2007，20（4）：1-8

作者简介

　　孟伟、王圣瑞、郑丙辉、焦立新、刘征涛，中国环境科学研究院，e-mail：mengwei@craes. org. cn

森林生态系统管理与土壤可持续固碳能力

刘世荣 王 晖

陆地生态系统碳循环、碳源汇格局及其驱动机制，以及陆地生态系统的固碳潜力及其可持续性是当前国际气候变化科学界广泛关注的前沿科学问题，已经成为国际地圈生物圈计划（International Geosphere-Biosphere Programme，IGBP）、世界气候研究计划（World Climate Research Programme，WCRP）和全球环境变化国际人文因素计划（International Human Dimensions Programme on Global Environmental Change，IHDP）等重大科学计划的主题。目前，国际上关于生态系统碳固持潜力及其维持机制认识明显不足，尤其是土壤系统的关键碳过程及其稳定性机制，导致陆地生态系统碳汇潜力的评估结果存在着极大的不确定性。因此，迫切需要深入开展陆地生态系统碳循环机制、关键过程和碳源汇格局及其驱动力机制的研究，藉以增强全球气候变化和生态系统管理对陆地生态系统固碳潜力及其不确定性的科学认识。

过去几十年，生态学家们在全球范围内针对气候变化、土地利用对碳循环时空动态的影响开展了大量的研究，认为陆地生态系统在调节全球碳平衡和减缓全球气候变化中起着重要作用。20世纪80~90年代，全球陆地生态系统每年净吸收1~4Pg（$1Pg = 10^{15}g$）的碳，这抵消掉了约10%~60%的化石燃料燃烧释放的碳[1]。但仍不能确切解释碳排放与碳吸收的收支不平衡的现象，这中间存在一个巨大的未知汇。陆地生态系统碳汇的时空分布及其不确定性，主要源于陆地生态系统类型的多样性、结构的复杂性、时空分布的异质性，以及陆地生态系统和气候变化之间相互作用的关系复杂性和人类活动对陆地生态系统的干扰，还有碳储量、碳汇的监测与评估的方法学，等等，上述因素共同作用造成了陆地生态系统碳汇及其变化的不确定性。关于陆地生态系统最大碳汇的阈值尚无科学定论。经典生态学理论认为，与非成熟森林相比，成熟森林作为碳汇的功能较弱，甚至接近于零，"成熟森林碳循环趋于平衡"是现今大量生态学模型的基础。而我国中国科学院华南植物园周国逸博士研究团队利用25年的长期观测数据，揭示出我国南亚热带成熟的老林龄在1979~2003年土壤有机质（SOM）浓度平均每年增加0.035%，土壤有机质储量增加0.61t/（a·hm²），即成熟森林土壤可持续积累有机碳[2]。国际著名期刊《科学》和《自然》认为该研究奠定了成熟森林作为新的碳汇的理论基础，有力地冲击了成熟森林土壤有机碳平衡理论的传统观念。这一发现有可能从根本上颠覆学术界对现有生态系统碳循环过程的理论认识，对全球碳循环研究将产生深远影响。

北京大学城市与环境学院朴世龙与方精云研究小组及其合作者在 2009 年《自然》杂志上发表研究成果，采用土地利用和资源清查数据、大气 CO_2 浓度观测数据、遥感数据以及气象数据，并结合大气反演模型和基于过程的生态系统碳循环模型，综合研究了中国陆地碳汇源的时空格局及其机制，得出中国陆地生态系统是个碳汇的结论。但是，我国中高纬度的北方地区并不是陆地碳汇，陆地碳汇主要分布在南部，主要源于大规模造林和灌丛植被的恢复重建形成的碳汇[1]。这一结论与国际社会普遍认为北半球中高纬度地区是陆地生态系统的碳汇的结论并不一致，再次表明了陆地生态系统碳汇的时空变异性及不确定性。

上述两项标志性的研究成果显示出我国生态学研究对全球变化的贡献，科学阐述了中国陆地生态系统在中国乃至全球碳平衡中的巨大作用，也得到了国际学术界的高度关注。中国还将继续推进生态建设和加强陆地生态系统管理，以扩大和增强陆地生态系统的碳汇潜力。在中国应对气候变化的国家方案中，确定了继续实施林业生态建设工程，扩大森林面积，力争实现森林碳汇数量比 2005 年增加约 0.5 亿 t 二氧化碳的目标。胡锦涛主席代表中国政府在 2009 年联合国大会上庄严承诺，中国将在 2020 年前，相比 2005 年，再净增森林面积 4 000 万 hm^2，增加林木蓄积 13 亿 m^3，藉以实现中国对增加全球碳汇的贡献（初步折算估计可增加碳吸收 16 亿~19 亿 t，折合二氧化碳 59 亿~71 亿 t）。然而，大规模植被建设需要相匹配的有效水资源支持，水文与水资源的有效性与时空变化的异质性必然会影响陆地生态系统的固碳潜力，产生陆地生态系统固碳能力的不确定性。因此，气候变化影响下的区域植被建设的水、碳平衡及其调控将成为关注的重大科学问题。

包括政府间气候变化专门委员会（IPCC）报告在内的相关研究显示，陆地生态系统碳收支的最大不确定性在于土壤碳储量和变率的科学估算。Johnston 等[3]指出：土壤系统研究面临的挑战概述为两个主要方面：

（1）土壤系统的结构和过程我们无法直接观察到，地上系统的研究方法（遥感方法等）无法直接应用到土壤系统。

（2）土壤系统是一个动态系统，随地下环境的改变而变化。土壤系统是由植物、微生物和动物的残体和代谢产物共同构成的一个复杂的混合体，并且土壤系统包含了固体、液体和气体三种基质。对土壤系统这个复杂的"黑箱"的各个组分进行分解研究的同时，它的功能也会发生变化。

土壤碳储量和动态变化科学估算的准确性受限于研究者对关键土壤过程的理解程度以及土壤系统和全球变化之间相互作用的复杂性。因此，研究者需要清楚掌握控制土壤有机碳化学性质、形成过程和稳定固持的关键机理，以及增加土壤固碳潜力和持续固碳能力的技术和方法。Johnston 等[3]总结了当前土壤碳研究需要重视的 6 大关键问题。

（1）目前受土壤容重测定方法的限制，土壤容重测定的准确度较低，导致目前对土壤碳储量的计算误差；

（2）准确计算源于根系的土壤碳库需要深入了解根系生命周期的动态过程，而目前的方法尚需改进和提高；

（3）考虑根系、土壤微生物和土壤动物在历史过程中的协同进化效应，有助于理解当前的土壤碳循环过程；

（4）土壤动物是调控土壤碳动态的关键因子。需加强在全球变化背景下，土壤动物入侵对土壤碳动态影响的研究；

（5）随城镇化的加快和湿地面积的减少，土地利用方式的改变对土壤碳过程的影响需要考虑；

（6）需要获取更全面的有关全球变化造成的极端气候，如干旱、火灾和土壤侵蚀等，对土壤碳储量和碳动态产生影响的数据和信息。

基于上述陆地生态系统土壤碳关键过程和机理研究面临的挑战和问题，未来的研究需要改进现有的测定技术，如采用地面穿透雷达（ground-penetrating radar）、激光分解波谱（laser-induced breakdown spectroscopy）、^{13}C核磁共振和热解质谱测量等土壤原位和非破坏性分析的技术和手段，综合野外调查数据、网络长期监测数据和建模等研究方法，并且整合生态学、生理学、微生物学、地球化学和化学等领域的先进技术和方法，以减少对陆地生态系统土壤碳储量和变率的科学估算的不确定性，建立与人类经济社会发展相协调的土壤持续固碳的管理体系。

人类活动已经明显地改变了全球碳循环。森林作为陆地上最大的生态系统，在调节全球碳循环的过程中具有重要的作用。如何通过森林经营管理增强森林减缓和适应气候变化的能力是当前国际上关注的焦点。

土壤是陆地生态系统最大的碳库，土壤碳储存与释放的平衡发生微小变化即会对温室气体产生很大影响。森林保护、恢复、造林、再造林等经营管理措施可以直接影响森林生物量碳库，并且能够通过改变凋落物数量和化学性质及土壤有机质分解影响土壤碳库。综合已有的研究结果，维持森林的高生产力带来的碳输入，并且避免由于土壤干扰等造成的碳释放是提高土壤碳储量和土壤持续固碳能力的有效森林经营管理方式[4]。但是，土壤有机碳是由不同有机组分构成的高异质性混合体，结构的差异决定了性质的不同，并且碳稳定地固持在土壤中是一个漫长而又复杂的过程。森林经营管理对土壤固碳潜力和持续固碳能力的影响仍有很多不确定性，目前，研究较多的是森林生态系统管理对土壤有机碳储量的影响[4~6]，而对土壤碳是否能稳定并持续地固持及其维持机制的研究较少。综合研究森林经营管理对土壤有机碳储量、化学组成及其稳定性的影响有助于更全面地评价森林生态系统的可持续固碳潜力。

我国人工林发展十分迅速，人工林面积居世界第一，已经逐渐成为世界森林资源的重要组成部分。提高人工林的碳汇功能和持续固持能力是林业减缓气候变化的重要途径之一，并已经在《京都议定书》中得到肯定。目前，国内外人工林均存在树种单一，特别是人工针叶纯林所占比例较大，生态稳定性较差和生态服务功能较低等亟待解决的问题。欧洲国家近年来主要通过增加阔叶树比例和采用近自然林经营模式改造人工林藉以提高人工林的多样性和生态稳定性。世界范围内热带地区也正通过造林、再造林及可持续森林管理恢复退化的土地。因而，如何通过合理的森林经营模式，包括造林树种的选择、森林抚育和采伐措施等，提高人工林的经济、社会效益并且获得最大化的固碳潜力成为国内外关注的焦点。在中国广西，我们选择了树龄 25 年的马尾松（*Pinus massoniana*）、红锥（*Castanopsis hystrix*）、火力楠（*Michelia macclurei*）和米老排（*Mytilaria laosensis*）4 种主要的亚热带人工林类型，研究了不同造林树种对土壤碳储量、碳库稳定性和温室气体排放的影响，目的是从森林土壤固碳潜力和持续固持能力的角度考虑，为在亚热带地区筛选适宜的造林树种提供科学依据。研究结果表明[7~9]：

（1）不同树种对土壤碳储量的影响仅表现在土壤表层（0~10 cm）；

（2）马尾松林土壤碳储量比红锥林、火力楠林和米老排林分别低 11％、19％和 18％；

（3）^{13}C 核磁共振波谱显示马尾松林土壤碳的稳定性高的组分比例明显高于红锥林、火力楠林和米老排林；

（4）马尾松林比其他三种阔叶林具有较低的土壤 CO_2 和 N_2O 排放速率，并且具有较高的土壤 CH_4 吸收速率。

以上结果说明，红锥、火力楠和米老排 3 种阔叶林虽然比马尾松林有较高的土壤碳储量，但土壤碳的稳定性较低并且土壤温室气体排放较高。因此，在我国亚热带地区，森林的经营管理需要综合考虑树种对土壤碳储量及其稳定性的影响。从森林土壤的固碳潜力和持续固持能力考虑，马尾松等人工针叶林应该与乡土人工阔叶林均衡发展，空间上合理配置森林类型，形成适宜的森林景观结构，藉以实现森林景观的多功能目标管理与景观的可持续性。

很多研究表明，土壤表面碳通量与林龄有关[10~14]。事实上，在研究林龄与土壤呼吸的关系时，大多数研究只测定了总的土壤呼吸通量，而较少研究区分了自氧和异氧呼吸对土壤总呼吸的贡献[12]。然而，根呼吸占土壤呼吸的比例是不可忽视的，为土壤呼吸总量的 $10\%\sim90\%$[15]。另外，目前大多数的土壤呼吸模型并未分别估计土壤呼吸中的自氧和异氧组分，而近来有研究表明，土壤呼吸中自氧和异氧呼吸具有不同的温度敏感性，也就是两个组分对气候变化的响应是有差异的，所以有必要对两种组分进行区分研究。通过区分土壤呼吸不同组分，不仅可以阐明土壤呼吸随林龄的变化规律，还可以进一步阐明哪个组分对土壤呼吸随林龄的变化规律起到了更加关键的作用。因此，了解不同林龄土壤呼吸的控制因素对于估计中国森林碳收支具有重要意义。

通过暖温带地区典型群落锐齿栎年龄序列（幼林、中龄林、成熟林、过熟林）土壤自氧和异氧呼吸研究发现[16]：

（1）各林龄根系呼吸的时间变异同异氧呼吸一样，可以很好地用土壤温度来解释。但不同林龄根系呼吸的季节格局存在差异，即不同林龄间物候特征可能存在差异。

（2）不同林龄土壤自氧、异氧呼吸存在显著差异。土壤总呼吸随林龄增加而增加，土壤异氧呼吸也随林龄增加而增加。

（3）土壤表层的轻组有机碳库很大程度上解释了土壤异氧呼吸的空间变异，没有发现细根生物量与根系呼吸呈现很好的相关性，但土壤基础呼吸很大程度上依赖于细根生物量，表明了根际对土壤呼吸的影响。

（4）异氧呼吸表面温度敏感性高于自氧呼吸，表明该地区土壤微生物呼吸对未来气候变化将更加敏感。

（5）林龄增加造成了成熟林和过熟林土壤毛管空隙度的降低，一定程度上解释了这两种林龄较高的土壤呼吸通量，尤其在土壤水分含量较高时解释程度更高。

研究结果表明：在评价林龄对土壤呼吸影响时区分土壤呼吸组分十分重要，土壤异氧呼吸对未来全球变暖响应较自氧呼吸更加敏感。

综上所述，尽管我们目前的研究在一定程度上揭示了某些森林管理模式下土壤固碳潜力和持续固碳能力的变化规律，增强了对森林生态系统固碳潜力评估的不确定性的理解和认识，但是，对气候变化和陆地生态系统管理影响土壤碳截获的关键科学问题仍需进一步地深入探讨。

参 考 文 献

[1] Piao S L, Fang J Y, Ciais P, et al. The carbon balance of terrestrial ecosystems in China. Nature, 2009, 458: 1009-1013

[2] Zhou G Y, Liu S G, Li Z A, et al. Old-growth forests can accumulate carbon in soils. Science, 2006, 314: 1417

[3] Johnston C A, Groffman P, Breshears D D, et al. Carbon cycling in soil. Frontiers in Ecology and the Environment, 2004, 2: 522-528

[4] Jandl R, Lindner, M, Vesterdal L, et al. How strongly can forest management influence soil carbon sequestration. Geoderma, 2007, 137: 253-268

[5] Russell A E, Raich J W, Valverde-Barrantes O J, et al. Tree species effects on soil properties in experimental plantations in tropical moist forest. Soil Science Society of America Journal, 2007, 71: 1389-1397

[6] Vesterdal L, Schmidt I K, Callesen I, et al. Carbon and nitrogen in forest floor and mineral soil under six common European tree species. Forest Ecology and Management, 2008, 255: 35-48

[7] Wang H, Liu S R, Mo J M. Correlation between leaf litter and fine root decomposition among subtropical tree species. Plant and Soil, 2010, 335: 289-298

[8] Wang H, Liu S R, Mo J M, et al. Soil-atmosphere exchange of greenhouse gases in subtropical plantations of indigenous tree species. Plant and Soil, 2010, 335: 213-227

[9] Wang H, Liu S R, Mo J M, et al. Soil organic carbon stock and chemical composition in four plantations of indigenous tree species in subtropical China. Ecological Research, 2010, 25: 1071-1079

[10] Jiang L, Shi F, Li B, et al. Separating rhizosphere respiration from total soil respiration in two larch plantations in northeastern China. Tree Physiology, 2005, 25: 1187-1195

[11] Litton C M, Ryan M G, Knight D H, et al. Soil-surface carbon dioxide efflux and microbial biomass in relation to tree density 13 years after a stand replacing fire in a lodgepole pine ecosystem. Global Change Biology, 2003, 9: 680-696

[12] Wiseman P E, Seiler J R. Soil CO_2 efflux across four age classes of plantation loblolly pine (*Pinus taeda* L.) on the Virginia Piedmont. Forest Ecology and Management, 2004, 192: 297-311

[13] Bond-Lamberty B, Wang C, Gower S T. Contribution of root respiration to soil surface CO_2 flux in a boreal black spruce chronosequence. Tree Physiology, 2004, 24: 1387-1395

[14] Klopatek J M. Belowground carbon pools and processes in different age stands of Douglas-fir. Tree Physiology, 2002, 22: 197-204

[15] Hanson P J, Edwards N T, Garten C T, et al. Separating root and soil microbial contributions to soil respiration: a review of methods and observations. Biogeochemistry, 2000, 48: 115-146

[16] Luan J W, Liu S R, Wang J X, et al. Rhizospheric and heterotrophic respiration of a warm-temperate oak chronosequence in China. Soil Biology and Biochemistry, 2011, 43: 503-512

作者简介

刘世荣、王　晖，中国林业科学研究院森林生态环境与保护研究所。

中国稀土资源高效清洁提取与循环利用

黄小卫

稀土元素独特的电子层结构，使其具有优异的磁、光、电等特性。人们利用稀土元素的特殊性质开发出了一系列性能优越的稀土功能材料，广泛应用于冶金机械、石油化工、电子信息、能源交通、国防军工和高新材料等 13 个领域的 40 多个行业。稀土是当今世界各国改造传统产业，发展高新技术和国防尖端技术不可或缺的战略资源。随着稀土在高科技领域的研发不断取得重大突破，稀土材料的应用越来越广，特别是稀土磁性材料、发光材料、储氢材料等稀土功能材料在高新技术产业中的大规模应用，已成为拉动国民经济及国防建设持续稳定发展的重要支撑条件，并促进了相关产业的发展和科技进步。

1. 稀土资源概况

世界稀土资源丰富，稀土在地壳内的丰度比铅、锌高，远超过金和铂[1]。根据美国地质调查局 2008 年 1 月《矿产品摘要》统计[2]，世界稀土资源储量和储量基础分别达 8800 万 t（REO，以下同）和 15 000 万 t，主要分布情况如表 1 所示。我国稀土资源储量居全球首位，储量为 2700 万 t，约占世界稀土储量的 30%，储量基础 8900 万 t，为世界储量基础的 59%；独联体国家稀土储量居世界第二位，储量 1900 万 t，储量基础 2100 万 t，主要有铈铌钙钛矿和磷灰石型磷酸盐矿，以俄罗斯的科拉半岛稀土矿为主；美国居世界第三位，储量 1300 万 t，储量基础 1400 万 t，主要有氟碳铈矿和独居石矿；澳大利亚居世界第四位，以独居石为主，储量 520 万 t，储量基础 580 万 t，主要分布在韦尔德山、库里阿鲁、西埃尼西亚、布鲁克曼、亚吉巴纳等地。

目前具有工业利用价值的轻稀土矿物主要有氟碳铈矿、独居石、铈铌钙钛矿等；重稀土矿物主要有离子吸附型稀土矿、磷钇矿、褐钇铌矿、钛铀矿等。我国稀土矿探明储量的矿区有 238 处，分布于 22 个省（自治区、直辖市）。国土资源部矿产开发司 2002 年 9 月在《中国矿产资源主要矿种开发利用水平与政策建议》中指出，我国稀土资源总储量和稀土工业储量分别为 9443.05 万 t 和 2741.93 万 t，如表 2 所示。

表1 世界稀土资源储量和储量基础（单位：万 t，以 REO 计）

国家和地区	2002 年		2004 年		2005 年		2006 年		2007 年	
	储量	储量基础	储量	储量基础	储量	储量基础	储量	储量基础	储量	储量基础
中国	2 700	8 900	2 700	8 900	2 700	8 900	2 700	8 900	2 700	8 900
美国	1 300	1 400	1 300	1 400	1 300	1 400	1 300	1 400	1 300	1 400
澳大利亚	520	580	520	580	520	580	520	580	520	580
印度	110	130	110	130	110	130	110	130	110	130
俄罗斯	1 900	2 100								
加拿大	94	100								
南非	39	40								
巴西									4.8	8.4
马来西亚	3	3.5	3	3.5	3	3.5	3	3.5	3	3.5
独联体			1 900	2 100	1 900	2 100	1 900	2 100	1 900	2 100
泰国										
其他国家	2 100	2 100	2 200	2 300	2 200	2 300	2 200	2 300	2 200	2 300
世界总计	8 800	15 000	8 800	15 000	8 800	15 000	8 800	15 000	8 800	15 000

注：表中所述"储量"及"储量基础"的概念与我国的储量及储量基础不能直接对应，但有近似之处，因为我国的资源分类、技术经济评价和勘查程度的标准与美国不一致，表中的稀土储量和储量基础是美国根据中国的资料修改的。"储量"是指在进行测定的当时可以经济开采、提取生产的资源。"储量基础"是指从中可以估算储量的原地探明资源（确定的＋推定的）。它包括目前经济可行的资源（储量）、在经济上处于边界条件的资源（边界储量）和目前次经济资源。

表2 我国稀土资源储量①（单位：万 t）

矿床类型		工业储量	远景储量	总储量	分布地区
大类	工业类型	(A＋B＋C) 级	(D) 级		
内生稀土矿	包头混合矿	2532	5825.93	8357.93	内蒙古
	氟碳铈矿	11.53	96.00	107.53	山东、四川
外生稀土矿	离子型稀土矿②	106.67	612.00	718.67	江西、广东、广西、福建、湖南、云南、浙江
	独居石矿	9.39	23.31	32.7	广东、广西、湖南
	磷钇矿	1.25	2.78	4.03	江西、广东、广西
含稀土磷矿		70.16	74.44	144.6	贵州
其他稀土矿		9.93	67.66	77.59	湖北 河南 吉林
合 计		2741.93	6702.12	9443.05	

注：①按我国 GB13908—1992 中有关分类分级的规定进行统计计算。
②离子型稀土矿 106.67 为 B＋C＋D 级储量；612.00 为 E1＋2 品级储量。
资料来源：国土资源部矿产开发司. 中国矿产资源主要矿种开发利用水平与政策建议. 2002. 9。

内蒙古包头市白云鄂博稀土矿堪称世界第一大稀土矿，与铁铌共生，主要稀土矿物有氟碳铈矿和独居石，故称包头混合型稀土矿，属于轻稀土矿，镧铈镨钕轻稀土占98%。

离子吸附型稀土矿是我国特有的富含宝贵中重稀土的矿产资源，其中中钇富铕矿含中重稀土50%左右，高钇矿的中重稀土含量高达90%以上。离子型稀土矿主要分布在我国南方7省（自治区）100余县内，目前已探明资源储量约160万t，评价预测E级储量约642万t，合计资源总储量约800万t。表3为我国宝贵的中重稀土资源——离子型稀土资源储量及在南方7省（自治区）的分布，其中江西、广东、广西占80%。

四川稀土矿是我国第二大稀土资源，工业保有储量约240万t，远景储量400万t以上，主要矿物为氟碳铈矿，伴生有重晶石、萤石等矿物，原矿平均品位（REO）为4.29%，矿物粒度粗，P、Fe杂质含量低，伴生有益组分多，综合利用价值高，具有较高的开采价值。

微山稀土矿主要矿物为氟碳铈矿，并含有少量的氟碳铈钙矿、石英、重晶石等矿物。原矿平均品位（REO）为3.5%~5%，适于地下坑采、稀土矿物粒度粗，有害杂质含量低，可选性能好。

我国海滨砂矿较为丰富，在南海大部分海岸线及海南岛、台湾岛的海岸线有沉积砂矿，其中独居石和磷钇矿作为钛铁矿和锆英石的副产品加以回收利用。

除以上稀土资源外，我国内蒙古东部地区与碱性花岗岩有关的稀有稀土矿床，湖北、新疆等地与碳酸盐有关的铌稀土矿床，云南、四川及贵州织金的含稀土磷块岩矿床等均为潜在的稀土资源，可为我国稀土工业发展提供可靠的资源保证[3]。

虽然全球稀土储量丰富，但绝大部分是轻稀土资源，中重稀土资源非常稀缺。从表4可以看出，我国稀土资源不仅储量大，而且稀土配分全，尤其我国独特的南方离子吸附型稀土矿所含的铽、镝、铕、钇等中重稀土元素比包头矿、四川氟碳铈矿以及国外轻稀土矿高数十倍。中重稀土是发展高新技术、国防军工最重要的基础原材料，如用铽、镝制备的高性能钕铁硼永磁材料广泛用于导弹制导、航空航天、卫星、航海等领域，铽镝铁超磁致伸缩材料在海军声纳、海洋探测、高精度控制等高技术领域具有重要的作用，铕、铽是稀土发光材料中最为关键的激活剂，另外激光晶体用钇铝石榴石、医疗检测用镥硅铈晶体等均离不开宝贵的中重稀土金属。因此，我国离子型稀土矿中重稀土资源是其他任何国家都无法比拟的，也是真正能够制约国外、具有绝对竞争优势的战略资源。

表3 我国离子型稀土资源储量（单位：万 t，REO）

地区	县（市）数量/个	探明储量			评价预测储量	总计	备注
		B+C+D级			E级		
		表内	表外	合计	1+2品级		
江西	25	47.2054	7.5185	54.7239	228.5269	283.2535	未计预测远景资源量（即E3品级和F、G两级未发现矿床资源量）
广东	34	42.145	2.4022	44.5472	224.6633	269.2105	
广西	9	29.1919	4.4149	33.6068	50.7007	84.3075	
湖南	13	11.0717	0.0160	11.0877	24.3375	35.4252	
福建	21	4.3762		4.3762	114.1101	118.8163	
云南	3	(13.6000)		(13.6000)		(13.6000)	
浙江	3	(0.7161)		(0.7161)		(0.7161)	
合计	108	148.3063	14.3516	162.6579	642.6712	805.3291	

资料来源：国土资源部矿产开发司．中国矿产资源主要矿种开发利用水平与政策建议．2002．9。

表4 中国与世界各主要稀土矿的稀土配分（单位：％，REO）

国家	中 国					美国	俄罗斯	澳大利亚
矿物名称 / 稀土组分	混合矿（包头）	氟碳铈矿（四川）	离子吸附型稀土矿			氟碳铈矿	铈铌钙钛矿	独居石
			A型	B型	C型			
La_2O_3	25.00	29.81	38.00	27.56	2.81	32.00	25.00	23.90
CeO_2	50.07	51.11	3.50	3.23	<1.09	49.00	50.00	46.30
Pr_6O_{11}	5.10	4.26	7.41	5.62	1.08	4.40	5.00	5.05
Nd_2O_3	16.60	12.78	30.18	17.55	3.47	13.50	15.00	17.38
Sm_2O_3	1.20	1.09	5.32	4.54	2.37	0.50	0.70	2.53
Eu_2O_3	0.18	0.17	0.51	0.93	<0.37	0.10	0.10	0.05
Gd_2O_3	0.70	0.45	4.21	5.96	5.69	0.30	0.60	1.49
Tb_4O_7	<0.1	0.05	0.46	0.68	1.13	0.01	—	0.04
Dy_2O_3	<0.1	0.06	1.77	3.71	7.48	0.03	0.60	0.69
Ho_2O_3	<0.1	<0.05	0.27	—	—	0.01	—	—
Er_2O_3	<0.1	0.034	0.88	2.48	4.26	0.01	0.80	0.21
Tm_2O_3	<0.1	—	0.13	0.27	0.60	0.02	0.10	0.01
Yb_2O_3	<0.1	0.018	0.62	1.13	3.34	0.01	0.20	0.12
Lu_2O_3	<0.1	—	0.13	0.21	0.47	0.01	0.15	0.04
Y_2O_3	0.43	0.23	10.07	24.26	64.97	0.10	1.30	2.41

2. 国内外稀土采选冶领域发展现状

2.1 国外稀土采选冶领域发展现状

目前工业上常用的稀土矿物有五种：氟碳铈矿、离子吸附型稀土矿、独居石矿、磷钇矿和磷灰石矿。前四种矿占世界稀土产量的 95% 以上。氟碳铈矿与独居石中轻稀土含量高；磷钇矿中重稀土和钇含量高，但储量低；离子吸附型稀土矿是我国独特的中重稀土资源；磷灰石中稀土含量低，主要是轻稀土，一般在回收磷的过程中将稀土作为副产品回收，其产量很少。

20 世纪 30、40 年代，受打火石、核材料、荧光材料等领域需求的推动，欧美等开始进行稀土提取技术的开发。60 年代，美国、法国、苏联等发达国家已实现稀土的规模生产，当时美国稀土产量占世界总量的 70% 左右。美国钼公司（Molycorp）、法国罗地亚公司（Rhodia，原罗拉·普朗克）是最早也是世界非常著名的稀土冶炼分离生产企业，其中，美国钼公司以芒廷帕斯（Mt Pass）的氟碳铈矿为原料，主要生产氧化铈、氧化钕、富铈、富镧等稀土化合物，由于冶炼分离过程中产生大量含铵或钠离子废水，治理成本高，产品缺乏竞争力，于 1998 年萃取分离停产，2003 年全部停产，但其采选冶设施保存完好，2007 年由于稀土价格高涨，钼公司又将稀土冶炼分离工厂恢复生产，2008 年爆发经济危机，稀土价格急剧下降，稀土厂又暂时停止生产。法国罗地亚公司拉罗歇尔工厂 1990 年以前处理澳大利亚独居石稀土矿，采用烧碱分解—硝酸溶解—TBP 萃取分离铀、钍和稀土，由于独居石放射性元素铀、钍含量高，防护困难，对环境污染严重，该公司 90 年代停止处理独居石，采用包头混合碳酸稀土为原料，经过硝酸溶解后进行萃取分离，21 世纪初，该公司萃取分离生产线也逐步停产。随后，罗地亚公司在中国合资建立了两个稀土分离厂，为法国本部提供稀土原料用于制备稀土催化剂等产品。从 20 世纪 80 年代开始，世界稀土生产中心逐步转到中国。21 世纪以来，稀土成为"中国制造"的代名词之一。

近 10 多年来，国外加强了对稀土资源的勘探，澳大利亚、加拿大、越南、巴西、蒙古等国都相继发现了一些大型稀土矿床，因此，我国稀土储量占世界总储量的比例逐渐下降。近年来，我国加强对稀土资源开采及生产总量的控制，限制部分产品对外出口，减少出口总量，使得国外稀土应用企业对稀土的供应产生担忧，特别是日本许多企业开始到国外寻找稀土资源，并投资建立稀土冶炼厂。如澳大利亚莱纳公司拥有位于西澳大利亚的韦尔德（Mt. Weld）稀土矿的开采权，该矿稀土品位高（REO15％左右），储量80多万t，莱纳公司2006年决定在马来西亚建立稀土冶炼厂，计划2008年投产，但由于资金问题和经济危机，中途搁置了一段时间，目前正在建设中。另外，日本丰田通商等企业也在越南合作开发稀土资源，目前还处于可研、设计阶段[4]。如果稀土产品价格能够保持目前的高价位，国外稀土企业就能抵消高额的人员费用和环保治理费用并保持盈利，拥有稀土资源的国家就会加快对稀土矿的开发。

2.2 国内稀土采选冶工艺发展现状

我国从20世纪50年代开始进行稀土的提取工艺研究，70年代实现小规模生产，80年代随着我国自主开发的硫酸法冶炼包头混合型稀土矿工业化技术及溶剂萃取分离稀土等先进技术的突破，我国稀土冶炼分离产业实现了大规模连续化生产，生产成本大幅度降低，世界稀土产业的格局从此发生了巨大变化。50多年来，我国稀土工作者针对国内稀土资源特点开发了一系列先进的稀土采选冶工艺，并在工业上广泛应用，建立了较完整的稀土工业体系，我国已发展成为世界稀土生产大国。

我国在工业上利用的稀土矿物主要有三种：包头混合型稀土矿、四川氟碳铈矿、南方离子吸附型稀土矿。由于矿物种类、成分和结构不同，所采用的工艺也各不相同。

2.2.1 稀土采选工艺发展现状[5]

（1）包头混合型稀土矿即内蒙古白云鄂博稀土矿，与铁铌共生，主要稀土矿物有氟碳铈矿和独居石[6]。该矿采用露天开采，稀土随铁矿采出，生产成本低。为了满足包钢钢铁原料的需求，每年需开采1000多万t铁矿，随铁矿采出50多万t稀土（按REO计），在选铁矿的过程中，稀土进入尾矿，其中一部分尾矿经过浮选得到生产品位为50％的稀土精矿。目前，随铁矿采出的稀土利用率仅10％～15％，其他稀土资源随尾矿排到包钢选矿厂尾矿坝，目前尾矿坝中已堆存了1200万t稀土氧化物。由于尾矿坝处在干燥、少雨、多强风的高原地区，加剧了尾矿扩散成为砂尘源。该尾矿含放射性元素钍0.2％左右，比一般沙尘危害更大，不仅污染坝外土壤，对周围环境也会造成污染。

（2）离子吸附型稀土矿作为一种战略资源于1991年被列入国家实行保护性开采的特定矿种。离子型稀土矿属外生淋积型矿床，主要赋存于花岗岩风化壳中，厚度为5～30m，大多为8～10m。原矿中的稀土离子相（60％～95％）呈离子状态吸附于以高岭土为主的硅铝酸盐矿物上，用一定浓度的电解质溶液即可将稀土离子置换出来。

离子型稀土矿的开采利用始于 20 世纪 70 年代,先后经历了池浸、堆浸和原地浸矿三种不同的工艺技术。1995 年前基本采用池浸工艺生产,资源利用率只有 26% 左右,每生产 1t 稀土氧化物要破坏 $160\sim200m^2$ 的地表植被、剥离表土 $300m^3$、出池尾矿量约 $1200\ m^3$,造成水土流失、毁坏农田、污染水系;2000 年后主要采用堆浸和原地浸矿技术,堆浸工艺较池浸工艺生产规模大,实现机械化作业,堆浸工艺的资源利用率比池浸工艺高,但是每生产 1t 稀土氧化物需开挖矿体面积 $180\ m^2$、堆放面积 $220\ m^2$,加上表土的堆放 $50\ m^2$,共计表土面积 $450\ m^2$ 左右。按年生产 5 万 t 计算,用堆浸工艺生产稀土氧化物每年会使 $22\ km^2$ 左右的土地荒漠,对矿山生态环境破坏严重,需长期治理才能恢复。原地浸矿工艺不需要开挖矿体,对生态环境影响小,资源利用率达到 75% 以上,但该技术要求较高,一般人员较难掌握,要根据不同的地质条件采用不同的工艺方法,否则将造成浸出液泄漏,使稀土流失污染矿区地下水系,有时还会产生山体滑坡等严重后果。上述几种方法均采用硫酸铵作为浸矿剂,每生产 1t 稀土氧化物,要消耗 $4\sim5t$ 硫酸铵,这些铵盐全部进入当地生态环境中,使矿区水资源严重富营养化,给当地居民生活带来严重危害。

(3) 四川稀土资源主要集中在攀西凉山州牦牛坪和德昌大陆乡,主要矿物为氟碳铈矿。凉山州牦牛坪稀土矿伴生有重晶石、萤石等矿物[7]。原矿平均品位(REO)为 4.29%,矿物粒度粗,P 和 Fe 等杂质含量低。该矿以露天开采为主,成本低,但随着地表矿越来越少,开采难度增大,向深部采掘需现代化技术装备,采矿成本将增加,产品竞争力下降。冕宁稀土矿所采用的选矿工艺以单一重选、磁选-重选联合、重选-浮选联合的工艺流程为主,目前只回收其中的稀土矿物,工业选矿回收率可达 75% 左右,精矿品位(REO)为 60%~70%。

四川攀西德昌大陆乡稀土矿是含锶钡的多金属矿,其稀土的赋存状态与牦牛坪稀土矿有很大差别,氟碳铈矿的自然粒度小,一般在 0.2mm 以下,−200 目占 30%~40%,并与天青石、方解石相互交生、相互包裹,单独选别困难。目前选矿采用重选-磁选联合流程进行少量生产,精矿品位(REO)为 50% 以上,但稀土回收率不到 30%。

2.2.2 稀土冶炼分离工艺发展现状

我国的稀土冶炼分离工业从 20 世纪 70 年代起步至今,无论是生产规模还是产品规格和质量均发生了巨大的变化,稀土产品从无到有,规模从小到大,目前年产量达到 15 万 t 左右,占世界稀土生产总量的 95% 以上,单一稀土产品的纯度也从 2~3N（99％~99.9％）为主发展到以 3~4N 为主。现有全国稀土冶炼分离企业一百多家，冶炼分离能力达 20 万 t 以上，可以根据市场的不同要求，生产 2~5N 的各种稀土氧化物及盐类产品，高纯、单一稀土产品已达到总商品量的一半以上，基本适应和满足国内外市场的需求。表 5 为 30 多年我国稀土冶炼分离产品的产量。从表 5 可以看出，改革开放后的 30 多年，稀土产量增长了100 倍。近几年来，资源地稀土冶炼分离能力扩张较快，稀土生产能力远远超过需求量，从而造成高丰度稀土镧、铈、钇等稀土产品过剩。

表 5　我国稀土冶炼分离产品的产量（单位：t，REO）

年份	1978	1988	1990	1992	1994	1995	1996	1997	1998	1999
产量	1 428	18 709	15 057	21 000	28 000	40 000	45 338	46 500	52 000	60 000
年份	2000	2001	2002	2003	2004	2005	2006	2007	2008	2009
产量	65 000	71 000	75 000	78 000	86 700	103 890	156 969	125 973	134 644	127 320

注：数据来源于《稀土信息》中稀土年评。

1）包头稀土矿冶炼分离工艺

包头稀土矿是由氟碳铈矿和独居石组成的混合型稀土矿，由于其矿物结构和成分复杂，被世界公认为难冶炼矿种。我国稀土工作者长期致力于该矿的冶炼分离工艺研究，开发了硫酸焙烧法、烧碱分解法、碳酸钠焙烧法、高温氯化法、电场分解法等多种工艺流程，但在工业上应用的只有硫酸法和烧碱法。目前，90％的包头稀土矿采用北京有色金属研究总院自主开发成功的第三代硫酸法专利技术冶炼（工艺流程见图 1）。该工艺连续易控制，易于大规模生产，对精矿品位要求不高，运行成本低，采用氧化镁中和除杂使渣量减少、稀土回收率高[8~12]。

从图 1 可见，包头稀土精矿经过高温硫酸分解、水浸、中和除杂后得到纯净的硫酸稀土溶液，接下来有两种工艺路线可以从硫酸稀土溶液中提取稀土。流程 A 是将硫酸稀土溶液直接进行碳酸氢铵沉淀、盐酸溶解转型得到氯化稀土溶液，该方法投资较小，但沉淀 1t 稀土氧化物要消耗 1.6t 的碳酸氢铵，不仅运行成本较高，并产生大量氨氮废水难以回收处理，对水资源造成严重污染。流程 B 是先采用 P_{204} 进行 Nd/Sm 萃取分组，得到的含 LaCePrNd 硫酸稀土萃余液经过中和调酸，再用 P_{204} 全萃取、盐酸反萃转型为氯化稀土溶液，该方法所用 P_{204} 不皂化，萃取过程不产生氨氮废水，稀土收率高，产品质量好，但由于硫酸体系稀土浓度低，设备和有机相投资较大，另外，由于 P_{204} 酸性较高，低酸度下萃取时易产生过饱和乳化，必须将硫酸稀土溶液的酸度从 pH 4 调到 0.2mol/L，另外中重稀土反萃困难，反萃液余酸高，因此，酸耗较高。上述两种方法得到的混合氯化稀土溶液再经过氨皂化的 P_{507} 萃取分离得到 La、Ce、Pr、Nd 单一稀土。

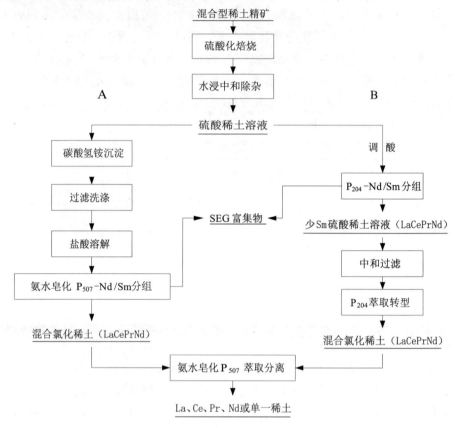

图 1　第三代硫酸法工艺流程图

　　包头矿冶炼分离过程中，每处理 1t 包头稀土矿（REO 计），产生 1t 含放射性钍废渣，总比放活度为 $2.1×10^5$ Bq/kg，属于 I 级低放废物，需建坝堆放；产生 60 000m³ 焙烧废气，其中含氟化物 160kg、SO_2 和硫酸雾 800kg，一般采用三级喷淋吸收，所产生的废水呈酸性，采用石灰中和；共产生 80~100m³ 废水，含氨氮 1.3t 或盐（氯化钠或硫酸钠）6t 左右。

　　包头矿硫酸法冶炼工艺已运行近 30 年，为我国稀土工业的建立、发展壮大作出了重大贡献。但随着稀土产业的快速发展，所产生的"三废"总量大幅度增长，对环境造成的影响也逐年增大。近年来，国内科研院所、稀土企业针对目前存在的环境污染问题，投入了大量的人力、物力进行绿色冶炼分离工艺的研发，取得了一些新的进展，如低温硫酸焙烧-伯胺萃钍工艺和氧化钙焙烧工艺等，但这些工艺目前均处于试验阶段，在成本、设备、回收率等方面有待于进一步完善提高。

2) 四川氟碳铈矿冶炼分离工艺

20 世纪 90 年代主要采用氧化焙烧-硫酸浸出工艺冶炼，得到含氟和四价铈的硫酸稀土溶液，采用两次复盐沉淀、碱转化、酸溶的方法生产富铈和少铈氯化稀土。该工艺流程冗长，有十几道固液分离工序，稀土回收率仅 70% 左右。后来，四川盛和等稀土企业在美国蒙廷帕斯氟碳铈矿冶炼工艺的基础上进行改进创新，自主开发了氧化焙烧-盐酸浸出法，工艺流程见图 2。目前工业上几乎全部采用该工艺冶炼氟碳铈矿，碱分解除氟后得到的富铈渣可用于制备硅铁合金，或经还原浸出生产纯度为 97%～98% 的二氧化铈，盐酸优溶得到的少铈氯化稀土经过 P_{507} 萃取分离得到单一稀土[13]。

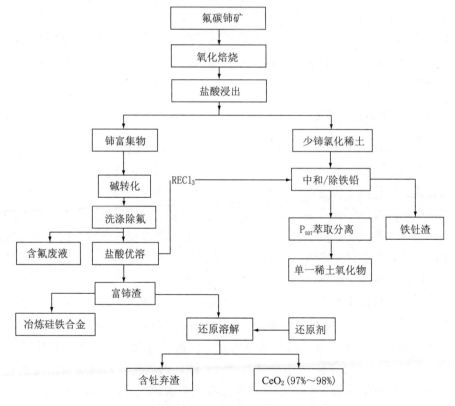

图 2 氧化焙烧-盐酸浸出法工艺流程图

该工艺的特点是投资少、铈产品生产成本较低，但工艺不连续，盐酸浸出过程中四价铈、钍、氟不溶解留在渣中，渣经过碱转化-还原溶解回收铈，氟以

氟化钠形式进入废水，钍、氟分散在渣和废水中难以回收，对环境造成污染，而且铈产品纯度仅 97％～98％，价值低。因此，针对氟碳铈矿，有待进一步开发能同时回收稀土、钍及氟的高效清洁工艺，而且要求工艺流程简单，生产成本低，这样才能广泛应用于工业生产。

3）南方离子型稀土矿冶炼分离工艺

南方离子型稀土矿经过铵盐浸出、碳酸氢铵或草酸沉淀、灼烧得到含稀土氧化物 90％以上的稀土富集物。富集物或稀土碳酸盐经过盐酸溶解得到混合氯化稀土溶液，再采用皂化 P_{507}、环烷酸等萃取剂进行萃取分离制备 99％～99.999％的单一稀土化合物。全国离子型稀土矿的年冶炼分离能力已超过 7 万 t，2008 年离子型稀土矿产量为 3.6 万 t，生产企业主要集中在江西、江苏、广东。由于萃取分离过程中有机相采用氨水或液碱皂化，萃取分离 1t 稀土氧化物需消耗 1t 多液氨或 7t 液矸（30％），不仅使稀土分离成本高，而且大量的氨氮或钠盐进入废水，对水资源造成严重污染。目前，氨氮或钠盐废水还没有很好的处理办法，回收成本高。

4）萃取分离提纯技术

稀土元素化学性质相近，相邻元素分离系数小，分离提纯难度大，是化学元素周期表中为数不多的难分离元素组之一。为此，稀土科技工作者围绕着稀土元素的分离、提纯做了大量的研究开发工作。从分步结晶、氧化还原、离子交换、溶剂萃取到萃取色层技术等，研究者们经过不懈努力，使稀土元素的分离提纯技术得到快速发展。在常规的稀土分离工业中，溶剂萃取技术已成为稀土分离提纯的主流技术，但在针对多组分、多品种、高纯度的特殊需求时，常常是几种技术配合使用，形成综合流程，达到经济实用的目的[14]。

我国稀土科技工作者从 20 世纪 50 年代开始对溶剂萃取法分离稀土元素进行了大量的研究开发，取得了许多科研成果，并广泛应用于稀土工业生产。如 1966 年北京有色金属研究总院与复旦大学、上海跃龙化工厂合作采用甲基二甲庚脂（P_{350}）作为萃取剂，萃取分离生产 99.99％的氧化镧，这是我国首次将萃取分离技术应用于稀土工业；1970 年北京有色金属研究总院采用 P_{204} 富集、N_{263} 二次萃取提纯得到纯度大于 99.99％的氧化钇，1976 年成功研究出采用环烷酸萃取提纯钇，得到纯度为 99.99％～99.999％的荧光级氧化钇，1981 年跃龙化工厂使用该技术建成年产 10t 的荧光级氧化钇生产线，并采用 P_{507} 和 N_{235} 萃取除杂，使产品达到日本涂料株式会社的荧光级氧化钇产品标准，成本不到离子交换法的

1/10。20 世纪 70 年代初中国科学院上海有机化学研究所成功地实现了规模化合成 P_{507}，为 P_{507} 萃取分离稀土元素工艺的开发与应用奠定了基础，采用 P_{507} 作萃取剂回流萃取分离 99.99％氧化镥获得成功；北京大学徐光宪院士提出了稀土串级萃取优化理论，用于设计优化萃取分离稀土工艺，并在稀土萃取分离工艺研究与工业生产中得到了广泛应用。80 年代以来，稀土萃取分离技术得到了快速发展，稀土工作者针对不同资源特点，开发了多种先进萃取分离工艺，如长春应用化学研究所、北京有色金属研究总院、九江有色金属冶炼厂、江西六〇三厂合作研究成功用 P_{507}-盐酸体系从龙南混合稀土中全分离单一稀土元素的工艺技术，并广泛应用于我国的稀土湿法冶金工业。近 10 多年来，稀土的萃取分离技术又得到了大幅度改进提升，如模糊萃取技术、联动萃取技术、钙皂化和非皂化萃取分离技术等，使稀土萃取分离效率、稀土纯度、稀土回收率得到提高，化工原材料消耗和氨氮排放量大幅度减少[15]。但由于稀土企业多达百家，整体投入不足，环境污染问题依然突出，主要表现在以下几个方面。

a. 氨氮废水排放的问题有待彻底解决

氨氮废水的产生主要有两个方面。一是萃取分离过程中，氨水（或液氨）皂化有机相产生的氨氮废水。每分离 1t 南方离子型稀土氧化物消耗 1～1.2t 液氨；每分离 1t 包头轻稀土氧化物消耗 0.6t 液氨。按照每年分离 12 万 t（REO 计），产生氨氮 9 万～10 万 t。二是碳酸氢铵沉淀过程带来的氨氮废水，每沉淀 1t（REO 计），消耗碳酸氢铵 1.6t，而每年用于转型和轻稀土产品沉淀共需碳酸氢铵 20 多万 t，产生氨氮 5 万多 t，因此，每年稀土分离过程产生 15 万 t 氨氮。"十一五"期间，部分企业采用碳酸钠代替碳酸氢铵沉淀技术，或采用液碱皂化或新开发的非皂化、钙皂化工艺，使整个行业氨氮排放量减少 1/3 左右，但氨氮排放问题依然存在。

b. 高盐度废水排放问题日益突出

在稀土提取过程中，目前均需消耗大量的酸、碱和盐，分离 1t 南方离子型稀土矿（按 REO 计）要消耗 8～10t 盐酸（30％）、6～8t 液碱（30％）或 1～1.2t 液氨等，大量的 Cl^-、Ca^{2+}、Na^+、Mg^{2+} 或 NH_4^+ 等进入废水，最终排入环境中。据统计，平均制备 1t 稀土氧化物，排入环境中的盐量按氯化铵计约 5t，按氯化钠计约 6t。由于我国 1998 年实施的《污水综合排放标准》（GB 8978－1996）并未限制总盐量的排放，故行业内对总盐的控制一直未引起重视，亦未采取防治措施。但高盐度废水排放使土壤盐碱化加重，江河湖泊的水体污染等问题已日益凸显。

"十二五"期间，随着稀土产量逐年大幅度的增加，我国稀土冶炼分离过程中的高污染和高排放将是我国科研工作者需重点解决的问题。专家预测，到2015年，国内稀土分离量将突破 20 万 t，而按照现有工艺，排放氨氮量将达到 20 万 t，盐排放量将达到 100 万 t 以上。因此，我们急需开发普适、经济的低碳低盐无氨氮冶炼分离稀土新工艺技术。

2.2.3 稀土共伴生资源及二次资源综合回收利用状况

1）稀土共伴生资源的综合利用

稀土资源均为多金属共生矿，品位低、复杂难处理，中小型矿居多。采用传统采矿、选矿、冶金工艺处理这些矿产资源时，效率低、流程长、生产成本高、资源利用率低、环境污染严重。目前，大部分稀土资源选冶工艺均只考虑稀土的回收，许多宝贵的伴生资源进入废渣、废水、废气被排放，不仅浪费资源，而且造成环境污染。

四川冕宁氟碳铈矿伴生矿物以重晶石、萤石、石英等为主，还含有铅 0.557%、钼 0.126%、铋 0.0343%、银 0.000 289%，另有少量钽、铌、铀、钍等，都有综合利用的价值（表6）。

表 6　牦牛坪稀土矿矿石主要成分含量（单位:%）

主要成分	REO	BaO	TFe	SiO$_2$	CaO	Al$_2$O$_3$	S	F	合计
含量	5.0	22.0	1.1	31.0	10.0	4.0	5.0	6.0	81.1

德昌大陆乡稀土矿是含锶钡的多金属矿（部分成分见表7），其中部分地区天青石（SrSO$_4$）矿物的含量高达 25.73%～27.86%，已经超过独立锶矿床工业品位 SrSO$_4 \geqslant 25\%$ 的指标要求。主要伴生矿物为锶天青石-钡重晶石，是攀西地区唯一具有工业价值的锶资源。

表 7　德昌大陆乡稀土矿化学成分分析结果（单位:%）

成分	REO	SrO	SiO$_2$	Al$_2$O$_3$	CaO
含量	5.01	7.55	26.68	7.38	10.80
成分	S	Fe	Ti	BaO	F
含量	4.25	2.59	0.22	2.60	6.91

包头白云鄂博稀土矿是与铁、铌、钍、萤石等伴生的多金属共生矿，目前仅回收铁和少量的稀土。包钢每年开采 1000 多万 t 铁矿石，随之带出 50 多万 t 稀土氧化物，而稀土矿产品产量仅 6 万～7 万 t（REO 计），稀土利用率仅 10%～

15%，其他稀土全部进入尾矿库。

四川氟碳铈矿及包头混合型稀土精矿中钍含量一般为0.2%左右，氟含量为8%～9%。如何在回收稀土的同时将共伴生元素低成本地进行回收利用，一直是摆在稀土科技工作者面前的难题。

大部分的磷灰石矿伴生微量稀土，在我国磷矿资源富产地贵州、四川、云南、湖北以及河北等地，发现了大量低品位磷矿共生0.1%～1%稀土氧化物，澳大利亚、加拿大等地也发现了低品位磷矿资源，共生2%～3%稀土氧化物，稀土和磷矿物多以同质类象方式共生，不可选别。如何在磷灰石提磷过程中有效回收微量或少量稀土资源是各国研究开发的一个重要领域。早期包括瑞典Yara技术中心、罗马尼亚核技术研究中心、美国橡树岭实验室及俄罗斯等均在此领域开展了大量研究开发工作，重点对高品位磷矿中的稀土进行回收，形成了以硝酸湿法磷酸为主线的稀土回收工艺，但对低品位磷矿中稀土的回收不适用。北京有色金属研究总院、贵州大学等单位开展了硫酸湿法处理低品位磷灰石过程中回收稀土的研究，提出了独特的稀土富集技术。

以内蒙古巴尔哲矿床为代表的超大型的多金属稀土共生矿，矿床中稀土储量上百万t，同时还有BeO数万t，Nb_2O_5 37万t，Ta_2O_5 2.15万t；我国在湖北竹山也发现了超大型稀土稀有共伴生资源；澳大利亚在西澳洲的Mt. Weld、奥林匹克坝也发现了稀土多金属共生资源，稀土与铁和稀有金属共生，选矿难度大，但矿床综合利用价值巨大。

2）稀土二次资源的再生利用

重视二次资源综合利用，发展循环经济成为我国经济可持续发展的趋势。国外特别是日本，对二次资源回收利用非常重视，政府制定了相应的鼓励政策和运行机制，建有完善的废品收集、专业集中处理回收体系。日本把稀土废料回收作为重点支持方向，目前，稀土材料生产过程中的废料回收率在50%以上，废器件中稀土回收率不到20%（表8）。其中，镍氢电池年回收量约100t，稀土、镍、钴回收率大于95%，回收的金属产品可满足电气材料的质量要求[16]。

表8 日本稀土废料回收现状

种类	生产及使用过程中的废料利用率/%	废旧器件再生利用率/%
永磁体	＞80	＜20
镍氢电池	20～50（镍＞50～80）	＜20
稀土荧光粉	20～50	20～50
稀土催化剂	＜20（贵金属＞80）	＜20

我国经过 20 多年的发展，再生金属产业已达相当规模，形成了比较完整的废杂金属回收、拆解、生产、加工体系。但再生金属生产过程相当粗放，研究与开发薄弱，资源利用水平不高，二次污染现象严重。目前，我国稀土磁性材料、发光材料、储氢合金生产过程中产生的废料大部分得到回收利用，但废旧器件中的稀土二次资源回收利用比较少，而且稀土废料处理较为分散，主要借用稀土冶炼工艺及设备进行处理回收，只考虑稀土的回收，资源利用率低，化工原材料消耗大，环境污染问题比较严重。因此，稀土二次资源综合回收利用技术有待提升和完善。

3. 存在的主要问题

1) 开采方式粗放，资源利用率低

　　稀土采矿行业普遍存在主体过多、分散，采富弃贫，资源综合利用率低等问题。特别是南方离子型稀土矿普遍存在无证开采或过期越界开采的问题，目前，大部分采矿证开采范围内的稀土矿早已开采完，所以，违规开采现象严重。

　　包头稀土矿每年随铁矿采出 50 多万 t，40 多万 t 随尾矿排入包钢尾矿坝，稀土综合利用率只有 10%～15%。目前尾矿坝中已堆存 1200 万 t 稀土，而且稀土矿被稀释污染，回收难度增大，并存在较大的安全隐患。

　　四川德昌氟碳铈矿与天青石、重晶石、萤石共生，矿物相互包裹，单独选别困难。目前选矿采用重选-磁选联合流程，精矿品位为 50%，稀土回收率不到 30%。

2) 节能环保意识薄弱，环境污染问题突出

　　稀土矿物种类多，大多数品位低、多金属共生、成分复杂，而且 10 多种稀土元素性质相似，分离困难。因此，稀土冶炼分离工艺比较复杂，化工材料、水及能源消耗高，"三废"产生量大。冶炼 1t 包头稀土矿（REO 计）消耗 3.5～4t 硫酸，4t 多盐酸，3.2t 碳酸氢铵，0.6t 液氨；生产 1t 离子型稀土精矿消耗 4～5t 硫酸铵，1.7t 碳酸氢铵；分离 1t 离子型稀土矿消耗 8～10t 盐酸（30%），6～8t 液碱（30%）或 1～1.2t 液氨，碳酸钠 0.6t 等；上述化工原材料最终均进入废水、废渣或废气，未有效回收利用。另外包头矿和四川氟碳铈矿中含有 7%～8% 的氟、0.2% 的钍也未回收利用，以"三废"形式污染环境。我国稀土冶炼分离过程中重点污染物产生量见表 9。目前，稀土企业环保投入少，治理技术和设备落后，回收处理成本高，某些企业"三废"未经处理直接排放，对环境造成严

重污染。国家环境保护部制定的世界首部《稀土工业污染物排放标准》，对稀土行业"三废"排放要求更加严格，稀土企业将面临严峻的挑战，因此亟需发展高效清洁、经济的稀土提取技术。

表9　我国稀土冶炼分离过程中重点污染物产生量

种类	处理量（以REO计）/t	F/t	ThO_2/t	氨氮/t	SO_2和硫酸雾/t	废水/万 m^3	盐量按钠盐计/t
包头矿	70 000	11 400	280	91 000	58 800	800	380 000
四川矿	30 000	4 000	100	12 000	—	150	150 000
南方矿	35 000	0	0	52 000	—	200	250 000
总量	—	15 400	380	155 000*	58 800	1 150	780 000

* 未包括离子型稀土矿在浸取及沉淀过程产生的氨氮1.8～2 t/tREO，总计约7万t。

熔盐电解法是生产轻稀土金属和中重稀土合金的主流工艺，90%以上稀土金属产品是由熔盐电解法生产的，目前国内主流槽型为4000～6000A，少数厂家单槽容量达到10 000A，25 000A电解槽型仅在个别企业运行。虽然现行稀土电解槽及相应的工艺技术已经成熟和稳定，但其平行上插阴极和阳极方式导致槽电压高，一般约为10～12V，生产1t金属钕耗电为10 000kW·h左右，约是理论能耗量的7倍，能量利用率仅为14%，远低于铝电解的46.8%。开发节能、环保的稀土熔盐电解技术及设备是稀土金属及合金制备技术发展的必然方向。

3）稀土伴生资源难以回收，二次资源再生利用率低

稀土伴生资源钍、氟、铌、重晶石、天青石、萤石等回收难度大，未有效回收利用，不仅造成资源浪费，而且污染环境。二次资源回收利用率低，规模小，而且回收工艺较落后，存在二次污染。

4）知识产权保护不力

我国对于知识产权的重视和保护力度不够，阻碍了技术创新和技术进步。大专院校、科研院所向企业转移的技术或专利，由于人才流动、企业变更，很快在行业内扩散，结果一个厂变成了几个甚至几十个厂，造成重复建设、恶性竞争，发明人的权益无法得到保护。

5）稀土应用不平衡

随着稀土永磁材料、发光材料等功能材料的快速增长，对镨、钕、铽、镝、铕等紧缺稀土元素的需求量大幅增加，从而导致高丰度铈、镧、钇、钐等稀土元

素大量积压，价格低廉。因此，应加强铈、镧、钇、钐等稀土元素的高值化应用材料研究，扩大它们在稀土永磁、稀土储氢、玻璃陶瓷、石油化工、有色金属、钢铁、农业等领域中的应用，缓解稀土元素应用不平衡问题。

6）监管措施不力，市场秩序混乱

针对稀土资源的开发和利用，国家制定了一系列政策、法规和管理办法，但稀土管理部门多，要求不一致，另外由于地方利益驱动，执行力不够，造成政策难以落实。

近几年，稀土资源地实施资源禁止外销策略，稀土矿必须在当地进行冶炼分离、深加工，造成重复建设加剧，生产能力严重过剩。

稀土出口产品上百种，仅有 49 个税号，部分产品与税号脱节，无法满足监管要求，导致走私现象时有发生，宝贵稀土资源大量流失。

4. 技术进步及发展趋势

近 10 年来，在国家科技攻关或科技支撑计划、"863"计划和国家自然基金等项目支持下，稀土采选冶技术得到了长足发展，取得了一些重要研究成果，并逐步发展成为行业主流技术[17]。

4.1　近 10 年主要研究成果及技术进展

4.1.1　稀土采选工艺技术研究成果及技术进展

1）复杂地质条件离子型稀土矿原地浸取新工艺

原地浸矿工艺不需要开挖矿体，对生态环境影响小，资源利用率高，但早期开发的原地浸矿工艺仅适用于矿体底板完好的矿山，对于地质条件复杂的矿山，经常出现浸矿液泄漏，导致稀土回收率大幅度降低。"十五"以来，赣州有色金属冶金研究所在国家科技攻关项目支持下，开发了适用于复杂地质条件下的原地浸矿技术，采用浸液导流、人造底板全面截流等技术，避免了浸矿液的泄漏，稀土综合利用率达到 75% 以上。

2）包钢集团尾矿稀土、铌综合选矿技术

"十一五"期间，包钢集团矿山研究院开展了包钢尾矿综合利用选矿试验研

究，同时回收稀土、钍、铁、萤石和铌等有用元素，并开发了氟碳铈精矿和独居石精矿分选新技术，精矿品位和回收率分别达到 60% 和 86%，60% 的钍进入稀土精矿，铁和铌也得到了较好的回收。

4.1.2　稀土冶炼分离技术研究成果及技术进展

针对稀土冶炼分离过程中存在的化工材料消耗高、资源综合利用率低、"三废"污染严重等问题，各研究机构和企业开发了一系列高效、清洁环保的冶炼分离工艺，从源头解决了部分"三废"污染问题，提高了资源综合利用率，减少了消耗，降低了生产成本。

1）稀土模糊萃取、联动萃取分离工艺

为了进一步降低萃取分离过程中酸、碱消耗，研究人员开发了模糊萃取分离稀土工艺。北京大学应用稀土串级萃取理论进行优化设计，开发了联动萃取分离新工艺，上述工艺已在多家稀土企业应用，使稀土萃取分离过程中酸碱消耗减少30%以上。

2）非皂化或镁（钙）皂化清洁萃取分离技术

单一稀土的分离提纯普遍采用溶剂萃取法，酸性萃取剂一般用氨水进行皂化，产生大量氨氮废水。部分企业采用液碱皂化有机相，生产成本增加一倍，并产生高盐度氯化钠废水。为此，胡建康等开发了钙皂化萃取分离技术、有机相溶解碳酸稀土技术；北京有色金属研究总院、有研稀土新材料股份有限公司针对不同稀土资源和萃取体系，开发了酸平衡技术、浓度梯度技术、协同萃取技术等多项非皂化萃取分离新技术，申报了 8 项发明专利（1 项 PCT 国际专利）。上述新技术从源头消除了氨氮废水或钠盐废水的污染，每分离 1t 离子型稀土矿（REO计）降低运行成本 1500～2000 元，废水可达标排放，已在江苏、广州和江西等地推广应用，产生了良好的社会和经济双重效益。但目前仍存在氧化钙、氧化镁等原料杂质含量高，固液反应慢，钙镁如何循环利用等问题。

3）包头混合型稀土精矿绿色冶炼技术

包头混合型稀土精矿采用浓硫酸焙烧分解工艺，氟进入尾气，钍固化在渣中，对环境造成污染，有价资源未有效回收利用。为此，包钢稀土与长春应化所合作完成了浓硫酸低温静态焙烧—伯胺萃钍—P_{204} 或皂化 P_{507} 萃取转型生产混合氯化稀土工业试验，水浸渣达到国家低放射性渣的标准，该工艺可有效回收稀土矿中的钍，但静态低温焙烧工艺仍存在余酸量大难以实现大规模生产等问题。针对此问题，中国有色工程设计研究总院和保定稀土材料厂联合对低温焙烧工艺进行了改进研究，通过采用低温熟化技术，可实现连续低温动态焙烧。同时，保定稀土材料试验厂还开发了硫酸低温焙烧—碳酸氢铵热分解回收 HF 的工艺，可实现尾气达标排放。北京有色金属研究总院开发了中温硫酸化焙烧—水浸—过滤—中和沉淀获得可溶性钍渣，再采用酸溶解—伯胺萃取回收钍的工艺，鉴于目前钍市场需求很小，可将富钍渣集中储存，保证工艺的经济可行性。

4）包头混合型稀土精矿硫酸强化焙烧尾气资源化利用技术

目前，90％的包头混合型稀土矿采用浓硫酸高温焙烧分解工艺，过量 30％的硫酸以硫氧化物或硫酸雾进入尾气。另外，精矿中 7％～8％的氟以氢氟酸的形式进入尾气。每焙烧 1t 精矿（REO）将产生 60 000 m^3 尾气，其中氢氟酸 160kg，SO_2 120kg，硫酸雾 700kg。目前，大部分企业采用水或碱液喷淋吸收、废水采用碱中和处理，硫、氟资源未有效回收利用。

近年来，包头华美稀土公司对尾气回收利用开展了大量的研究工作，开发成功酸回收净化工艺，包括尾气净化技术、酸循环富集技术、混酸浓缩分离技术、焙烧烟气的深度治理技术，既保证了硫酸循环使用，又保证了尾气达标排放。

对于年焙烧稀土精矿 4 万 t 规模的生产企业，焙烧尾气净化和酸回收装置总投资约 4000 万元，年运行费用约 650 万元，每年可回收 70％的硫酸 1.5 万 t，氢氟酸 0.75 万 t，节约用水量 25 万 t，在硫酸价格高于 800 元/t 时，可保本运行。

5）氟碳铈矿绿色冶炼分离技术

四川氟碳铈矿含 7％～8％的氟、0.2％的钍，目前冶炼分离工艺均未回收利用，二者进入废水或废渣，不仅浪费资源，而且污染环境。近些年来，国内一些研究院所一直致力于研究开发氟碳铈矿的绿色冶炼工艺，如氧化焙烧—稀硫酸浸出—萃取分离工艺，将四价铈、钍、氟浸入硫酸稀土溶液，然后直接萃取分离提取铈、钍、氟及其他三价稀土。中国科学院长春应用化学研究所开发了从氟碳铈矿硫酸浸出液中多溶剂萃取分离铈、钍的工艺，该工艺首先用三烃基膦氧化合物萃取分离四价铈，然后用伯胺类萃取剂萃取分离钍，其他三价稀土经过除杂后再采用酸性磷类萃取剂萃取分离，该工艺在四川方兴稀土公司建立了产业化示范线，其特点是氧化铈纯度高、钍能够有效回收、工艺连续，但分离铈（Ⅳ）、钍（Ⅳ）和三价稀土采用三种有机萃取体系，且三烃基膦氧化合物萃取剂价格昂贵，生产成本较高。"十一五"期间，在科学技术部的支持下，北京有色金属研究总院、北京大学、清华大学、乐山盛和稀土公司合作开展了四川氟碳铈矿伴生的钍、氟综合回收工艺研究，采用氧化焙烧、盐酸浸出三价稀土，渣中四价铈、钍、氟采用硫酸浸出，然后采用 P_{507} 直接萃取分离，该工艺在回收稀土的同时将钍、氟以副产品形式回收，消除了钍、氟对环境的污染，铈纯度达到99.95%～99.99%，并在乐山盛和建立了 2000t 规模生产线[18]。

4.2 未来稀土提取技术发展趋势及发展重点

围绕国家和稀土行业发展需求，以资源高效利用为宗旨，以清洁生产和节能减排为目标，研究开发环境友好、资源节约与循环利用的新技术成为大势所趋和发展重点。

1）稀土提取过程重大科学问题及基础理论

（1）稀土选冶过程多元多相复杂体系反应机理；
（2）稀土冶金过程热力学与传质动力学；
（3）稀土冶金过程多元多相复杂体系相图的构建；
（4）稀土冶金过程数学模拟与智能控制。

2）稀土金属矿物高效清洁采选关键技术

（1）南方离子型稀土矿绿色浸取技术；
（2）稀土与铁、铌、锶、钡等伴生资源高效选别技术；
（3）新型稀土选矿药剂及其制备技术；
（4）高效选矿装备及自动化控制技术。

3）稀土高效清洁冶炼分离与提纯关键技术

（1）低盐低碳无氨氮冶炼分离稀土新技术；
（2）废水资源化利用技术；
（3）超纯及特殊物性稀土化合物制备共性关键技术及装备；
（4）新型萃取剂及新型稀土分离提纯技术；
（5）低品位、多金属共伴生资源综合回收利用技术。

4）稀土金属及其合金节能环保制备关键技术

（1）大型、节能环保型稀土熔盐电解技术和设备；
（2）熔盐电解法制备中重稀土合金工业化制备技术；

（3）超纯稀土金属共性关键制备技术及装备。

5）二次资源高效清洁回收利用关键技术

稀土永磁体、发光材料、镍氢电池、催化剂等二次资源低成本、绿色再生利用技术。

5. 对策与建议

（1）加强清洁生产工艺研究开发，加大科技投入和环保投入，推进节能减排。

针对稀土行业存在的问题，重点研究开发稀土高效清洁提取与综合利用技术，从源头上解决"三废"污染问题，减少消耗，降低成本，提高稀土资源的综合利用率。

建议政府对节能环保、低消耗、无污染稀土采选冶工艺开发和推广应用给予政策鼓励和资金支持。

（2）鼓励技术创新，加强知识产权保护，建立和完善知识产权及标准保障体系。

建议制定有效的知识产权保护法律及法规，对侵权行为给予严厉的打击。鼓励技术创新，重点支持具有创新性和自主知识产权的项目研发，对于有明显应用前景的核心发明专利，采用经费补贴的方式鼓励申请国外专利，抢占技术制高点。

引导稀土企事业单位加强稀土专利和标准化工作，结合国家科技重大计划积极开展稀土专利分析和战略研究，培育和提升行业、企事业单位运用知识产权保护的能力和水平。

（3）加强稀土资源勘探，探明资源储量；对稀土矿山开采进行整合，由国家统一部署组建稀土矿产公司，根据市场需求制订开采计划，严格控制开采总量，矿产品统一定价销售给通过认证的稀土冶炼分离企业。

（4）限制稀土初级产品及铽、镝、铕、钬、铒、铥、镱、镥稀贵稀土产品出口，鼓励高技术含量、高附加值稀土材料及应用产品出口，细化稀土出口海关目录，对出口产品进行应用追踪。

（5）建议国家对铽、镝、铕、钬、铒、铥、镱、镥稀贵稀土产品和钍产品进行收储。鼓励钍的提取和回收技术开发，加强钍在核能中的应用研究，解决企业经济利益和国家能源战略目标之间的矛盾。

（6）严格监督国家出台的关于稀土资源保护性开采、稀土环保标准稀土出口配额管理、稀土产品生产指令性计划等一系列产业政策的实施，建议尽快成立稀土行业协会，加强稀土行业监管。

参 考 文 献

[1] Roskill. 世界稀土经济. 第十二版. 刘跃，王彦，张烨译. 全国稀土信息网. 2005：6-7

[2] Geological Survey (U. S). Mineral Commodity Summaries. 2008

[3] 王国珍. 中国稀土资源开采现状及发展策略. 四川稀土，2009，3：4-8

[4] 王彩凤. 我国稀土工业发展与展望. 稀土信息，2009，9：4-8

[5] 刘余九，王国珍，卢忠效. 中国可持续发展矿产资源战略研究. 有色金属卷. 北京：科学出版社，2005：448-451

[6] 侯宗林. 浅论我国稀土资源与地质科学研究. 稀土信息，2003，10：7-10

[7] 阳正熙，Anthony E，William J，等. 四川牦牛坪稀土矿床矿物流体包裹体研究. 矿物岩学，2001，4：8-13

[8] Huang X W. The chemical and mineralogical characteristics of Beiyunoboite and its metallurgical processes. Proceeding of the Second Rare Earths Conference in Brazil，CETEM，Rio De Janeiro，Brazil，1998：22-27

[9] 徐光宪. 稀土. 第2版（上册）. 北京：冶金工业出版社，1995：399-420

[10] Huang X W, Long Z Q, Li H W, et al. Development of rare earth hydrometallurgy technology in China. J Rare Earths，2005，23（1）：1-4

[11] 李国民，胡克强，刘金山，等. 一种混合型稀土精矿分解方法. 中国专利：[200410006443.8]

[12] 胡克强. 酸法分解包头稀土矿新工艺. 中国专利：[98118153.8]

[13] 张国成，黄小卫. 氟碳铈矿冶炼工艺述评. 稀有金属，1997，22（3）：193-199

[14] Huang W M, Huang X W. RE separation and attainment of high purity products in China. Proceeding of the Second Rare Earths Conference in Brazil，CETEM，Rio De Janeiro，Brazil，1998：56-71

[15] 黄小卫，李建宁，彭新林，等. 一种非皂化磷类混合萃取剂萃取分离稀土元素的工艺. 中国专利：[200510137231.8]

[16] 中西二郎. 日本的稀土再生利用//日本经济产业省. 日中稀土交流会论文集. 东京. 2009

[17] 倪嘉缵，洪广言. 稀土新材料及流程进展. 北京：科学出版社，1998

[18] 黄小卫，张国成，龙志奇，等. 从稀土矿中综合回收稀土和钍工艺方法. 中国专利：[200510085230.3]

作者简介

黄小卫，北京有色金属研究总院。

过程工业减排的节能机制

陆小华

1. 背景

随着社会与经济的不断发展，可持续性发展的要求已受到世界各国的普遍重视[1~5]。经济发展与资源环境的矛盾日趋尖锐，节能减排是可持续发展所要解决的核心问题之一。

我国节能的途径主要有两方面：一方面由于当前及今后相当长时期内，我国能源消费仍将以煤炭等传统化石能源为主，因此更加有效地利用化石能源仍是节能的重要方面；另一方面，积极开发新能源与可再生资源也是促进节能的重要方向。国家主席胡锦涛强调，大力推进节能减排，积极开发新能源，这是贯彻落实科学发展观、促进经济社会可持续发展的重大举措。因此，需要针对传统化石能源利用和新能源开发利用过程的经济性和可持续性进行科学、全面、定量的评估。

节能减排已受到全世界的广泛关注，是我国的基本国策。我国"十一五"规划纲要[6]对万元GDP能耗的降低提出了明确的指标，但对减排指标仅提出化学需氧量（COD）以及SO_2排放总量的减少，而这减排量背后的能耗代价及节能机制从未被揭示，造成国策难以实施。此外，我国能源消费总量仍然庞大，节能减排形势依然严峻。我国过程工业产生的GDP已超过总量的1/6，而能耗却超过了总量的50%[7]；同时，过程工业更是污染大户，产生的污染物种类繁多，因此过程工业的节能减排对于我国经济的健康发展具有重要作用，如何在过程工业减排中实现有效节能成为解决我国能源与环境问题的关键问题[8]。目前，由于国内外缺少定量描述减排不同污染物所需的能耗数据，导致难以针对不同污染物提出科学、合理、定量的减排指标，也难以真正定量地评价过程工业节能减排的效果、给出科学的解决方案，这给减排国策的最终落实带来了极大的困难[8]。

如何评价过程的节能减排效果和可持续性？是否可以通过过程的生产成本来评价？生产成本受人为因素、市场和国家政策等影响而波动，那么能否从科学层面上定量分析过程的节能减排效果和可持续性？

化工热力学是用来解决复杂体系中同时存在能量和物质转换问题的最佳工具，从相图计算到化工过程模拟，化工热力学在推进化学工业尤其是石油工业的发展上已发挥了非常重要的作用[8,9]，热力学也已被用来定量分析和评价生态工业系统的资源利用情况和对环境的潜在影响[10]。美国国家科学院、国家工程院、国家艺术院三院院士，美国总统科学奖章获得者 John M. Prausnitz 教授通过成功建立基础物性数据库、物性估算方法和热力学模型，为化工和相关工业节省了无法估量的能源、投资和运行费用。Aspen Plus 是举世公认的标准大型通用流程模拟软件，全球成功应用案例数以百万计。全球各大化工、石化、炼油等过程工业制造企业及著名的工程公司都是 Aspen Plus 的用户。该过程模拟软件的成功应用为化工行业节能减排和资源有效利用作出了重大贡献。Aspen Tech 公司的软件产品帮助 Dupont 公司赢得卓越运作方面的生产成就奖。该产品最大的优势在于具有完备的物性数据库，而物性模型和数据是得到精确可靠的模拟结果的关键。人们普遍认为 Aspen Plus 具有最适用于工业且最完备的物性系统。化学工程的重大贡献还在于"三传一反"的知识基础使化学工程吸收了相关科学技术发展的新成果，形成了模型化的方法论，成功解决了产品的规模化制备问题，进一步推动了化学工程向多学科领域的渗透[11]。针对化石能源面临枯竭和全球气候变暖的难题，化石能源更有效利用的新问题以及新能源开发过程可持续性问题亟待解决。化学工程该如何应对节能减排和新能源开发新问题发展自身的理论体系？

2. 研究进展与发展趋势

对于过程工业的节能问题，吴仲华等提出能（物理能）梯级利用原理，金红光等提出化学能与物理能综合梯级利用原理[12,13]。在过程工业的减排问题上，国内外研究者致力于从源头上减少和消除污染的绿色化学或清洁生产，已取得了大量的研究成果。然而，目前国内外推行的绿色化学"零排放"或清洁生产[14~16]，在实现资源有效利用、减少污染的同时，往往忽略了它所消耗的高能耗代价。因此，针对我国过程工业发展带来的高污染累积总量的国情，减排中的节能问题尤为突出。目前已有的研究成果往往只考虑物料衡算或能量衡算，未能对开放体系、复杂物质、极端条件作定量描述，因此不能真实评价过程工业节能减排的效果。

目前，国外研究者已开始意识到需要利用热力学将节能与减排进行耦合，美国著名工程热力学专家 Cengel[17] 提出了能源效率和绿色化学的定性关系，并指出在绿色工程的研究中需要发展技术以提高过程的能量效率。加拿大 Ontario 大学 Rosen 和 Dincer[18]提出了如图 1 所示的能源效率和环境影响以及可持续性之间的定性关系。天津大学 Li 等[19]对清洁生产技术理论框架进行了热力学分析，并对清洁生产的实施从提高资源能位、资源再利用循环及多级循环与多级过程 3 个方面提供了定性化的分析。

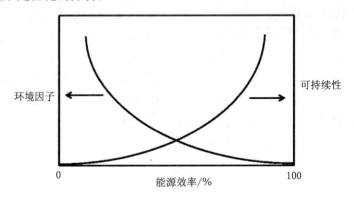

图 1　环境因子与可持续性、能源效率关系的定性描述[18]

然而，至今没有研究者针对减排中的节能问题建立相关模型和参数，其中原因正如 Prausnitz 所言：热力学原理是严谨的，但用它来解决实际问题时是困难的，因为需要建立适用于真实体系的热力学模型，并需获得物质的各种物性数据，甚至需获得极端条件（高温高压，受限条件等）下的各种参数，而这些工作是相当复杂和困难的。

3. 关键科学问题

随着化工与资源、能源、环境、材料的交叉渗透，化学工程所面对的研究对象将发生较大变化，以往面对的研究对象为流体相，而新形势下的研究对象变得复杂，由于较多情况下有固相参与，往往会出现复杂微结构、复杂界面、复杂晶面，这时界面的影响使得化学位发生很大变化，甚至界面化学位的贡献远大于主体相化学位。此外，外场的加入也可能对主体相化学位产生较大影响[20]。因此，化工热力学的研究面临着极大的挑战，如图 2 所示[20]。

基于化工热力学研究面临的上述挑战，本文将化工热力学的研究分为 3 个层次。首先，污染物治理实现节能的重要方面是科学地选择低能耗治理方法、发挥化工热力学的独特优势，研究化石能源有效利用和新能源开发中物质转化效率以及能源有效利用问题。其次，污染物低能耗治理新技术和新能源的成功开发往往

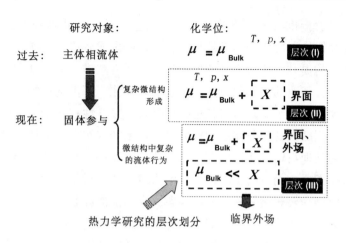

图 2　化工热力学面临的挑战[20]

依赖于生物技术、纳米技术和材料科学的发展，那么如何应用化学工程多年来不断发展的"三传一反"方法论来实现材料的低能耗、高质量、规模化制备？最后，污染物治理的另一重要方面为提高污染物处理效率，而性能优异的新材料是提高污染物处理效率的关键突破口。设计、制备和调控新型材料需要从原子、分子层面上认识这些材料的复杂结构以及结构与材料应用对象之间的复杂作用力等，因此，需要应用分子模拟等手段探索纳米受限和外场作用下界面化学位的变化。

3.1　难处理有机污染物减排过程的能耗代价与普遍节能机制

针对已排放和正在排放的水体中的污染物，构成 COD 的各种有机物的性质、浓度和危害程度与相应处理能耗的关系极为复杂，而且不为人所关注和重视，这严重阻碍了与减排相关的政策法规的制定和执行。我们将对过程工业产生的水体中不同种类污染物进行分类，建立热力学模型进行定量计算，以揭示针对不同种类、不同浓度污染物的水处理技术的能耗代价与节能机制。水中极低浓度有机毒物的热力学物性数据不能以纯物质的数据来代替，必须根据有机毒物纯物质的物性数据，应用热力学模型来计算获得。

3.2　工业减排途径优化的关键

过程工业减排可从工业生产过程、排放污染物处理两大方面来考虑。工业生产过程主要受原材料、过程设计、设备、能量输入形式 4 个主要因素的影响，原材料的使用导致了大量 COD、温室气体、重金属离子等污染物的排放；化石能源作为能量输入或原材料往往也会导致 COD 或温室气体排放；过程设计和设备对污染物的排放量也有显著影响。从生产过程本身来考虑减排是一个很好的途径，但该途径往往需要依赖周期较长的新工艺研发或者依赖目前已经开展较多的化工单元技术的提升。从污染物的处理过程来考虑减排，除了常常要面对复杂的污染物体系外，产业的多样化、生产工艺的多样化、可供选择的污染物处理技术的多样化，使得过程工业减排途径也必然具备了多样性和复杂性。面对沉重的减排负担，考虑到庞大的产业体系和排放现状，更加现实也更迫切的减排手段还是排放污染物的处理与资源化，但在实施这些污染物处理技术的时候，往往考虑的是单一的减排指标，而忽略了减排过程因为过多的原材料、设备、能量消耗等可能带来的将污染物转嫁给其他企业的问题。在当前能源紧张的情况下，更应该关注减排过程的能量代价。因此，如果从宏观的策略到微观的技术路线上都能找到过程工业减排途径的关键，对过程工业实现有效的节能减排将具有重大意义。

3.3 减排过程中分离方法的瓶颈与节能潜力

减排过程涉及的体系多为组成高度不对称体系，即需减排的有害组分在体系中含量很低，分离过程的理论最小能耗很小，分离过程的实际能耗主要来自过程的不可逆性。如何降低过程的不可逆性成为分离过程节能的瓶颈。过程的不可逆来源包括分离体系的预处理、分离过程以及分离产物的后处理 3 个方面。三者中的核心是分离过程方法的选择和设计。考虑到减排体系组成的高度不对称性，选择和设计分离过程时，应尽量避免占绝大多数的无害组分的状态发生显著变化，以减少过程不可逆度的基数。另外，宜将分离过程的上游——反应过程、下游——分离产品的应用途径结合起来评价过程的经济性，研发提高过程经济性的方法。

3.4 新能源开发中若干关键问题

新能源的开发与发展亦面临很多问题，如新能源开发与环境保护间的关系、新能源的规模生产、新能源的储存与运输等。因此，有必要针对新能源开发中的关键科学与技术问题，大力开展科学研究，使新能源在我国能源消耗中占有更大的比例，以减少我国对化石能源的依赖程度，提高我国的能源与经济安全性，并减少环境污染。

新能源开发中需要重点考虑的 5 个关键问题：

（1）新能源资源评估模型；

（2）新能源的高效、无污染规模化制备；

（3）新能源输运和高密度存储；

（4）非稳态操作系统；

（5）新能源绿色度评价体系。

3.5　以节能为目标减排过程的系统分析

节能可以同时获得减排效果，而单纯的减排过程却会增加能耗。这两个目标不一定同向。节能减排可以通过过程重构、集成、优化而从源头实现，同时也往往需要辅以末端治理而满足环境需求。这意味着，我们面临的是资源、能源、环境、经济和社会协调的多目标全局最优问题，这种多目标的全局最优，必然对应物质、能量和信息的高度集成与耦合，构成多尺度、多层次和多功能的复杂系统结构。不同尺度、不同层次和不同功能的子系统之间多目标的统一协调也对过程系统集成方法提出了新的挑战。

大规模复杂非线性耦合的化工过程系统多目标优化与决策的系统建模、优化方法及性能调控。在过程系统集成中，通常需处理具有多因素耦合影响、多目标冲突的复杂系统，目前大多仍是将多目标优化问题转换为单目标优化问题，主观性强和最优解的遗失将导致决策的失误；虽然多目标随机优化方法可用于化工过程优化，但是目前的研究大多集中在化工过程的操作优化，而对过程设计和综合、生化过程等的多目标优化问题的研究相对较少，特别是大规模多功能和多目标系统的集成方法还难以适应工程需要。

4. 预期目标与展望

4.1　预期目标

（1）我国各种过程工业产生的污染物种类繁多，毒性、处理难易程度和能耗高低相差甚远，仅以 COD 和 TOC 作为减排指标不够科学和严谨。强烈建议采用选择性消除的方法或技术，针对严重危害人身健康的难降解有机毒物，要不计成本将其降至底线以下；而对于 COD 很高但毒性并不高的污染物不需要用一刀切"小于 100ppm*"。的国标来要求。同时建议将含有不同浓度、不同污染物的污水分开治理，应极力避免目前绝大多数城市工业园区采用的、违背科学原理的集中污水处理方式。

（2）热力学原理是永恒的，需要针对节能减排的迫切需求，发展适用于复杂

---

　　* 1ppm＝1mg/L。

系统的模型和参数，建立科学、系统的节能减排分析方法，从而真正指导过程工业和新能源产业的节能减排。热力学基础数据是重要基础。

迫切需要普及化工热力学知识。只有当热力学成为考虑问题的一种理念时，热力学的应用才会成为一种自觉行为。

（3）将过程工业与新材料和新能源工业进行耦合，结合过程的速率和效率进行科学、客观、定量的评价，为我国过程工业复杂多变的污染物治理节能潜力和机制研究提供科学判据，从而为政府制定科学的决策提供有力的支撑和理论依据，避免制定出的行政指令和国家标准无法实施。

（4）节能与减排、过程速率与热力学效率是矛盾体。我们面临的是资源、能源、环境、经济和社会协调的多目标全局最优问题，这个问题的解决有赖于过程系统工程的基础理论和方法。

（5）化石能源和生物质能源等资源既可以作为能源使用，又可以作为化学物的原料使用，在低碳经济发展模式下，迫切需要通过化工热力学方法判断各种资源分别作为能源和原料使用过程的效率，避免能源、原料的错位，从而实现最合理的资源分配，达到真正物尽其用的最高境界。

（6）以废弃生物质制甲烷为代表的生物技术和化工过程耦合在资源化利用能源及 CO_2 减排等领域有很大的发展潜力和前途，而废弃生物质制甲烷的规模化实现迫切需要化学工程新理论、新方法和新技术的突破。

4.2 展望

化工热力学是 20 世纪影响人类发展的石油化工领域中最重要的应用基础学科之一，它推动了化学工程、材料科学、生物医药等学科的发展。2010 年 5 月 16 日至 21 日由南京工业大学陆小华教授组织召开的代表该学科最高水准的国际会议（Conference on Properties and Phase Equilibria for Product and Process Design，PPEPPD，即产品和过程设计中的物性和相平衡国际会议）上，面对"节能减排"这一当前全球关注的焦点和挑战，美国工程院院士、斯坦福大学 L. Orr 教授作了题为 "Phase Equilibria in the Greenhouse：Providing Energy for the World and Limiting Climate Change" 的特邀大会报告，报告从能源和环境的角度剖析了全球可持续发展所面临的挑战，指出"全球的可持续发展要求一方面提高能量利用效率，另一方面寻求化石能源的清洁、高效替代能源，而这是由许多子系统所组成的高度复杂系统问题，不可能用单一的方法解决。CO_2 减排是评价系统可持续性的重要约束条件。系统的科学选择和多层次、多目标的系统科学分析、优化与集成是解决该问题的必要手段"，"精确的基础物性数据和复杂流体相平衡是研究的关键和重要基础"，"过程的速率是判断过程可行性的重要指标"，"生物质能的低效率所带来的装备复杂化、大型化是生物质能发展的瓶颈之一"。

参 考 文 献

[1] Lange J P. Sustainable development: efficiency and recycling in chemicals manufacturing. Green Chem, 2002, 4: 546-550

[2] Hammond G P. Industrial energy analysis, thermodynamics and sustainability. Applied Energy, 2007, 84: 675-700

[3] Sikdar S K. Sustainability perspective and chemistry-based technologies. Ind Eng Chem Res, 2007, 46: 4727-4733

[4] Zhang K, Wen Z. Review and challenges of policies of environmental protection and sustainable development in China. J Environ Manage, 2008, 88: 1249-1261

[5] Omer A M. Energy, environment and sustainable development. Renew Sustain Energy Rev, 2008, 12: 2265-2300

[6] 十届全国人大四次会议. 中华人民共和国国民经济和社会发展第十一个五年规划纲要. 北京, 2006

[7] 路甬祥. 过程工程科学迎来又一个新的机遇期. 科学时报, 2008, 2: 21

[8] 吉远辉, 陆小华, 杨祝红, 等. 物理法 COD 减排理论极限能耗的热力学分析. 中国科学 B 辑: 化学, 2010, 40 (8): 1179-1185

[9] Prausnitz J M, Lichtenthaler R N, de Azevedo E G. Molecular Thermodynamics of Fluid-Phase Equilibria. 3rd ed. NJ: Prentice Hall PTR, 1999

[10] 杨琛, 胡山鹰, 陈定江, 等. 生态工业系统分析. 中国科学 B 辑: 化学, 2005, 35: 432-440

[11] 李静海. 浅谈 21 世纪的化学工程. 化工学报, 2008, 59 (8): 1879-1883

[12] 吴仲华. 能的梯级利用与燃气轮机总能系统. 北京: 机械工业出版社, 1988

[13] 金红光, 洪慧, 王宝群, 等. 化学能与物理能综合梯级利用原理. 中国科学 E 辑: 工程科学 材料科学, 2005, 35 (3): 299-313

[14] Haswell S J, Watts P. Green chemistry: synthesis in micro reactors. Green Chem, 2003, 5: 240-249

[15] Poliakoff M, Licence P. Sustainable technology: Green chemistry. Nature, 2007, 450: 810-812

[16] Sheldon R A. Green and sustainable chemistry: challenges and perspectives. Green Chem, 2008, 10: 359-360

[17] Cengel Y A. Green Thermodynamics. Int J Energ Res, 2007, 31: 1088-1104

[18] Rosen M A. Dincer I. Exergy as the confluence of energy, environment, and sustainable development. Exergy, 2001, 1 (1): 3-13

[19] Li H B, Chai L H. Thermodynamic analyses on technical framework of clean production. J Clean Prod, 2007, 15: 357-365

[20] 吉远辉. CO_2 和代表性污染物减排及复杂固-液系统的热力学研究. 南京工业大学博士学位论文, 2010

作者简介

陆小华, 南京工业大学材料化学工程国家重点实验室, e-mail: xhlu@njut.edu.cn。

离子液体应用的关键科学问题

张锁江　姚晓倩

1. 离子液体的发展

科技的发展有两种根本的驱动力量，即社会需求和学科本身的发展需求，两者的相辅相成促进了知识、技术和相应产品的进步。目前随着社会经济发展和资源环境的矛盾日益尖锐，节能减排需求迫切，已成为科技发展的关键问题之一。例如，我国面临的 CO_2 减排任务艰巨，2009 年国务院常务会议决定，到 2020 年国内单位 GDP 的 CO_2 排放比 2005 年下降 40%～45%，这对我国的能源环境技术发展提出巨大的挑战。但从另一角度来说，能源产业结构的调整，也为相关科技领域带来了新的发展机遇。其中油气、煤炭及 CO_2 利用领域节能减排技术急需突破，而生物质、太阳能在未来可持续发展的新能源结构中扮演着越来越重要的角色。

传统的过程工业存在着能耗高、物耗高、污染严重等问题，在这样的背景下，离子液体作为全新的介质和软功能材料，正面临着历史性的机遇。近些年来，离子液体的应用不断扩大且迅猛发展，已从化学制备扩展到环境科学、材料科学和工程技术等诸多领域，在清洁工艺、原料替代、过程强化及系统集成等需求方面蕴涵着巨大的应用潜力。作为清洁能源过程的新介质，离子液体为节能减排提供了新的途径，有望成为清洁过程工业节能技术发展的关键。可以说，离子液体是当今科技前沿，是国际化学科技战略必争的新高地，可为国民经济的发展提供科技支撑，并在国家能源及国防安全方面具有巨大的应用潜力和重要意义。

不同于 NaCl 等离子溶液，离子液体的特殊性质拓展了离子介质的功能和应用领域。在化学反应过程方面，作为新一代催化和溶解性共有的介质，离子液体将带来传统和常规升温催化过程的革新，在反应热力学和动力学方面带来新突破；离子液体内部特殊的氢键网络结构决定了离子液体的高级功能[1]和其特殊的挥发性[2]；在与 CO_2 超临界分离/反应耦合方面具有很高的利用价值[3]；离子液体的特殊性质为新材料结构的形成和制备提供了良好环境，如碳纳米管薄膜[4]，离子热合成分子筛（图1）[5~7]等，还可用于制备液体镜面（图2）来获得可在外太空工作的红外望远镜[8]；离子液体新型润滑材料具有减摩抗磨性能好等特性且可适应恶劣环境，在空天润滑领域具有良好的应用前景[9]。

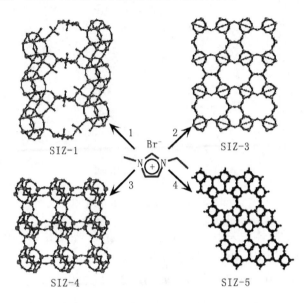

图 1　离子液体内合成分子筛结构[5]

图 2　离子液体制备液体镜面[8]

离子液体从 20 世纪 90 年代兴起到现在，走过了一条与其他新技术培育、成长和发展极其相似的"S 曲线"（图 3），正步入从"探索"向"应用"的转折阶段，并正在孕育和迎来新的突破。我国对离子液体的应用研究取得了突破性的进展，应用基础和技术研发与国际几乎同步，引起了社会各界的关注。

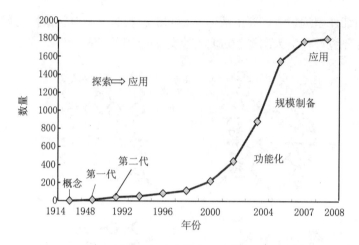

图 3　离子液体发展示意图

近年来，离子液体相关报道和研究论文数量递增（图 4）。粗略统计，按研究领域分类，离子液体论文中材料领域占 53％、资源占 24％、环境占 18％、能源和生物约为 5％。在 *Nature* 和 *Science* 期刊上发表相关文章 17 篇，在 *Chem. Rev.* 上发表 29 篇，大部分集中在物性、反应、分离和材料领域。而国际上离子液体专业书籍已有 15 本，集中在综合、物性、合成、分析、聚合和电化学方面，国内目前离子液体专业书籍也已出版了 8 本之多（在反应、合成和综合利用方面居多）。目前离子液体相关组织机构，欧洲已有大约 95 家，美洲有 76 家，亚洲为 49 家，大洋洲为 12 家，而中国已有 27 家之多。

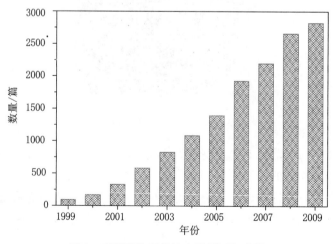

图 4　离子液体相关论文数量逐年递增

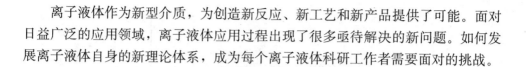

离子液体作为新型介质，为创造新反应、新工艺和新产品提供了可能。面对日益广泛的应用领域，离子液体应用过程出现了很多亟待解决的新问题。如何发展离子液体自身的新理论体系，成为每个离子液体科研工作者需要面对的挑战。

2. 离子液体应用的关键科学问题

要推进离子液体大规模应用和产业化进程，必须深入思考的问题是：离子液体大规模产业化应用的"瓶颈"在哪里？筛选难、价格高、成熟应用少、长期使用的稳定性和安全性不确定等，这些都是实际应用的表面问题，而其真正的原因是离子液体毕竟是新体系，人们对其本质和应用规律的认识还不够深入，许多研究仍然是孤立的、尝试性的、探索性的。由于离子液体种类繁多、构效关系尚未建立，许多研究缺乏系统的筛选和设计方法，这是问题的源头。即使找到了合适的离子液体，实验室试验效果也不错，但真正面临大规模工程放大设计时，对离子液体体系的反应/传递规律和工程放大效应却几乎没有什么了解。目前许多研究者针对某一具体应用开展研究时，提供的只是实验室小试的反应或分离数据，由于时间、人力和条件限制，很难提供系统的放大试验数据和理论，这样，大规模应用只能搁浅。没有大规模应用，离子液体生产成本就很难降下来。即使反应或分离设备的关键技术和放大规律解决了，在实际工业应用中必须考虑离子液体的长期稳定性、环境安全性和经济性问题，需要建立离子液体系统优化集成理论模型和优化方法，而离子液体体系的系统集成理论、模型和方法研究目前尤为欠缺。离子液体的构效关系、低成本离子液体制备、离子液体的工程放大及绿色系统集成为工业化应用的关键科学技术问题。这些问题的解决，将为离子液体的大规模产业化应用提供科学基础支撑。

离子液体是一类新的化合物，由于其结构的特殊性而导致性质的特殊性，深入研究离子液体的结构和性质间的内在关系，从结构上把握其性质的内因，是离子液体分子设计、合成和工业应用发展的基础。在宏观尺度上呈现均匀液体状态的离子液体，在分子、纳微、流场尺度上可能呈现静态或动态的不均匀结构，从而影响离子液体的宏观物理化学性质和催化/分离性能。几乎所有的离子液体体系及过程在本质上都涉及各种不同尺度的结构及其复杂的动态变化，多个尺度的结构及变化（包括原子、分子、离子簇、纳微结构、流场）对体系/过程起着主要的控制作用（图5）。正是分子-介观-系统3个层次，构成了离子液体从分子到系统的研究基础。

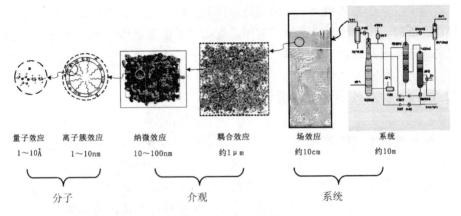

量子效应　　离子簇效应　　纳微效应　　　耦合效应　　　　场效应　　　　系统
1~10Å　　　　1~1nm　　　10~100nm　　　约1μm　　　　约10cm　　　　约10m

分子　　　　　　　　介观　　　　　　系统

图5　离子液体从分子到系统的科学基础

2.1　分子层次

从离子液体本身来看，内部结构和相互作用力非常复杂：

（1）离子液体完全由离子组成，离子间的相互作用力既不同于普通分子型液态介质中分子与分子间的作用，也不同于电解质溶液中分子与离子间的作用。对离子液体中特有的微观静电场和分子环境进行考虑，对离子间的静电力、范德华力及氢键等各类作用力及其影响进行深入分析，将是对离子液体进行本质探讨的重要所在。

（2）离子液体具有独特的离子对及离子簇等结构。与固体材料相比，离子液体的静态平衡构型、离子对结合方式以及大量离子由于氢键、静电力等作用形成可能的超分子结构都具有其自身特点。内部结构和相互作用力如何影响离子液体的宏观性质？在结构、作用力和宏观性质之间如何建立定量的关系？在这一方面，还有大量的问题亟待解决。

总体来讲，目前对离子液体构效关系的研究主要局限在分子尺度上。以模拟计算为例，通常采用量子化学或分子模拟方法，取几个或最多几百个分子进行计算，难以获得宏观和工业规模尺度下的真实性质。目前的研究主要集中在离子对的结构和光谱性质，尤其是阴阳离子轨道对称性，确定可能的离子稳定作用点。如 Talaty 等[10]采用密度泛函方法计算研究了离子液体的 IR 和 Raman 光谱，确定离子的稳定存在结构。CPMD（从头计算分子动力学）方法主要集中于对离子簇的结构和存在方式的研究，如 Bülhl 研究了阴阳离子之间氢键的结合方式以及电子转移方向[11]。分子模拟的研究主要集中在纯离子液体体系力场的建构及性质预测。另一种做法是采用宏观热力学模型，很大程度上需要依赖大量的实验数据，模型的预测性较差，由于对离子液体微观认识的局限，目前仍然主要沿用传统的热力学模型进行扩展或改进，难以真实地描述离子液体体系的相互作用和性质。

另外，从离子液体的整体来看，虽然离子种类繁多，结合方式千变万化，但在结构-性质关系方面是否有规律可循？对离子液体的结构-性质关系的规律性研究可能带来重大理论和技术突破，这可从化学化工学科的发展历程中得到有力的佐证。实验及模拟研究表明，部分离子液体随阴阳离子结构的不同，其性质将呈现一定的规律性变化趋势。例如，Branco 等研究了室温的密度，发现咪唑类离子液体随着阳离子中与杂原子连接的取代基的增大其密度会变小[12]。是否能够从大量的离子液体中提炼出具有普适性的规律，以指导新型离子液体的研究开发呢？如果最终能发现离子液体分子片周期变化的规律将对解决离子液体研究中存在的问题产生巨大的推动作用，并将促进工业应用的跨越式发展。目前有关离子液体的物性数据十分零散，多数是对离子液体的某个或某类数据实验测定或试探性关联，缺乏对离子液体物性数据的系统归纳。本课题组在离子液体数据库的基础上，建立了离子液体的导向图（road map），归纳出目前合成的离子液体种类和基础数据，对离子液体的周期性变化规律进行研究。现有离子液体的种类以及物理性质数据仍比较缺乏，寻找系统完整的离子液体变化规律尚存在一定困难。离子液体是有机化学物质（有机阳离子）与无机化学物质（无机阴离子）的结合，离子液体的分子片周期性变化规律的突破，将极大地推动离子液体及相关领域的发展。

对离子液体分子层次的研究，包括研究正负离子的组合规律，深入揭示离子液体的结构-性能关系，为离子液体的分子设计提供基础和建立方法。

2.2 介观层次

目前传统观点认为，离子液体黏度大并随温度和尺寸变化呈现特异性质的本质在于阴阳离子间的静电作用。但我们的思路是，离子液体的特殊性质与介观层次的结构和相互作用有关。研究表明，离子液体内部阴阳离子是通过氢键网络结构联系起来的，既不同于分子型介质体系，也不同于电解质溶液；在纳微尺度上离子液体可能形成团簇或局域分相结构。研究的结论揭示出离子液体不同于分子介质的微观本质，为发展离子液体理论模型提供了科学依据。

通过对常规和功能化离子液体的量化计算研究，发现了离子液体中广泛存在的氢键网络结构（图 6）[1]，并从分子水平上揭示了实验观测到的离子超结构单元的形成机理[10,13]。正是由于这种氢键网络结构的存在，使得离子液体具有周期性规律分布的网络结构，呈现出"液体分子筛"的特性。离子液体中氢键网络结构的存在意味着不能简单地将离子液体看作完全电离的离子体系，也不能简单地将其视为缔合的分子或离子体系，从分子水平上阐明了离子液体不同于分子型介质（有机溶剂）或电解质溶液的微观本质[14]。

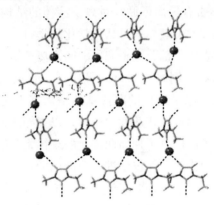

图 6　离子液体氢键网络

目前纳微尺度上离子液体体系的团簇研究刚刚起步。Voth 率先采用分子模拟方法发现了离子液体中存在非均质结构，采用多尺度粗粒化方法（multiscale coarse-graining）研究了咪唑类离子液体中的团簇现象[15]。团簇结构并不是孤立和静止的，在实际应用过程中通常表现出非常复杂的变化。如在 400K 和 0.1MPa的条件下，随着碳链的增长，离子液体的团簇或局域分相越来越明显[15]（图 7）。随着温度的升高，离子液体的团簇结构会发生膨胀；在某一临界条件下，结构还可能发生突变，从而导致其宏观性质和功能的突变。研究还表明，其他组分的引入（如水）对离子液体团簇的形成及构象具有显著影响[16]。显然，团簇能否稳定存在对其应用起到决定性作用，无疑也将直接影响离子液体的宏观性能。只有深入认识团簇的结构和变化规律，才可能实现对离子液体的介观层次的定量调控。分子聚集体/团簇结构对设备尺度的流场结构将产生重要的影响，反之，由于操作条件变化，引起的流场结构改变对分子聚集体/团簇结构也会产生显著的影响。因此，从实际的工业应用出发，离子液体构效关系研究的核心问题不仅是分子或离子对的结构与性能的关系，更重要的是分子聚集体/团簇结构与性能的关系。

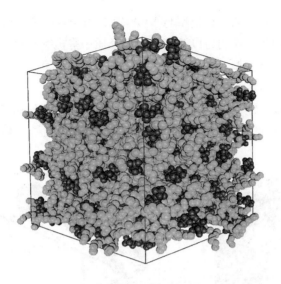

图 7　离子液体团簇分子模拟图

2.3　系统层次

在合成的离子液体获得实验室良好的反应和分离效果的前提下，要真正获得大规模的工业应用，必须解决工程放大的问题，其核心就是要研究离子液体体系的反应/传递规律，而目前这方面的研究几乎空白，极大地阻碍了离子液体的产业化应用。对离子液体的反应/传递规律的研究将是化学工程面临的新挑战，如果不理解离子液体介质中物质传递及反应过程的本质和规律，就不能建立真正意义上的应用性技术。以离子液体为介质的设备单元涉及传递、转化和相态等多方面，需要采用新的研究方法，突破传统的"三传一反"理论，对离子液体内部多种作用，如静电、氢键、缔合和溶剂化等的协调机制进行研究。

本文以课题组建立的离子液体反应/传递研究装置（容积 135L 离子液体）为例，探讨离子液体工业应用中所面对的实际问题。装置集成了国际先进的电阻层析成像系统（ERT）、高速摄像系统、温度、压力、流量监测和控制系统、原位在线分析仪，进行全截面和三维的相速度、相含率、相浓度等特征参数的实验测定，克服了常规技术只能进行局部相含率测试的局限性。利用该设备，可直接观察到离子液体介质中气泡的运动和变形情况与其他介质（如水）中的不同（图8）。研究发现，传统的模型，如适用于高黏度有机溶剂的 Rodrigue 模型，对离子液体系气泡的变形规律不适用，产生了明显的误差；而采用气液界面追踪VOF（volume of fluid）模型对离子液体介质中单气泡和多气泡行为进行了模拟，模拟误差很大，必须将离散相模型与 VOF 模型相结合，考虑气泡间、气泡与离子液体之间存在的相间作用力以及离子液体介质中静电和缔合作用力，建立离子液体体系的气液传质模型，才能与实验相吻合。上述研究表明，离子液体体系的传递规律与常规介质体系（分子型介质）有显著的不同，绝不仅仅是离子液体高黏度的因素，而是氢键、静电、聚集体、团簇等协同作用的结果。需要开展反应器中反应/传递规律的实验和模拟计算研究，深入揭示离子液体反应器的传递和放大规律（图 9）。

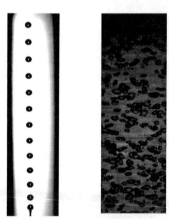

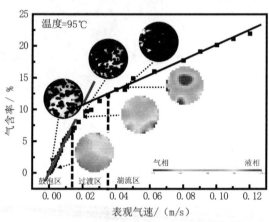

图 8　离子液体中的气泡链和气泡群　　　　图 9　离子液体中的流场转变

更为复杂的是，由于离子液体存在静电或磁性，在电场、磁场等外场作用下的放大规律将更为特殊和复杂。但是，外场强化将使离子液体体系更具优势，因为迄今为止，化工过程的调控仍主要依赖于温度和压力，而磁场、电场为化工过程的调控提供了新的操作参数。通过磁场、电场的变化可以调变离子液体的相密度，可以在大规模反应器中实现离子液体的可控分布和固定化，避免离子液体的流失。将离子液体的均相反应器特征和固定床反应器的特征合为一体，能大幅度提高反应效率。然而，这方面的研究国内外尚未见报道。本课题组合成了磁性离子液体，在扩大试验装置上探索了在电场、磁场作用下，磁性离子液体及气泡在其中的传递和运动规律，获得了初步的认识。然而，由于该体系的复杂性，还需要系统地研究在外加电场、磁场作用下，离子液体的聚集体、团簇、液滴在反应器中的多尺度结构及相变调控规律，以及气泡和反应物之间的相互作用规律和调控机制。

离子液体的突出特点是结构和性质具有可设计性，经设计而满足特定要求的功能化离子液体，包括针对物理性质（如流动性、传导能力、液态范围、溶解性）的功能化和针对性化学性质（极性、酸性、手性、配位能力）的功能化。目前离子液体的设计与制备存在一些缺点：如大多数的功能化离子液体的研究集中在对阳离子的功能化上，关于阴离子功能化的工作报道却很少，缺乏对阴离子结构与离子液体性质关系的了解；大多数离子液体的制备前体及制备过程使用的化工原料和大量有机溶剂是非绿色的[17]，且分离纯化通常比较困难；离子液体制备成本高，价格高，成为其推广应用中最大的直接障碍之一，也极大制约了离子液体作为介质的新型反应/分离器的放大规律研究。为此，从以下几个方面来进行研究，可能会解决离子液体的设计制备问题：在系统研究离子液体的构效关系后，准确掌握这种规律，进而针对需求设计并合成出特定的离子液体，如低熔点、低黏度的功能化离子液体；研究开发离子液体规模化制备技术及成套装置，并集成离子液体的制备过程和其他工业过程，从而有效地降低离子液体的生产成本。在离子液体规模化制备中的科学技术问题主要有这样几点：一是离子液体的种类繁多，如何归纳出一个适合多种离子液体制备的通用流程？二是如何破坏离子液体中有机分子或水与离子液体之间强的相互作用，获得高纯度的离子液体？三是如何通过全过程的系统优化集成实现全系统的"零"排放及降低离子液体的成本？以本课题组开发的离子液体规模化制备工艺为例，针对离子液体规模化制备的技术难题，对多系列离子液体的通用制备过程进行提炼。采用反应-反应耦合和过程强化原理，研究开发了反应/分离强化装置。通过在一个反应器中集成不同的操作模式，提高反应和分离的效率，降低能耗和成本，解决小规模制备原料成本高等问题。

3. 离子液体应用

目前，离子液体的工业应用领域已拓展到化工（石油化工、煤化工、冶金、医药精细化工等）、生物质、太阳能、电池和空天材料等领域（图10）。许多跨国集团公司如德国 BASF、德国 Merck、美国 Shell 和 ION、比利时 Bakert、日本三菱等均投入大量经费，开展离子液体应用技术研发，其中，德国 BASF 离子液体法脱酸技术和 ION 公司 CO_2 吸收技术，效果显著，引起国际社会广泛关注。

下面，就离子液体在各领域的应用加以简单介绍：

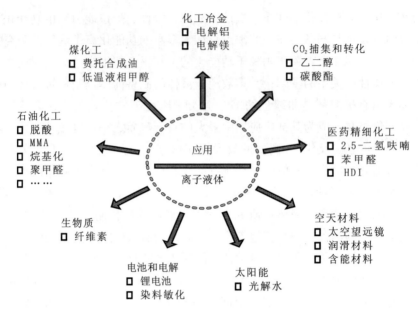

图 10　离子液体应用

3.1　化工

3.1.1　石油化工

德国 BASF 离子液体法脱酸和中国科学院过程工程研究所油品脱酸技术，利用离子液体与油脂的极性和密度差异，快速、高效分相，脱除油品中的环烷酸。与传统脱酸工艺相比，新工艺具有操作条件温和、脱酸效率高等优点。在烷基化反应中，可采用新一代离子液体代替传统的 $AlCl_3$ 催化剂来进行。中国科学院兰州化学物理研究所使用离子液体催化剂合成三聚甲醛技术工业化试验成功，由实验室小试反应工艺直接放大到 2000t 规模，并采用了可批次生产的离子液体催化剂，具有条件温和、产物浓度高和产物少等特点。采用新型的离子液体复合体系，研究开发了 MMA（甲基丙烯酸甲酯）生产新工艺，开发了以离子液体为介质吸收中间产物的新过程。与传统的 HCN 法相比，新工艺的原子利用率提高约30%，大幅减少了废水废渣排放。

3.1.2　煤化工

离子液体在低温液相甲醇工艺中，具有低温、高效、清洁等优点，可望成为新一代介质，解决目前介质与催化剂不匹配、易挥发、催化剂失活严重、工业化

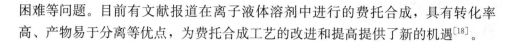

困难等问题。目前有文献报道在离子液体溶剂中进行的费托合成,具有转化率高、产物易于分离等优点,为费托合成工艺的改进和提高提供了新的机遇[18]。

3.1.3 化工冶金

离子液体在电解铝方面具有很高的应用价值。采用 $AlCl_3$-[emim] X 离子液体混合非常规介质来代替传统的冰晶石可大幅降低反应温度和电耗。我国铝产量 935 万 t/a,电耗 1.35 万 (kW·h)/t,采用离子液体实现对电解铝工业的革新在节能减排方面的意义重大。而采用离子液体进行氯化镁的低温电解过程,也可使电解温度从 700℃降低到 150℃左右,并可进行脱水-电解耦合过程,创新性地改变目前采用的电解镁工艺。

3.2 生物质利用

人类社会可持续发展面临的重大挑战是能源和环境问题,尤其是化石能源短缺和日益减少,解决的途径之一是生物质能源的利用。目前生物质如秸秆、微藻等在提取分离和生物柴油制备过程中缺乏高效、清洁、节能的技术。2002 年美国离子液体专家 Rogers 首次报道离子液体对纤维素的高溶解性,离子液体在生物质转化利用方面表现出极大的潜力[19]。而离子液体可同时作为合成生物柴油的催化剂,如 Cole 等于 2002 年报道了一系列 Bronsted 酸性离子液体可成功地用于酯化、成醚等酸催化反应[20]。若能实现溶解和液相催化转化一体化,即设计合成兼具溶剂和催化剂功能的功能化离子液体,不仅能溶解纤维素,还可经液相催化直接将生物质转化为小分子有机物和生物燃油。离子液体溶解催化下的生物质能源转化利用的能耗低、成本小、产品易分离,因此,设计稳定高效的功能化离子液体来实现这一过程具有极为诱人的应用前景。

3.3 CO₂ 吸收

离子液体为解决 CO_2 捕集分离和转化利用问题提供了新途径,采用离子液体将低浓度工业气体中的 CO_2 进行捕集,再通过简单的加热或减压,可实现 CO_2 的低能耗解吸和离子液体循环利用(图 11)。采用离子液体溶剂法吸收 CO_2,吸收容量可提高 1.2~2.3 倍,再生能耗较醇胺法降低 44%,吸收-解吸速度快、设备投资小、成本低。以离子液体为催化介质的乙二醇催化水解新工艺可通过 CO_2 与环氧乙烷反应生成碳酸乙烯酯,然后水解生成乙二醇,与传统环氧乙烷直接水合法相比,水和环氧乙烷比从 22:1 降低到 1.2:1,能耗降低 30% 以上。由于离子液体内部特殊的微观结构和作用力,CO_2 在离子液体中有较大的溶解度。研究表明不同结构功能团、分子内氢键以及电子轨道阴阳匹配对离子液体捕集 CO_2 的效果具有重要影响。设计新型的离子液体来吸收 CO_2 是迫切需求。最近美国 ION 公司报道，已成功实现了应用离子液体捕集分离 CO_2，相对于传统的醇胺溶液捕集分离 CO_2 的能耗降低 30% 以上；而美国劳伦斯利弗莫尔国家实验室采用离子液体法吸收发电厂产生的 CO_2，较传统化学溶剂吸收法更加高效和清洁，展示了离子液体工业应用的可行性。

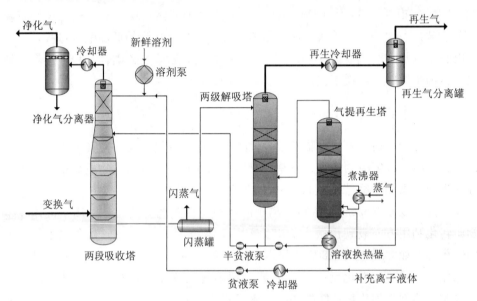

图 11　离子液体吸收 CO_2 流程图

3.4　电池

离子液体是完全由离子组成的液态电解质。20 年前 Osteryoung 等在离子液体中进行了电化学研究，后来的研究展现了离子液体宽阔的电化学电位窗、良好的离子导电性等电化学特性，使其在电池、电容器、晶体管、电沉积等方面具有广泛的应用前景。有研究指出，离子液体在镁、锂二次电池上的应用很有前景，而离子液体用于双嵌式熔融盐电池中，可以代替有机溶剂及挥发物质。在燃料电池和太阳能电池方面的离子液体研究都有很好的结果，采用离子液体来制造新型高性能电池具有良好的发展前景。

3.5　催化反应和化学品合成

离子液体作为清洁介质替代传统的有机溶剂和酸碱催化剂，用于各类催化反应和化学品合成工艺过程中，可从工业污染源头上控制排放。以离子液体为溶剂和催化剂的应用有烷基化反应、酰基化反应、加氢反应、Diels-Alder 反应、Heck 反应、聚合反应等。例如，Seddon 等研究了离子液体中芳香环化合物的立体选择性加氢反应和 Diels-Alder 反应[21,22]，结果表明其高反应速率及选择性也符合绿色化学过程的要求。目前在国内工业应用方面，如中国科学院兰州化物理研究所的离子液体催化三聚甲醛甲醛技术、过程研究所的乙二醇节能新工艺等，以离子液体替代传统溶剂或介质，可望实现传统化工产业的升级换代和原始创新。

3.6　材料

离子液体独特的性质使其在材料应用及合成方面展现出广阔的前景。这种应用既是离子液体新用途的发现，又是合成材料新方法的诞生，不论对离子液体新材料本身的应用研究，还是对新型材料的合成探索研究都具有重要意义。离子液体兼有透光和导电的特性，使其可能成为一类新型的软光学材料，在非线性光学及全光器件方面有潜在的用途；某些种类的离子液体在离子热合成分子筛和新型结构的金属有机配位聚合物中表现出优良的特性，离子液体既作溶剂的同时又可作为结构导向剂，更易得到目标产物[5,23]；离子液体在纳米材料制备方面具有很多优势，如表面张力低、结构体系有序等，为纳米材料的制备开辟了一条新的途径[24]；离子液体可作为药物，提高人造肌肉的功能（如肌肉的伸缩力量），还可用作药物的储存剂，构成可控药物释放系统[25]；离子液体可用于制备液体镜面，通过在镜面镀银获得可在外太空工作的红外望远镜[8]。

3.7　空天领域应用

近年来，能量密度高的离子液体含能材料在火箭推进剂领域中显示出了良好的应用前景。根据特定目标设计的含能离子在液体堆积、能量密度、安全性等性能方面优点显著，是一种新型的高能低感材料。由于其能量密度高、性能可调、低特征信号能满足较高的环保需求，国外许多研究小组正在开发离子液体用于液体火箭推进剂的技术。润滑剂是空间、军事、微电子等领域不可或缺的重要材料，现有的润滑剂存在高温挥发性大、低温流动性差、极端条件适应性差等问题。离子液体新型润滑材料具有减摩抗磨性能好、热稳定性高、低温流动性好等优点且可适应恶劣环境，在空天润滑领域具有良好的应用前景；还可设计磁性离子液体进行润滑，同时获得动态密封的功能。

4. 离子液体应用面临的技术难题和未来展望

目前国内外离子液体的应用研究十分广泛，几乎覆盖所有的应用领域。虽然每一项探索都可能产生有价值的结果，但离子液体的大规模工业应用仍面临一些亟待突破的技术性难题：

(1) 离子液体应用的首要问题是缺乏系统的离子液体设计和筛选方法。目前特殊功能的离子液体有着很广泛的应用需求，如高温稳定的离子液体可在汽车尾气排放及高温化工等过程中发挥极大作用，而黏度接近水的低黏度离子液体、具有光敏性或者磁性的离子液体也是目前研究的热点。设计并合成特殊功能离子液体将可能带来化工和能源领域的重大革新。

(2) 设计新型的离子液体反应器装置。在仪器设备研究和生产经历了 17 世纪的实验仪器、18 世纪的装备研究及 20 世纪的单元设备等阶段后，设备强化是目前我们面临的首要问题。新型的离子液体反应床装置将面向高效能、多功能和小型化的研究和设计方向。在反应器内部，采用规整填料替代常规填料，可降低压降和能耗，采用填料纳微化/离子液负载是强化传递技术的发展方向。

(3) 在实际工业应用中必须考虑离子液体的长期稳定性、环境安全性和经济性问题，如通过系统循环利用来解决离子液体价格高等问题。而离子液体循环利用的关键问题是离子液体中杂质不断积累而导致性能下降，这可以通过系统内脱除杂质来解决。实现上述目标需要对目前的离子液体研究方法进行变革，在经验归纳、实验观察、理论分析和计算模拟的基础上采用计算、实验、理论相结合的全新模式，对离子液体进行创新性研究。

离子液体未来的科研工作，需要在分子到系统的多个层次上进行。在对离子液体构效关系及相互作用规律认识的基础上，研究离子液体的微观结构、相态变化、传递和作用的动态耦合及协同的多尺度效应，建立离子液体的原子/分子、纳微到流场的耦合理论及方法，揭示离子液体中多层次耦合规律和调控机制，为离子液体的大规模实际应用提供科学基础。

目前离子液体的重大应用没有突破，造成此现象的原因是多方面的，包括产学研联系不紧密、对离子液体理论及本质认识不深入、相关工程及技术集成不够、低水平重复研究显现、团队力量集成不够和重大项目立项较少等。离子液体就像刚刚迈出校门的毕业生，缺乏社会实践经验，能力也没有被证明，需要科研工作者来推动和政府、企业的广泛支持。只有这样，才能为离子液体的应用提供机会，从而在市场中得到锻炼和成长。目前科研单位的研究工作和企业的结合不紧密，如何实现科学、技术和工程的融合，形成概念方法—关键技术—过程集成设计—中试放大—工业应用—推广应用的紧密联结，是我们面临的重大问题。

离子液体的前沿、重大应用需求在哪里？作为生产或制造终端产品的介质（催化剂或溶剂），离子液体的研究只有与前沿、重大需求相结合，才具有可持续发展的动力。目前国内外离子液体的应用研究十分广泛，几乎覆盖所有的应用领域，我们必须集中有限的人力和物力资源，从国际大气候和国家战略需求出发，立足离子液体应用的关键科学问题，形成离子液体构效关系—工程放大—工业应用的跨越基础到应用的研发链。

参 考 文 献

[1] Dong K, Zhang S J, Wang D X, et al. Hydrogen bonds in imidazolium ionic liquids. J Phys Chem A, 2006, 110: 9775

[2] Earle M J, Esperanca J M, Gilea M A, et al. The distillation and volatility of ionic liquids. Nature, 2006, 439: 831

[3] Cole-Hamilton D J. Homogeneous catalysis-new approaches to catalyst separation, recovery, and recycling. Science, 2003, 299: 1702

[4] Sekitani T, Noguchi Y, Hata K, et al. A rubber-like stretchable active matrix using elastic conductors. Science, 2008, 321: 1468

[5] Cooper E R, Andrews C D, Wheatley P S, et al. Ionic liquids and eutectic mixtures as solvent and template in synthesis of zeolite analogues. Nature, 2004, 430: 1012

[6] Han L J, Wang Y B, Li C X, et al. Simple and safe synthesis of microporous aluminophosphate molecular sieves by ionothermal approach. AIChE J, 2008, 54: 280

[7] Han L J, Wang Y B, Zhang S J, et al. Ionothermal synthesis of microporous aluminum and gallium phosphates. J Crystal Growth, 2008, 311: 167

[8] Borra E F, Seddiki O, Angel R, et al. Deposition of metal films on an ionic liquid as a basis for a lunar telescope. Nature, 2007, 447: 979

[9] Yao M H, Liang Y M, Xia Y Q, et al. Bisimidazolium ionic liquids as the high-performance antiwear additives in poly (ethylene glycol) for steel-steel contacts. Appl Mater Interfaces, 2009, 1: 467

[10] Talaty E R, Raja S, Storhaug V J, et al. Raman and Infrared spectra and ab Initio calculations of C2-4MIM imidazolium hexafluorophosphate ionic liquids. J Phys Chem B, 2004, 108: 131-77

[11] Bühl M, Chaumont A, Schurhammer R, et al. Ab initio molecular dynamics of liquid 1, 3-dimethylimidazolium chloride. J Phys Chem B, 2005, 109: 18-591

[12] Branco L C, Rosa J N, Afonso C A. Preparation and characterization of new room temperature ionic liquids. J Chem Eur, 2002, 8: 3671

[13] Dupont J. On the solid, liquid and solution structural organization of imidazolium ionic liquids. J Braz Chem Soc, 2004, 15: 341

[14] 张锁江, 刘晓敏, 姚晓倩, 等. 离子液体构效关系及应用. 中国科学 (B辑), 2009, 10: 1134

［15］Wang Y，Voth G A. Unique spatial heterogeneity in ionic liquids. J Am Chem Soc，2005，127：12-192

［16］Jiang W，Wang Y，Voth G A. Molecular dynamics simulation of nanostructural organization in ionic liquid/water mixtures. J Phys Chem B，2007，111：4812

［17］李雪辉，赵东滨，费兆福，等. 离子液体的功能化及其应用. 中国科学（B辑），2006，36：181

［18］Xiao C X，Cai Z P，Wang T，et al. Aqueous-phase Fischer-Tropsch synthesis with a ruthenium nano-cluster catalyst. Angew Chem Int Ed，2008，47：746

［19］Swatloski R P，Spear S K，Holbrey J D，et al. Dissolution of cellose with ionic liquids. J Am Chem Soc，2002，124：4974

［20］Cole A C，Jensen J L，Ntai I，et al. Novel brφnsted acidic ionic liquids and their use as dual solvent-catalysts. J Am Chem Soc，2002，124：5962

［21］Adams J C，Earle M J，Seddon K R. Friedel‐crafts reactions in room temperature ionic liquids. Chem Commun，1998，20：2097

［22］Gordon C M，Holbrey J D，Kennedy A R，et al. Ionic liquid crystals：hexafluorophosphate salts. J Mater Chem，1998，8：2627

［23］Parnham E R，Morris R E. Ionothermal synthesis of zeolites, metal-organic frameworks, and inorganic-organic hybrids. Acc Chem Res，2007，40：1005

［24］Antonietti M，Kuang D B，Smarsly B，et al. Ionic liquids for the convenient synthesis of functional nanoparticles and other inorganic nanostructures. Angew Chem Int Ed，2004，43：4988

［25］Uzagare M C，Sanghvi Y S，Salunkhe M M. Application of ionic liquid 1-methoxyethyl-3-methyl imidazolium methanesulfonate in nucleoside chemistry. Green Chem，2003，5：370

作者简介

张锁江、姚晓倩，中国科学院过程工程研究所，多相复杂系统国家重点实验室，e-mail：sjzhang@home. ipe. ac. cn。

人工环境与自然环境的协调发展

马蔼乃

地理环境，已经从农业社会的自然环境（natural environment）发展到工业社会的自然环境与人工环境（artificial environment）两个交融的环境了，面临的信息社会，还有虚拟环境（virtual environment），是 3 个交互的环境。研究自然环境有自然科学（natural science）的支撑，研究人工环境，应该有"人工科学"（artificial science）[1]的支撑，研究虚拟环境应该有虚拟科学的（virtual science）支撑。自然科学，已经具有 400 年的历史；而人工科学，钱学森称其为"建筑科学"（architecture science）[2]，吴良镛称其为"人居环境科学"[3]的只有不足 20 年的历史；虚拟科学，已经被世界各国所使用，但是实际上仍然是在虚拟现实的技术层次上，即 virtual reality。在中国，虚拟科学是笔者在 2010 年的香山会议"中国山水城市与区域建设——地理科学与建筑科学交叉研究（378 次）"上首次提出的，将钱学森现代科学技术体系从 11 个门类，增加为 12 个门类。因此，虚拟科学也具有桥梁哲学的"虚实论"，以及虚拟科学的基础理论——"虚拟学"，技术科学——"虚拟现实技术"和工程技术——"虚拟系统工程"这样几个层次。而且与钱学森现代科学技术体系的其他 11 个门类都有交集。

地理科学中的人地系统在《地理科学丛书》[4~8]中，已经有了充分的说明，见图 1。

图 1 为人地系统工程，其中地理系统工程包括自然环境与人工环境两部分，随着工业化与科学技术的发展，人工环境越来越重要。

1. 自然环境、人工环境、虚拟环境

地理系统与社会系统构成地球上最高的人地系统，钱学森的社会主义总体设计部是该系统的系统工程，见图 1 中的右下角。地理系统是社会系统的"环境"，社会系统是地理系统的"环境"，或者说地理系统与社会系统互为"环境"。地理环境包括自然环境与人工环境两部分。人工环境是人类社会依托自然资源创造的环境，一旦创建成为工程实体，反转来又变为社会的环境，从而纳入地理系统，

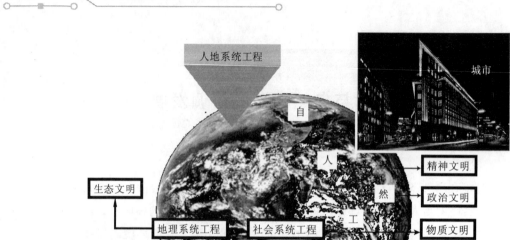

图1　人地系统工程

成为社会的外部环境。那么，随着人类社会的发展，城市化的人工环境发展越来越好，它与自然环境是越来越融合呢，还是越来越疏远？这个问题成为当今钱学森所提出的地理科学界与建筑科学界所聚焦的热点。

1.1　自然环境

地理学中的地理环境，主要研究自然环境。自然环境包括大气圈、水圈、生物圈、岩石圈4个圈层。近年来随着科学技术的发展，岩石圈中的地表形态具有势能，从而分离出来成为地形圈，未成岩的第四纪松散颗粒物与土壤构成土圈，人类从生物圈中分离出来成为人类圈，人类越出地球大气层进入太空，新增外层空间圈，成为8个圈层[4]，这是依据人类能够达到并与之发生关联而确定的圈层。本来自然环境是一个整体，随着人类智慧的发展、认识的深入，由整体分解到圈层，再从圈层综合到系统，当今称为地球系统科学（earth system science)[9]。地球系统科学主要是自然科学研究的对象。自然地带性分布规律，并非都是适合人居的，有许多恶劣的自然环境，有些人过分强调"原生态"，其实，因地而异，对人类而言，有优越的自然环境，也有恶劣的自然环境。

1.2 人工环境

人工环境是人类社会依托自然资源，根据自然规律，运用科学技术创造的环境。例如城市，它包括城市居民生活社区、工业社区、商业、服务社区、城郊的种植养殖社区、政府管理社区等，城市与城市之间及城市内部的交通、输电系统，供水、排水系统、输气系统、采暖系统、通信系统、城市绿化系统等；又如包括农村的区域，农业、林业、牧业、草产业、沙产业、海产业等。实际上在农业社会时，自然环境就已经受到不同程度的人工改造，地表生物的多样性，被"单一"的农作物所替代。这些人工建设，反转来又变为社会的环境，从而纳入地理系统，成为社会的外部人工环境。

当前在城镇的建设中：一方面往往不考虑自然环境的保护和建设，有过度开发的倾向，甚至于是"掠夺性"的开发，产生新的"人地矛盾"；另一方面对历史上人类创造的辉煌的人工建筑，表现人类不同历史阶段智慧的"人工环境"保护不够。在城镇建设中，"大拆大建"，往往拆除了需要保护的历史"人工环境"，同样造成巨大的损失，等到以后认识到这问题，再复原就是"赝品"了。

当今世界，运用科学技术与文化艺术的创作，已经构成了第一、二、三、四产业的人工环境系统与人工信息环境系统，见图2。

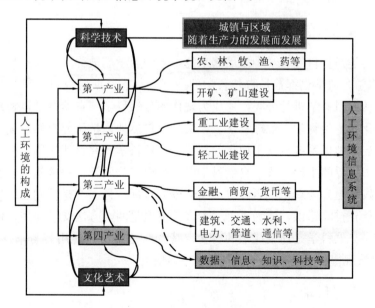

图2　人工环境的结构

1.3 虚拟环境

计算机技术的快速发展，创造出了虚拟现实（virtual reality）的技术。虚拟地理环境[10]，将自然环境、人工环境以三维数字影像、人工智能的方法，在计算机中重现（写实），或者将头脑中的设想（奇思妙想、意象），在计算机中表现出来，所以钱学森称其为"灵境技术"。当然虚拟现实的技术，也能够用于虚拟社会系统。虚拟现实技术还可以虚拟人体系统、人脑系统、宇宙星系系统等，这样就可以从技术上打通科学之间的各个门类，在钱学森提出的现代科学技术体系中，形成一个新的科学门类——虚拟科学。虚拟科学已经有了很强劲的技术科学层面上的"虚拟现实技术"，也有了在各种领域中应用的实例，但是尚未构成虚拟的系统工程，在基础理论层面上也还缺乏对虚拟理论的研究，从哲学的特殊性来看，是研究"虚世界与实世界"的"对立统一"，因此应该创建"虚拟科学"。

2. 自然科学、人工科学、虚拟科学

自然环境由自然科学来研究，人工环境由人工科学来研究，虚拟环境由虚拟科学来研究，这是顺理成章的。

2.1 自然科学

自然科学是从自然哲学中发展起来的，牛顿力学就被称为"自然哲学中的数学"，逻辑学、数学也都曾是自然哲学的一部分。恩格斯研究自然科学中矛盾的特殊性，从而对科学进行分类，才成为现代的自然科学。自然科学以物理学为基础，包括化学、生物学、地球科学、天文学。自然地理学研究自然环境，实际上就是研究当今地球系统科学中地表的部分。自然科学研究自然规律，揭示自然真理，是认识世界的主要手段。自然科学研究的模式分两类：一类是从经验（包括实验）出发，上升为理论，再经过证实，成为真理；另一类是从问题出发，经过假设，证伪，排除错误，成为真理。大多数情况是两类方法交叉使用，使得科学向前发展。自然科学是比较成熟的科学，其特点是人类只能用智慧来发现（discover）自然规律，不能创造（create）自然规律。

2.2 人工科学

人工科学是从自然科学的基础上发展起来的，人类认识了世界，还要能动地改造世界，人工科学就是改造世界的工具。以力学为基础的建筑科学技术、机械

科学技术，以化学为基础的化工科学技术，以生物学为基础的生物科学技术等是人工科学的主体。人工材料、农艺、工艺、园艺、建筑艺术等，又都与艺术、美学相关。

司马贺（H. A. Simon，1916～2001 年）提出的人工科学，与钱学森、吴良镛提出的广义建筑科学，有异曲同工的效用，只是文化背景、哲学背景不同。我们赞同钱学森的哲学思想与文化理念，用司马贺的"人工科学"的名称。无论是人工科学还是广义建筑科学，提出的历史尚短，都没有形成体系。人工科学与建筑科学都是人类在认识了自然规律的基础上，用人类智慧，包括理性科学与感性艺术相结合的创造性的产物。地理现象的规律只能是发现（discover），而人工科学或建筑科学却是创造（create）。这就是钱学森在 1986 年提出地理科学后，经过 10 年的思考，1996 年提出建筑科学的原因。

人工环境的构成，实际上是由第一产业、第二产业、第三产业、第四产业在地球表面共同构建的，是非自然的环境。钱学森的"广义建筑科学"、吴良镛的"人居环境科学"与我们这里的"人工科学"是殊途同归的认识。而人工科学的结构，见图 3。

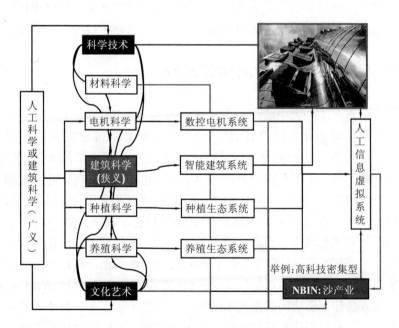

图 3　人工科学的结构

对应广义建筑科学（钱学森），即人工科学（与司马贺的相区别）的科学结构是包括材料、机械、电机、建筑（狭义）、种植、养殖的密集型科学技术，世界上把纳米技术、生物技术、信息技术与认知科学结合的密集型技术称为 NBIC。按照钱学森的意见，高科技密集型是指思维科学（noetics）的创新，加上生物技术、信息技术和纳米技术，是 NBIN 密集型，因此"沙产业"的实践[11]，钱学森称之为"第六次产业革命"。总之，人工科学的概念是非常新的，人工科学的基础科学、技术科学与人工系统工程，远没有达到自然科学那样成熟。

2.3 虚拟科学

由虚拟技术引申出了虚拟科学。工程实践之前可以在计算机内"实践"，进行各种艺术加工，直到满意为止，在计算机内已经万无一失了，再进行实体的实践。在计算机内的"实践"、"实践"、"再实践"，当然需要一系列的软件支撑，这就是虚拟科学技术的研究内容。

虚拟现实的技术已经有 20 多年的历史了，在应用该项技术时，缺乏理论的指导，因此我们提出需要"创建虚拟科学"。在虚拟的自然环境与人工环境中，首要的问题是建立现实世界与虚拟世界之间的相似理论、差异理论、信息模型与信息编码模型等原理。其中最为困难的是，如何将"只可意会，不可言传"的头脑中的意象思维通过虚拟技术表达出来，进而创造成为现实。所以虚拟科学，与自然科学及人工科学比较，就更加不成熟了，仅仅是处于被提出来研究的阶段。

3. 人工环境与自然环境的协调发展

当前我国有 666 个大中城市，3000 多个县城，2 万多个小镇，300 多万个村庄需要现代化、城镇化，从"温饱"转向"小康"，局部地区从"小康"转向"中等发达"，核心问题是能源与基础设施的建设。13 亿人口的大国，能源问题只有从"开源"与"节流"两个方面一起下手，才能成功。现代化、城镇化与区域自然环境的协调，与民族文化的协调，成为城镇建设中的重大问题。钱学森提出的"山水城市"理念[12]，是兼备物质层面与精神层面两个方面的人工与自然环境协调发展的理想城市。当前，世界上提出的"绿化城市"、"花园城市"、"森林城市"、"生态城市"，主要是考虑了物质层面的现代化，都是有具体指标、可操作的实体建设；而"山水城市"，既有物质的城镇，又有"诗情画意"，把城镇的建设，宜人居住，看成同时是艺术的创作。在艺术创作上，目前尚没有具体的指标体系，也没有可操作的具体方法，正因为如此，所以需要加紧研究。

3.1 世界城市化道路的反思

工业化期间世界上发达国家的许多大城市，都是高楼大厦林立，但是到了信息化时代，不论居住在何处，信息网络都可以将人们联系起来，人们的思想发生了很大的转变，又有回归自然的趋向。一些大城市，到了周末，人去楼空，市中心空空荡荡，寂静一片，被称为"鬼城"。那么，中国的城市化，是不是要步发达国家的后尘呢？我们实行"市管县"，也就是以城市为核心管理区域。城市规划包括城市与区域一起进行总体设计，这也是一个开放的复杂巨系统。世界上的建筑专家设计"首尔公社，2026"、"非城之城"、"空中之城"等，都是对未来城市的新探索，中国当然也需要有自己的探索。

3.2 解决 13 亿人口的能源与基础设施建设问题

依靠技术密集型的产业，2001 年美国提出纳米技术、生物技术、信息技术、认知科学结合的密集型产业 NBIC（nano-bio-info-cogno）。实际上钱学森在 20 世纪 80 年代就提出了技术密集型产业，而且在"沙产业"中实践农业工业化、信息化、纳米新材料，可以称为思维科学、生物技术、信息技术、纳米技术结合的NBIN（noetics-bio-info-nano）。我们在 20 世纪 90 年代提出如图 4 的发展趋势，现在看来仍然是具有前瞻性的。

一方面，充分地利用太阳能，人工建筑物的表面利用纳米技术，吸收太阳能发电、增热；利用植被固定太阳能，沙产业实际上是利用太阳能增产；充分利用风能、水能、地热能、潮汐能、海洋温差能等自然能源。另一方面利用信息技术，

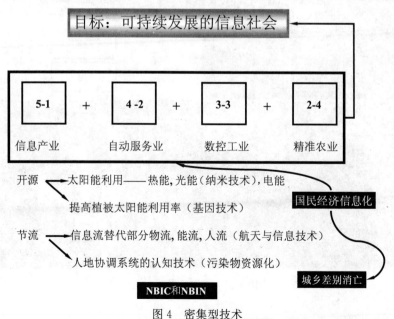

图 4 密集型技术

节省物流、能流、人流、货币流等物质与能量。所有这一切来源于思维潜能的发挥,"只要想到,就能做到"。实际上,在解决温饱的基础上,能否实现小康或中等发达,城乡减少的差别,主要取决于能源与基础设施的建设。大、中、小城镇在区域中构成体系,完成地理系统工程与建筑系统工程的建设,实现生态文明。

3.3 现代化建设与自然环境的协调

现代城市化是在不同的自然区域、经济区域条件下建设的,因此建筑物应该具有地区的特点。极端地举例,如在冻土地区,部分建筑深埋在冻土层的上下,如漠河(地下)与加拿大里贾纳(地上人造山丘),见图5。总之,因地制宜,尽可能地将人工建筑与自然环境协调,对于恶劣的自然条件,不宜人居的环境,有时对这种自然环境需要进行整修、改造与建设。那种自然主义的"原生态"思想,在宜居环境中有其合理的内涵,在不宜人居的环境中就不合情理。当然,在整修、改造与建设过程中首先需要对自然环境演变的规律研究清楚,只能"因势利导",而不能违背自然规律。

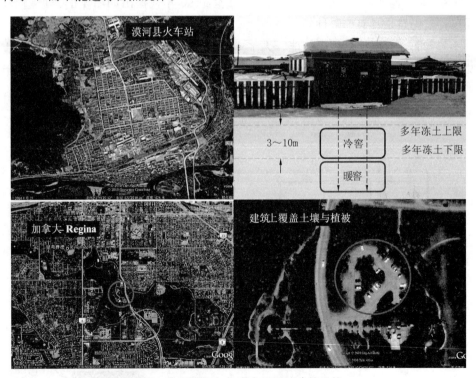

图5 中国漠河与加拿大里贾纳建筑比较

3.4 现代化建设与民族文化的协调

现代城市建设必须既尊重本民族文化的特点，又吸收外来文化之所长，两者需要协调，"仁者见仁，智者见智"，这正是当前最拿捏不准的难题。中国的建筑往往是以"天人合一"的理念，将人工建筑融入自然环境，见图6，如苏州园林、扬州园林、桂林山水田园、2010年上海"世博会"中展出的浙江宁波的滕头村；西方的建筑往往是以建筑艺术为核心，将自然要素修剪成人工实物，见图7，如法国的凡尔赛宫、英国的园林、美国南部的庄园以及2010年从221个城市中评出的全世界最佳居住城市——奥地利的维也纳。

苏州庭院　扬州瘦西湖　桂林田园　宁波滕头村

图6　人工建筑融入自然环境

但是高楼林立，下班之后，周末之际，人去楼空的"鬼城"，与城郊结合部的"脏、乱、差"的棚户地区，两者鲜明对比的城市化，是应该避免的。中国的城市化处在工业化尚未完成，又面临着信息化的阶段，因此上海"世博会"的"Better City, Better life"是十分及时的。"世博会"中用了许多"自然建材"值得重视，见图8，如万科馆的天然麦秸板、葡萄牙馆的软木、越南馆的竹屋、法国罗阿馆的竹子、沙特馆的特种布料等。

中国人千万要记住，城市化高潮的实质是"城乡差别"的消失。特别是在信息社会中，物流、能流、水流、信息流可以通达城乡，人居地区的城市、乡镇、村庄可以构成城镇网络系统。

图7　花、草、树木服从建筑

图8　天然材质的应用

3.5 人工建筑中可创造的空间很大

第一是建材，为什么一定要用刚性的建材呢？弹性、柔性、韧性建材为什么不能利用呢？特别是在地震区使用防震材料的可选择性途径还有待开发；第二是能源，尽可能地使用自然能源，特别是太阳能，太阳能比风能、水能、潮汐能、地热能的风险都小；第三是建筑结构，对能源的循环利用，日循环、年循环、地区间的循环；第四是人造"自然"的设计，人工的草地、人工林地、人工瀑布、人工建筑构成的山丘等，见图9，如建筑物上覆盖土壤与植被、日本兵库县的地下建筑、加拿大以建筑物为依托的人造山丘等。

图 9　建筑物上种植植被

3.6 利用虚拟技术进行现代化建设

根据我们的研究，可以建立人工环境与自然环境统一规划的综合集成探讨平台，进行先期研究，见图10。在网络硬件系统的平台上，数据资源主要是地理科学与建筑科学的数据，包括人才库与数据库；支撑软件是天地人机信息一体化网络系统软件；应用与生态文明的建设，需要建立地理与建筑信息系统和虚拟规划信息系统；总体为中国城镇与区域规划研究机构服务。建立这样的城镇与区域综合集成研讨信息系统工程，目前的技术条件是已经具备的，关键是需要地理科学与建筑科学紧密合作，交叉研究，共同建设。

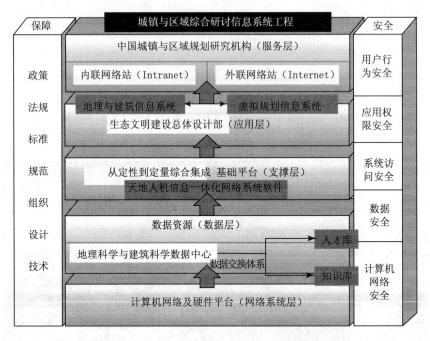

图 10　城镇与区域综合研讨信息系统工程

　　虚拟科学尚未创立，那么是不是要等待理论成熟才能研究呢？实际上是，只有在实践中，才能发现问题，研究问题，从而上升为理论。因此加紧实践是创立理论的前提。

　　无论是新建、重建、补建、改建还是在城镇化的过程中，都可以使用虚拟现实（virtual reality）技术，进行人工环境与自然环境、城市与区域、实体建设与艺术文化的统一规划，在规划过程中要贯彻"自组织"与"他组织"的辩证理念，真正做到科学发展、民主集中，使得中国城市化的发展健康有序、人人身心愉悦。

参 考 文 献

[1] 司马贺. 人工科学. 上海：上海科技教育出版社，2004

[2] 鲍世行，顾孟潮. 钱学森建筑科学思想探微. 北京：中国建筑工业出版社，2009

[3] 吴良镛. 人居环境科学导论. 北京：中国建筑工业出版社，2001

[4] 马蔼乃. 地理科学导论. 北京：高等教育出版社，2005

[5] 马蔼乃. 地理信息科学. 北京：高等教育出版社，2006

［6］马蔼乃. 地理系统工程. 北京：高等教育出版社，2006

［7］马蔼乃. 理论地理科学与哲学. 北京：高等教育出版社，2007

［8］马蔼乃. 动力地貌学概论. 北京：高等教育出版社，2008

［9］毕思文，许强. 地球系统科学. 北京：科学出版社，2002

［10］龚建华，林珲. 虚拟地理环境. 北京：高等教育出版社

［11］刘恕. 解读沙产业. 北京：科学普及出版社，2009

［12］鲍世行. 钱学森论山水城市. 北京：中国建筑工业出版社，2010

作者简介

马蔼乃，北京大学地球与空间科学学院，e-mail：ainaima@pku.edu.cn。

纳米电介质的结构及运行的
时空多层次性及其思考

雷清泉

1. 引言

电介质（dielectrics）按 Farady 早期的定义是指在外电场作用下能够产生感应束缚电荷（极化）且仅能通过极微弱电流的一切物质，它们分别代表电荷位移的受阻——极化和电荷长程运动——输运的两个基本物理过程，直流电场作用下此两个过程可以区分，而交变电场作用下，按 Maxwell 电磁理论，两者并为复介电系数、复折光指数或复电导率。

从科学与技术的观点出发，对两种物理过程侧重其一。例如，电介质极化，包括驻极体、压电体、热释电体、铁电体、光子晶体、超电介质等，属于功能电介质；电荷输运，主要是绝缘体，属于绝缘电介质。当然，电介质涵盖了上述两种类型的介质材料，更广义地讲，电介质还包括电解质、生物组织及细胞等生物材料。

众所周知，电-绝缘相伴而生，随着发电机容量和输电线路电压等级的不断提升，电子信息技术、元器件的大规模集成化，特殊或极端条件下，例如，在恶化的大气层、雷电、冰雪灾、极高温、极低温、极高压力、强电磁环境等领域电介质材料均获得极为广泛的应用。

2. 传统工程电介质理论及电介质材料

2.1 基础理论

传统介电学包括：由 Debye、Kirkwood 和 Onsager 等建立的微观质点体系的统计平均量微观量的单一材料（相）的宏观介电理论；晶体电子结构的能带理论；非晶体的 Anderson—Mott 电子定域理论；Maxwell 与 Wagner 依据电路原理建立的复合体系（相）的内外界面极化理论；Richardson-Dushman、Schottky 与 Fowler-Nordheim（F-N）分别建立的金属-真空（电介质）外界面电子的热、场助热和隧道（场）发射理论以及体内的 Poole-Frenkel 受陷电子发射理论；Boltzmann 的载流子（准粒子）散射的微观理论，即输运方程；Froehlich 和 Hipple 的电子击穿理论；电或多应力联合老化的热力学唯象理论[1~3]。近期随着纳米科技、微电子及生物科技的迅猛发展，研究纳米结构体系特别是表面及界面结构对材料的介电、击穿、老化等特性的影响已成为学科发展的前沿与热点，预期对纳米介电现象的研究，如同纳米物理学、纳米化学等新型学科一样，将受到极大的关注。

上述传统理论均服从热力学极限的宏观体系，其几何尺度远远大于其物理尺度，例如，电子或离子平均自由程、电畴及畴界尺寸、雪崩尺寸、Debye 屏蔽长度、Schottky 发射时取极大值的距离、自由体积尺寸、球晶尺寸、界面与表面尺度、FN 发射势垒宽度等。亦即传统电介质理论并未涉及当材料尺度与物理尺度相近时的介电现象与输运特性的研究，例如，并未考虑表面和界面结构及特性对宏观性能的影响。

2.2 电介质材料

电介质材料粗略分为：绝缘、功能和信息电介质材料等。与其他电介质材料一样，电力工程的发展与绝缘材料的改性及更新换代密切相关。电与绝缘始终相伴而生，第一代出自天然材料，如玻璃、云母、陶瓷、空气、矿物油、植物油、天然橡胶、木材、沥青等；第二代出自人造或合成材料，如 SF_6、硅油、高分子材料等。目前包括用于交直流超高电压绝缘的第二代材料已进入到成熟期，从工程应用上看，它们不仅在中、高电压绝缘的应用上存在许多弊端，还远远不能满足提高绝缘工作场强、耐压等级和延长平均工作寿命，以达到增加容量、缩小体积、减少能耗及维护的目的。取而代之的应是第三代纳米电介质绝缘材料。

3. 纳米电介质材料与技术的战略地位

纳米电介质材料包括纳米点、纳米线或管、纳米薄膜或多层膜材料，将纳米结构单元自身通过物理或化学方法构筑的或组装成的材料，或将其加入到不同类型基体中形成的纳米复合材料。

3.1 前瞻性和战略性

C. M. Vest 是美国工程院院长，1990~2004 年任麻省理工学院院长，分别担任 DuPont 和 IBM 公司董事长 14 年和 13 年，担任美国竞争力委员会副会长 8 年，他在中国工程院第九次院士大会报告中提出说："随着生命科学、物理学和信息科学在微米和纳米尺度上的日趋融合，工程师在 21 世纪前沿技术领域开展的研发将带来突破性的新技术。"

扫描隧道显微镜（STM）的发明者，1986 年 Nobel 物理学奖获得者 H. Rohrer 提出："20 世纪 70 年代重视微电子技术的国家，如今都先后成为发达国家，现在重视纳米科技的国家，很可能成为 21 世纪的先进国家。"

纳米电介质工程是引领绝缘品质大幅度改善的必由之路。自从 1994 年 T. J. Lewis 提出纳米电介质以来，直到 2003 年才引起人们的广泛重视，当前利用纳米科技改善各类绝缘复合物介质的电、热、机等性能，已成为国际电介质与电绝缘（DEI）领域的研究前沿和热点。具体表现在，2005 年及 2008 年 IEEE、Trans. On DEI 均推出了纳米电介质研究的特刊，指出纳米电介质将发展成为纳米电介质工程[4~12]。

3.2 纳米电介质结构与运动的时空尺度特性

3.2.1 表面与界面特性与作用[5]

1）界面力

两相复合物 A/B，各相均有自己的热力学性质，相界面（nm 或分子级尺度），属过渡区。相内的每个原子与分子通过短程及长程力与其周围建立平衡。界面性质的变化源于穿过 A/B 相的原子或分子间力，硬芯力源于单个电子云间的重叠，是短程的量子力学排斥力。

其余力：离子间强的长程库仑力，固有偶极子存在，会有弱的偶极-偶极力、离子-偶极力或感应偶极力，它们属于 Debye 力。所有偶极子的极化力均属于中程力，通常具有吸引性质，通称范氏力，还有一种对于特定结构产生的具有高度方向性的短程静电力就是施主（氢原子与电负性原子构成共价键）与电负性受主原子形成的氢键。

决定纳米尺度结构介电性能最重要的应是强的长程相互作用力，是一种静电力（源于电荷）。电荷会诱导电子极化（离子-感应偶极子相互作用）以及固有偶极子取向（离子-偶极子相互作用）。第一类屏蔽作用源于介质极化，Nano-电介质经常在粒子 A 的表面或至少一部分带电，B 相产生屏蔽的异号电荷。A/B 界面的相互作用极化能服从 Born 公式。第二类屏蔽作用源于界面电化学效应，假如 B 相位有移动离子，在库仑力作用下，在 A 相粒子周围建立扩散的屏蔽双层电荷即属界面电化学效应。可用球形对称结构，也可用简化的 Helmholtz 平板偶电层结构，也可用复杂的胶体化学中的 Stern 双电层，其厚度约等于离子半径，类似于半导体器件中的 P-N 结。

2）界面（相）的作用

纳米复合物的最显著特征是界面结构。代表相间过渡区（nm 级，甚至分子级）的微结构存在上述分子间的相互作用，例如高分子链在无机纳米相上的锚定或缠绕。

复合材料（0～3 结构）：微米级客质（分散）相，界面所占体积比小，其作用可以忽略，性能取决于两相成分的变化，但在两相性质相差很大时，可能在某一临界浓度下，发生向单相性质的实变（逾渗相变）。纳米级客质相，界面所占体积比大，界面的作用十分显著，可作为独立相处理。因其界面结构十分复杂，可呈类晶态、类非晶态或中间态，例如，分子规则取向，呈液晶态，加上表征困难，因此对纳米电介质复合物的结构-性能的研究，目前仍处于探索阶段，不能用独立三组分的简单三角形相图描述。

界面相作为被动电介质。由于纳米粒子与基质构成了界面相，不仅粒子的性质不能全部由界面和它与环境的相互作用决定，而且它的量子尺寸效应、小尺寸效应、量子局域效应也受到极大的掩盖，除极个别现象外，这类现象甚至被消除。界面性质将显著影响复合物的力学特性、空间电荷特性、载流子（电子、声子、光子）输运、极化、击穿、老化等电学和光学特性[4]。

界面相作为活性电介质，例如，界面双电层将起重要作用。横（纵）是高度极化区。侧向层内的反离子具有显著的迁移率（在等位面内），因此，通过改变双电层的电位 φ_0，调节层内反离子浓度，达到侧向改变电流 i_1 的目的，这种调节功能十分重要，但研究不多，它类似于 MOSFET。表面双电层的活性，特别是通过表面离子电导提高球形介质在电介质中复合物的低频介电系数，使介质球形成一个大偶极子[4]。

界面作为敏感单元。界面内电场不但诱导极化与导电行为，而且也同时诱导应力场，因此界面可作为电-力学传感单元。电场诱导界面层的压力变（沿电场方向）及切应变（垂直电场方向），后者（切向或横向效应）是十分重要的。周期性电场将诱导界面结构的疲劳与破坏。A（极性）/B（非极性）相，在高温高电场作用下，会在 A/B 界面诱导扩散的双电层，产生电致伸缩与压电活性，此类双电层具有相对的稳定性[4]。

多孔（蜂窝状）高聚物薄膜具有优良的电致伸缩及压电性，也与 nano-结构界面过程有关。界面特性主要依据电化学（电双层）及电-机械效应，特别在功能及活性方面，要注重研究界面的侧向特性（载流子）运动，依据局域空间电荷构建多种界面调控的记忆元件。在这些系统中，有序平面内侧向电荷输运更容易，既具有 MOSFET 功能性，又具有控制载流子优势方向的输运能力，对绝缘介质的导电、击穿、树枝特性会有明显的作用[4]。

3.2.2　高聚物（软物质）的结构和响应作为多层次性的典例[13]

高聚物材料具有质量轻、易加工、价格低、性能优异等特点，其应用已扩展到各个领域，特别是它作为第二代优良绝缘介质在电气与电子工程领域有着极为广泛的应用。

高聚物具有结构的多层次性和多尺度性，其结构（层次）可分为：分子链结构，即结构单元及立体化学结构（构型）；分子链结构与形状（构象）；凝聚态结构，其中均相体包括晶态、非晶态、高弹态、黏流态，多相体系的组态（织态）结构，包括共混态和共聚态。

在空间尺度上，价键长度约为 10^{-10} m，链段和大分子链约为 $10^{-9}\sim10^{-7}$ m，多相体系的相结构为 $10^{-6}\sim10^{-3}$ m。

运动单元和运动形式也具有多层次性，具体表现为键长、键角、键段运动、晶型变化、分子整链运动、相态和相区的转变等。每种运动具有特征的运动时间，即松弛时间谱（时间尺度），10^{-10} s～几分～几小时～几天～几年。松弛时间是高分子材料的本征特性，描述不同外场频率下运动的响应特性。

例如，在高频区，表现为力学上弹性，代表小尺度运动单元的响应。在低频区，表现为黏性，代表分子链运动的响应。

运动特性是代表对外界作用的响应，从实验及理论上实现多尺度上的贯通仍有问题，包括空间尺度与时间尺度。micro（微观）-meso（介观，涵盖 nano）-marco（宏观），简称 3M 关系，是连接多个尺度的科学问题，也是一个具有前瞻性、挑战性的重大科学问题，是当前研究高分子多尺度的焦点，因为不同尺度间的巨大断层需要解决：从 micro-meso 衔接已有一些方法和例证，从 micro- macro 已有很多先例，但从 meso-macro 衔接仍远远不够。

3.2.3　纳米电介质极化、输运、击穿与老化现象或特征中的多尺度效应

主要讨论介观尺度对电介质常规性能的影响以及传统电介质理论的应用。

（1）极化。电子、原子、离子及偶极取向，或分子运动不涉及尺度，但受表面与界面结构的影响。仍可用传统及普通介电响应。主要是分子取向。聚合物分子链段受影响，突显是玻璃化转变温度以及极化松弛的特征的变化。对于铁电薄

膜，存在明显的尺寸效应。铁电-顺电转变，仍是经典的相变理论，超细金属绳-绝缘缺陷结构，存在电子波函数在绝缘间隙处的限域或量子效应[14]。

（2）输运。仍服从传统的载流子扩散（Boltzmann）输运方程，电极发射及体内载流子发射与受陷，包括输运动力学方程亦如此。差异在于：纳米电极的场发射特性及参数的改变，界面对离子输运的限制，对电子、离子输运的调控作用，包括 S/I 界面使其具有金属性，I/I 界面使其具有超导性。其余仍涉及尺度对金属发射、PF 发射、低场与高场输运、SCLC 之间特性的过渡（或转变），表、体陷阱深度及输运特征的改变，金属及界面场畸变对载流子侧向、横向输运特性的影响[15,16]。

（3）击穿。对于 nm 膜介质，其基本机理是电子碰撞电离，电子雪崩击穿和隧道击穿（包括因表面陷阱间隧穿涨落引起的准击穿），以及膜内缺陷连续引起的逾渗击穿，仍沿用传统击穿理论。但与厚度为毫米至厘米级的绝缘击穿场强存在完全不同的厚度关系。$E_b \sim d^{-n}$ 可以归结为尺度效应。对于纳米/高聚物绝缘介质击穿，主要受纳米尺度界面以及粒子分散、团聚和与基体是否相容等因素的影响。E_b 提高归结为载流子受界面散射等因素。但因为理化结构缺陷可能使击穿概率的 Weibull 颁的形状因子下降，即分散性增加。主要利用传统的电介质击穿理论、界面特性、高聚物结构与形态变化等分析纳米复合电介质的纳米的类型参量，包括粒子形状、分布及表面理化处理，以及浓度等对击穿特性及机理的影响，特别要强调表面及界面深、浅陷阱的作用[10~12,17]。

（4）老化。主要利用传统的指数老化模型及幂函数老化模型，分析无机纳米复合物的纳米组分的类型、含量、粒子的形状、分布及表面处理、温度、电压类型等对老化特性及机理的影响，特别强调表面及界面深浅陷阱、无机材料自身及层状结构、导热因子等的作用。其缺陷是，对老化演化过程这一多时空层次的研究极为不够。我们提出在空间尺度上，应从原子、分子（Å 级，相当于老化的原始期）、微缺陷（纳米级，相当于老化的诱发期）、微米至毫米级（气泡、裂纹、电水树、局部放电）、寿终期、事故期（cm 级）[1,2] 以及损伤对应的时间尺度上，从秒、分、小时、天、月、年等去分析。

总之，纳米电介质——单一的低维材料或其复合物，存在着小尺寸效应或尺寸限域效应（或作用），此外，纳米二维薄膜或多层结构以及纳米复合体材料均存在十分突出且十分复杂的表面和界面效应（或作用）。这不仅对材料介电性质的改善有极为显著的作用，而且也会对力学、光学、声学、热学、化学等性能造成明显影响。目前并无新理论体系诞生[18~20]。

典型的尺寸效应会诱导金属-绝缘，铁电-顺电，铁磁-顺磁，超导-正常，有序-无序转变等效应。而纳米电介质只能发现类似这些转变的某种程度的改变，且不一定十分明显。对输运特性就十分难估计退相干长度。

最后应指出：介观物理中指的小尺寸效应，是指在材料几何尺度与物理尺度相比拟时，后者不是固定值，受材料类型，如金属、半导体、绝缘体，环境条件，特别是温度与磁场影响极大。

绝缘纳米电介质材料的发展，近期以添加或杂化无机氧化物到高分子基体中提高材料性能为主，远期将以纳米结构单元组装技术调控材料性能为主。

3.3 国家重大需求

1）能源领域

我国电力能源工业正在飞速发展，交直流特高压输变电网络正在兴建，核电、风电、光伏发电也在迅速发展。这些重大工程技术对随电而生的电介质绝缘材料提出了更高的要求，要想开发出具有更高的工作场强、更宽工作温度和更长工作寿命的绝缘材料，提高大型电力设备的性能、减小大型电力设备的体积、保证特高压电力系统的安全可靠运行无疑是十分必要和紧迫的任务。纳米电介质的研究将会成为开发新型电介质绝缘材料的基础。

2）信息领域

随着集成电路技术的迅猛发展，从亚微米技术到纳米技术，加工特征尺寸不断减小，集成电路的发展正面临着越来越难攻克的技术瓶颈。这将促使科研工作者去开发新的材料和新的工艺，并探索由此带来的基础科学问题，以满足集成电路日新月异的技术发展需求。其中，高 k 和低 k 介质就是纳米集成电路中有代表性的两种关键新材料。纳米尺度高 k 和低 k 材料在集成电路中的工艺集成则已成为制约微电子发展的关键技术。

3）交通与航空航天领域

以高速列车为代表的轨道交通技术、以航空母舰为代表的航海工程以及以大飞机、宇宙飞船为代表的航空航天技术迅速发展，电磁驱动已成为这些技术中的关键基础技术。在这些载体中的电气设备和电子器件处在高速气流、高湿环境、高低温差大和高辐射等极端环境条件中，传统的电介质绝缘材料已不能满足这些工作性能的要求。这需要将纳米电介质的研究用于这些工作在极端条件下的电气绝缘材料和技术的开发。

4) 储能领域

超级电容器由于使用大比表面积的多孔碳电极材料，因而比常规介电电容器具有更高的能量密度；同时与电池相比较，超级电容器具有快速充放电的能力和更好的低温性能。其能量密度的进一步提高，可促进其在电动汽车、燃料电池车以及工业和民用消费领域的大规模应用。

以下介绍纳米科技在提升绝缘品质上的典例。

（1）我国虽然今年初建成了 AC 1000kV 与 DC±800kV 两条特高压试验线路工程，但 WE 采用传统的绝缘介质，只按绝缘结构设计要求做尺寸上的放大，并未研发电、机、热等综合性能优异的替代材料。利用纳米科技能将绝缘介质的击穿场强提高 20%，其设备体积可缩小近 1/3。

（2）坚强智能电网是输电工程建设的一项战略性措施。它利用数字化控制技术使产能、输能、配能、储能和用能实现智能化。储能成为充分利用再生能源的关键技术。电介质作为储能的关键材料，必须利用纳米技术向提高储能密度、缩小体积、延长储存时间等方面发展。若电介质的击穿场强提高 20%，则储能密度将提高近 45%。

（3）高压输电电缆。为了给近海海岛与海上石油平台输电，必须采用长距离（>100km）高压输电用直流埋地电缆，不能采用交流高压交联聚乙烯（XLPE），因为交流电容电流极大地限制了长距离输电，相比之下，直流电缆稳态时不存在电容电流，但缺陷是电缆的几何电场会受到温度、电导率及空间电荷等因素的影响而严重畸变，经常使内屏蔽绝缘场强比外屏蔽绝缘的电场低，构成了几何电场的反转。国外已采用 MgO 或 ZnO 纳米粒子对 XLPE 进行改性，以降低空间电荷，提高击穿场强。

（4）众所周知，变频调速的重复方波脉冲会加快绝缘破坏，例如性能极优的聚酰亚胺薄膜耐电晕老化寿命仅 200h。若用纳米技术改性，其寿命可延长 500 倍，达 10^5h。此外，从节能看，变频电机可节能约 30%，我国发电装机总容量已近 10 亿 kW，约 50% 为电动机消耗。若其中约 50% 采用变频电机，则节电约 7500 万 kW，相当于 4 个三峡的装机容量，节能极为可观。

（5）传统绝缘材料既不导电也不导热，只有利用纳米技术，才能显著提高导热性。若绝缘介质温升降低 8℃，其寿命可延长 1 倍，同时利用纳米流体来替换传统的变压器油冷却，其换热效率将显著提高。

（6）高压输电线路绝缘子受外界条件（高海拔、污秽、覆冰雪、酸性、盐性、尘埃、高能及紫外辐射、湿度、温度等）变化的影响极大，必须采用纳米涂层对绝缘子进行表面处理来应对这些苛刻条件对绝缘性能显著降低的作用。

4. 纳米电介质的主要理论体系

它涉及凝聚态物理学、材料科学、表面与界面科学、电气与电子工程以及信息科学与工程等多学科交叉。

在传统的电介质微观结构—宏观性能理论的基础上,加强介观或纳米尺度结构对微观结构及宏观性能之间关联的作用,以及介观结构对宏观性能的调控作用等基础研究,探索建立微观结构(各相的分子结构、微粒类型、尺寸与分布)-介观结构(表面、界面和形态结构)-宏观性能(力学、介电、击穿与电老化)三者之间的相互关系与理论模型。纳米电介质学科研究涉及过去从未研究过的非宏观、非微观的介观领域,将开辟认识电介质学科的新层次,极大地提升电介质学科的基础理论研究水平,发现新材料,建立新概念和新学科体系。

5. 主要科学问题

纳米绝缘电介质科学特点多为无机纳米粒子/高聚物复合物,除了复杂、庞大的体内界面、材料表面、金属/绝缘体、半导体/绝缘体界面,几乎未发现其他类型纳米材料的量子限域和量子尺寸效应,例外的是,纳米金属绳的超介电系数是源于电子波的限域效应,完全是一种新类型的量子极化[14]。

(1)不同(绝缘体内,体外与金属、金属/半导体和绝缘体的)类型界面、表面的结构特征、理化特性及其作用的研究[5,9]。

(2)纳米电介质的结构以及力、电、热、光学等性能与尺度关系(效应)的研究。

(3)如何去发现纳米电介质或半绝缘性纳米介质中是否存在量子限域或量子尺寸效应?

(4)如何解决由纳米粒子的均匀分散、团聚结构的不确定性等因素导致的宏观性能变化的无规律性、矛盾性和表征和测试结果的局限性和不良重复性[4,21]?

(5)如何建立 micro-meso(涵盖 nano)-macro(简称 3M)性能的相互关系?

(6)能否利用纳米结构设计一种类似于高热电性纳米高聚物复合材料(电子晶体,声子玻璃)的反体、一种新概念高绝缘导热材料(电子玻璃及声子晶体)?

(7)新型纳米电介质材料体系的设计、组装及其结构-性能关系的探索。

（8）在诸多老化因素——温度（热）、电压、机械力、环境（O_2、H_2、辐射、腐蚀物）单个或联合作用下，绝缘电介质老化从 Å 级—nm 级—μm 级—mm 级—cm 或以上级演化，研究其机理、表征和测量方法、寿命预测等。

（9）应加强纳米电介质在极低温度下特性的研究。

（10）在极端或特殊条件下（陡和超快脉冲、强磁场、超高真空、极低温等），对纳米电介质性质的研究。

目标：构筑新材料，寻找新效应和新应用，构建新的纳米电介质科学体系，实现真正的跨学科交叉。

6. 思考与对策

6.1　思考

1）还原论

这是一种将复杂还原为简单，然后再从简单重建复杂的理论。物理学家，特别是理论物理学家习惯于用还原论的方法。Einstein 曾将其简单总结为："物理学的无上考验在于达到那些普适的基本规律，再从它演绎出宇宙。"

经典电介质理论：均相电介质，建立微观结构-宏观性能的关系；复相电介质，Maxwell-Wagner 界面极化、局部放电、复合介质击穿，均忽略界面结构。

2）层展论

1977 年诺贝尔得主 P. W. Anderson 对还原论方法提出质疑："将万事万物还原成简单的基本规律的能力，并不意味着以这些规律重建宇宙的能力……。当面对尺度与复杂性的双重困难时，重建的假设就崩溃了，其结果是大量基本粒子的复杂聚集体的行为并不能依据少数粒子的性质作简单外推就能得到理解，取而代之的是每一复杂性的发展层次中呈现了全新的性质。"纳米粒子及其纳米结构材料就是一例。

针对高聚物（软物质）自身结构（空间）以及运动单元响应在时空上的多层次性、绝缘老化演变规律的时空多层次（广域或阶段）性，我们必须注重因实验上时空的放大与缩小而呈现的层展现象。

3）科学的预测或构想

1965 年诺贝尔物理家奖得主 Feynman 提出："量子力学本身就存在着概率振

幅、量子势以及其他许多不能直接测量的概念。科学的基础是它的预测能力，预测就是说出一个从未做过的实验会发生什么……。找出我们的预测是什么，这对于建立一种理论体系是绝对必要的。"

纳米科技的飞速发展充分证实了 1959 年 Feynman 的科学预言："如果有朝一日人们能把百科全书存储在一个针头大小的空间内并能够移动原子，那么这将给科学带来什么？"因此，面对上述的科学问题，应考虑用科学预测这一有效方法。

应指出，上述三种科学方法可依据具体的研究对象择其先后。

6.2 对策

（1）切实关注电介质中物理过程、结构和运动的时空多层次性。从材料讲，高分子材料及其微纳米复合物的应用更加广泛。高分子材料本身结构复杂，加上纳米复合物 Meso-Macro（介观-宏观）跨接的材料，又增加了界面结构的复杂性及多变性。

（2）人为制造具有某种结构的材料，研究多层次（时间）性，例如微区的性质，注意实验条件决定的多层次性，特别是在外推（量级以上尺度）时所遇到的困难。

（3）加强利用介观结构在理论研究和调控电介质的宏观性能中作用的研究。

（4）如何寻求非均匀电介质材料及击穿老化破坏过程中不同层次（时空）的结构-性能的变化规律，并建立结构-性能-寿命之间的相互关系。

（5）纳米复合材料中聚集结构的分形与逾渗理论，放电、击穿的分形理论，老化引起的结构损伤，及演化过程中形成的非匀质结构（损伤相与完好相）的分形及逾渗理论。

致谢　本课题受"973"项目子课题"变电设备内绝缘时效老化机理与评估模型及预测方法"（子课题号为 2009CB724505）的支持。

参 考 文 献

[1] 雷清泉. 高聚物的结构与电性能. 武汉：华中理工大学出版社，1990

[2] Dissado L A, Forthergill J C. Electrical Degradation and Breakdown in Polymers. London：Peter Pereginus Ltd.，1992

[3] Kao K C, Hwang W. 固体中的电输运. 雷清泉译. 北京：科学出版社，1991

[4] Lewis T J. Nanometric dielectrics. IEEE Trans on DEI, 1994, 1 (5)：812-825

[5] Lewis T J. Interfaces are the dominant feature of dielectrics at the nanometric level. IEEE Trans on

DEI，2004，11（5）：739-753

[6] Cao Y，Irwin P C，Younsi K． The future of nanodielectrics in the electrical power industry． IEEE Trans on DEI，2004，11（5）：797-807

[7] Tanaka T，Montanari G C，Mulhaupt R． Polymer nanocomposites as dielectrics and electrical insulation-perspectives for processing technologies，material characterization and future applications． IEEE Trans on DEI，2004，11（5）：763-784

[8] Takahashi Y，Kitahama A，Furukawa T． Dielectric properties of the surface layer in ultra-thin films of a VDF/TrFE copolymer． IEEE Trans on DEI，2004，11（4）：227-231

[9] Tanaka T． Space charge injected via interfaces and tree initiation in polymers． IEEE Trans on DEI，2001，8（5）：733-743

[10] Kim H K，Shi F G． Thickness dependent dielectric strength of a low-permittivity dielectric film． IEEE Trans on DEI，2001，8（2）：248-252

[11] Oldervoll F． High electric stress and insulation challenges in integrated microelectronic circuits． IEEE EI Magazine，2002，18（1）：16-20

[12] Katz M． Theis R J． New high temperature polyimide insulation for partial discharge resistance in harsh environments． IEEE EI Magazine，1997，13（4）：24-30

[13] 吴其晔. 高分子凝聚态物理及其进展. 武汉：华南理工大学出版社，2006

[14] Saha S K． Observation of giant dielectric constant in an assembly of ultrafine Ag particles． Phys Rev B，2004，69（12）：125-416

[15] Garcia-Barriocanal J，Rivera-Calzada A，Varela M，et al． Colossal Ionic Conductivity at Interfaces of Epitaxial $ZrO_2：Y_2O_3/SrTiO_3$ Heterostructures． Science，2008，321（1）：676-680

[16] Reyren N，Thiel S，Caviglia A D，et al． Superconducting interfaces between insulating oxides． Science，2007，317（31）：1196-1199

[17] Heiji W，Toshio B，Masakazu I． Characterization of local dielectric breakdown in ultrathin SiO_2 films using scanning tunneling microscopy and spectroscopy． J Appl Phys，1999，85（9）：6704-6710

[18] 张立德. 牟季美. 纳米材料和纳米结构. 北京：科学出版社，2003

[19] 阎守胜. 甘子钊. 介观物理. 北京：北京大学出版社，1995

[20] 冯端. 金国钧. 凝聚态物理学. 第1卷. 北京：高等教育出版社，2003

[21] Keith Nelson J． Dielectric Polymer Nanocomposites． New York Dordrecht Heidelberg London：Springer，2010

作者简介

雷清泉，哈尔滨理工大学电气与电子工程学院，青岛科技大学材料科学与工程学院。

西太平洋暖池对东亚季风系统和西北太平洋台风活动热力作用的研究

黄荣辉

1. 引言

我国地处东亚季风区，由于东亚季风的年际和年代际变化与异常是很大的，因此，我国旱涝等重大气候灾害发生频繁且严重，造成了巨大的经济损失和重大人员伤亡。从 20 世纪 70 年代后半期以来，东亚季风异常所引起的大范围旱涝、酷暑和严重的低温雨雪冰冻等重大气候灾害和天气灾害已给我国带来每年约 2 000亿元的经济损失和 200×10^8 kg 的粮食损失，在 90 年代约占我国 GDP 的 $3\% \sim 6\%$。特别是 1976 年之后华北地区发生了持续干旱，1998 年夏季长江流域、松花江和嫩江流域发生了特大洪涝，2006 年夏季重庆地区遭受百年不遇的酷暑和干旱以及 2003 年和 2007 年夏季淮河流域发生了严重洪涝，2008 年 1 月我国南方经受了严重低温雨雪冰冻灾害。这些严重气候灾害都是由于东亚季风系统的异常所造成的。并且，全球约1/3（约30 个）的热带气旋和台风在热带西太平洋生成，由于受偏东气流和西太平洋副热带高压的影响，西太平洋生成的热带气旋和台风中大部分从中国、日本、韩国、菲律宾和越南等地登陆，也给这些国家造成巨大的经济损失和重大人员伤亡。我国是世界上遭受台风灾害最严重的国家之一，平均每年有 7～8 个台风登陆我国，最多可达 12 个左右，每年造成了数百亿元的经济损失和数百人的人员伤亡。

近年来，鉴于旱涝等气候灾害给我国造成经济损失的严重性，《国家重点基础研究发展计划》（"973"计划）把"我国重大气候灾害的形成机理和预测理论研究"作为首批启动项目之一。在此项目以及"973"计划项目"亚印太交汇区海气相互作用及其对我国短期气候的影响"和气象行业科研专项"全球变暖背景下台风季节动力预测和变化趋势预估技术研究"等项目的资助下，我国开展了西太平洋暖池对东亚季风系统的变异及我国旱涝等重大气候灾害发生和热带西太平洋对热带气旋和台风活动（包括生成和移动路径）影响的研究，取得不少的研究结果。为此，本文主要回顾和综述最近几年我国学者在上述诸项目的资助下关于西太平洋暖池对东亚季风系统变异以及对西北太平洋热带气旋和台风活动影响等方面的研究进展。本文只是回顾和综述笔者所熟悉的研究，可能挂一漏百，很多很好的研究可能没有在文中提及。

2. 研究进展

鉴于东亚季风对我国气候异常的重要影响，早在 70 多年前，我国著名气象学家竺可桢[1]首先提出东亚夏季风对中国降水的影响，之后，涂长望和黄仕松[2]研究了东亚夏季风的进退对中国雨带的季节内变化的影响。这些研究开辟了关于东亚夏季风变化及其对东亚气候影响的研究之路。继他们之后，Tao 和 Chen[3,4]、Ding[5]和陈隆勋[6]等关于东亚夏季风环流的结构和特征作了系统的研究。

2.1　关于东亚季风气候系统的研究

东亚夏季风由于受到西太平洋副热带高压和中纬度扰动系统的影响，它不仅具有热带季风的性质，而且还具有副热带环流的性质。Tao 和 Chen[3,4]从影响东亚夏季风（EASM）的主要环流系统首先提出了东亚季风系统的概念，并提出东亚夏季风系统是与南亚季风系统既有联系又有区别相对独立的一个季风系统。最近黄荣辉[7]、陈际龙和黄荣辉[8,9]以及 Huang 等[10]分析了东亚季风区的水汽输送特征以及东亚季风系统风场的垂直结构和年循环特征，指出了东亚季风系统无论是风场结构及其年循环还是水汽输送都有别于南亚和北澳季风系统。

Webster 等[11]指出，季风系统不仅仅只是一个大气环流系统，而是一个海-陆-气相互作用的耦合系统。同样，东亚季风系统也不仅仅只是一个东亚上空随季节有明显变化的环流系统，它也是受海洋、陆面、冰雪和高原影响的一个区域气候系统[10,12]。正如图 1 所示，这个系统包括以下几个部分：①在大气圈中有亚洲季风环流系统（包括冬、夏季风）、西太平洋副热带高压和中纬度扰动等；②在海洋圈中有热带西太平洋暖池和印度洋对季风的热力作用、热带太平洋 EN-SO 循环等；③在岩石圈中有青藏高原的动力、热力作用、欧亚积雪（特别是青藏高原积雪）、干旱和半干旱区的地-气温差以及极冰的热力作用等。

东亚季风系统的变化直接与上述海-陆-气耦合系统的变化密切相关，它们是相互作用的，是一个整体。我们把这个影响东亚季风系统变化的海-陆-气耦合系统又称为东亚季风气候系统，而这个系统中，西太平洋暖池及其上空的海-气相互作用是重要的一个子系统。为此，本文强调西太平洋暖池对东亚季风系统和西北太平洋热带气旋和台风活动的作用。

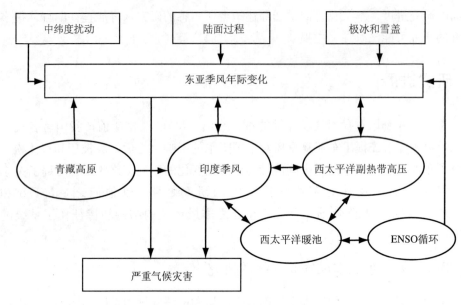

图 1　东亚季风气候系统的示意图

2.2　西太平洋暖池热力状态对南海季风爆发和 EASM 向北推进过程影响的研究

热带西太平洋是全球海洋温度最高的海域，全球海表温度超过 28.5℃ 的暖海水大部分集中在这里，故此海域又称暖池（warm pool），它是大气热量主要供应地之一[13~16]。在暖池上空，由于海表面附近海-气相互作用相当剧烈，并且此海域处于 Walker 环流上升支，大尺度的气流与水汽的辐合使对流不断加强并产生大量降水。暖池的热状况及其上空的对流活动不仅在维持热带纬圈环流上起很大作用，而且在经向对北半球大气环流的变化也有很大作用[17]。因此，它不仅是 ENSO 循环的源地，而且对亚澳季风系统和西太平洋台风活动的变化与异常也有严重影响。

Nitta[15]首先研究了暖池上空的云量变化与热带西太平洋暖池海面温度的关系，并分析研究了热带西太平洋上空对流活动对北半球夏季环流变化的影响。Huang 和 Li[16]从观测事实、理论和数值模拟方面研究了西太平洋暖池热状态对北半球夏季大气环流异常的作用。这些研究都表明了暖池热状态及其上空的对流活动对东亚夏季风环流和西太平洋副热带高压的变化有重要作用。

由于对亚洲季风爆发的定义不同，因此，所反映的亚洲季风最早爆发地区和日期也有所不同[18]。例如，Tao 和 Chen[4]提出亚洲夏季风最早在南海爆发，故又把此时的季风称为南海季风，何金海和罗京佳[19]提出亚洲夏季风最早在中印半岛爆发，Ding 和 He[20] 又提出亚洲夏季风最早在热带东印度洋爆发等。最近，Huang 等[21]分析并比较了众多关于亚洲夏季风爆发的定义，表明了梁建茵和吴尚森[22]所提出的南海夏季风的爆发定义似乎更合理，因而 Huang 等[21]采用了梁建茵和吴尚森的定义研究了南海夏季风的爆发。研究结果表明南海夏季风一般于5 月第 4 候爆发，并且有很大的年际变化，最早可在 4 月下旬爆发，而最晚到 6月初才爆发，这依赖于热带西太平洋的热力状态。并且，研究结果还表明南海季风爆发早晚对于我国长江、淮河流域的夏季风降水有重要影响。

早在 20 世纪 80 年代，Nitta[15]、Huang 和 Li[16]、黄荣辉和李维京[23]以及Kurihara[24]就指出了热带西太平洋热力和菲律宾周围对流活动对东亚夏季风（EASM）系统的年际变化起着重要作用；并且 Huang 和 Sun[25]的研究表明了热带西太平洋的热力和菲律宾周围的对流活动的变化严重影响西太平洋副热带高压位置的南北振荡。

最近几年，Huang 等[26]、黄荣辉等[27]和 Huang 等[22]基于 Nitta[15]，Huang和 Li[16]及黄荣辉和李维京[23]在 20 世纪 80 年代所提出的东亚/太平洋型（EAP型）遥相关理论，进一步利用再分析资料以及热带西太平洋有关海温资料系统地分析了暖池热状态、菲律宾附近的对流活动、南海季风爆发、西太平洋副热带高压、江淮流域夏季风降水之间的关系。研究结果表明：如图 2 (a) 所示，当上述的春季热带西太平洋处于暖状态，菲律宾周围对流活动强，在这种情况下，西太平洋副热带高压偏东，南海上空对流层下层存在着气旋性距平环流，在 4 月下旬或 5 月上旬在热带印度洋和苏门答腊以西海域就出现气旋对，这使得此海域盛行西风加强，从而使得南海夏季风爆发早；并且，在这种暖状态下的夏季，西太平洋副热带高压向北推进时，在 6 月中旬和 7 月初存在着明显的二次北跳，从而使得东亚夏季风雨带在 6 月中旬明显由华南北跳到江淮流域，并于 7 月初由江淮流域北跳到黄河流域、华北和东北地区，从而引起江淮流域夏季风降水偏少，往往发生干旱，而黄河流域、华北和东北地区夏季降水正常或偏多。相反，如图 2(b) 所示，当春季热带西太平洋处于冷状态，菲律宾周围对流活动弱，在这种情况下，西太平洋副热带高压偏南、偏西，致使南海上空和中印半岛对流层下层存在着反气旋性距平环流。在这种大尺度环流背景下，在 5 月上、中旬热带印度洋和苏门答腊以西海域上空并没有出现气旋对，相反，出现反气旋对，只是到了 5月下旬或 6 月初，西太平洋副热带高压东撤，在孟加拉湾和热带东印度洋才出现气旋对，这才使得西风加强，从而使得南海季风爆发晚；并且，在这种冷状态下的夏季，西太平洋副热带高压北进时，在 6 月中旬或 7 月初向北突跳不明显，而是以渐进式向北移动，从而使得东亚夏季风雨带一直维持在长江流域和淮河流域，引起长江、淮河流域夏季风降水偏多，经常发生洪涝。

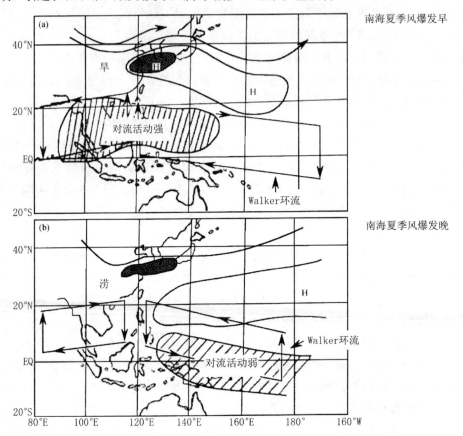

南海夏季风爆发早

南海夏季风爆发晚

图 2　西太平洋暖池的热力状态、菲律宾对流活动、南海季风爆发早晚、
西太平洋副热带高压及北进形式与江淮流域旱涝分布之间的关系示意图
（a）暖池处于暖状态；（b）暖池处于冷状态

2.3　西太平洋暖池的热力状态和菲律宾周围对流活动对东亚季风系统年际变异的热力影响

许多研究表明：热带对流层环流的年际变化明显存在着准两年周期振荡，即TBO，这也是南亚和北澳季风系统以及热带印度洋和太平洋海-气耦合系统年际变化的基本特征[28,29]；并且，缪锦海和刘家铭[30]以及殷宝玉等[31]从 EASM 降水的年际变化规律也发现 EASM 系统存在着准两年周期振荡。最近，Huang等[26]、黄荣辉等[32]用更多的降水资料以及再分析资料，并利用 EOF 分析方法分

析了东亚夏季风降水及水汽输送的年际变化规律，其结果表明了 EASM 系统降水具有准两年周期变化的特征（图 3），并与东亚夏季风水汽输送准两年周期的振荡密切相关。

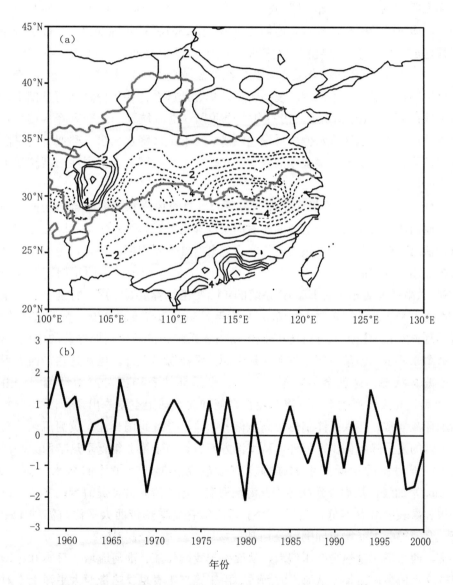

图 3　中国夏季降水的 EOF 分析第 1 主分量（即 EOF1）的空间分
布示意图（a）和相应的时间系数（b）

EOF1 能够说明总方差的 15.6%，（a）中实线和虚线分别表示正和负信号

Huang 等[26]、黄荣辉等[32]从我国实际降水异常的空间分布及 EOF 分析方面，指出了东亚和西太平洋地区降水、对流活动、水汽输送和对流层低层环流异常的年际变化不仅在时间存在着准两年周期振荡，即 TBO，而且在空间分布上存在着明显的 "－、＋、－" 或 "＋、－、＋" 的经向三极子分布特征（图 3 (a)），即三极子模态；并且，他们还指出，EASM 系统年际变化的三极子分布特征很好地反映在我国旱涝气候灾害在经向三极子分布上。例如，在 1980 年、1983 年、1987 年、1998 年夏季，我国江淮流域夏季风降水偏多，发生洪涝，而华南地区降水偏少，不同程度发生干旱，华北地区在这些年份降水明显偏少，发生干旱；相反，在 1976 年、1994 年夏季我国江淮流域夏季的季风降水偏少，发生干旱，而华南地区降水偏多且发生洪涝，华北地区降水偏多。类似上述旱涝经向三极子分布还反映在很多年的夏季，相比之下，我国发生全国性的洪涝或干旱灾害的年份不多。

Huang 等[26]以及黄荣辉等[32]研究了我国夏季风降水的准两年周期振荡的成因，他们通过对西太平洋暖池的海表面温度和次表层海温的距平年际变化进行分析，指出了热带西太平洋热力的年际变化具有准两年周期；并且，他们通过合成分析和相关分析揭示了由于热带西太平洋海-气相互作用的准两年周期振荡通过东亚/太平洋型遥相关对 EASM 系统的年际变化起着重要作用，特别是对于东亚和西北太平洋的水汽输送和降水的准两年周期振荡有重要影响。黄荣辉等[32]通过观测事实和理论上的分析初步提出 EASM 系统的准两年周期振荡的物理过程。正如图 4 所示，当某一年冬季春季热带西太平洋海温上升，也就是热带西太平洋处于偏暖状态，这就会使得第二年春、夏季菲律宾周围对流活动偏强，由于 EAP 型遥相关波列的影响，将会使得东亚和北半球上空夏季出现似图 2（a）所示的环流异常，西太平洋副热带高压偏北，这将导致我国长江、黄河流域、日本和韩国的夏季降水偏少；另外，从海洋方面看，由于第二年夏季热带西太平洋附近上空强对流活动所产生的强辐合将会造成热带西太平洋的海水上翻（upwelling）加强，从而导致秋冬季此海域海温开始下降，并使此海域的冬季及以后海表和次表层海温偏低。这样，由于第三年春夏季热带西太平洋海温处于冷状态，会使得春季菲律宾周围对流活动就减弱，夏季出现与图 2（b）所示的环流异常，西太平洋副热带高压偏南，从而引起我国长江、淮河流域、日本和韩国的夏季降水偏多；另外，从海洋方面看，由于第三年春夏季热带西太平洋上空对流活动弱，西太平洋副热带高压偏南，这样造成热带西太平洋海表上空对流层下层气流辐合很弱，并出现反气旋距平环流分布，从而引起热带西太平洋的海水上翻减弱，这就导致秋冬季此海域海温开始上升，并使第三年春夏季此海域的海表和

次表层海温又变成偏高。这样，热带西太平洋海-气耦合系统的变化经历了一个循环，这个循环周期大约为 2 年。

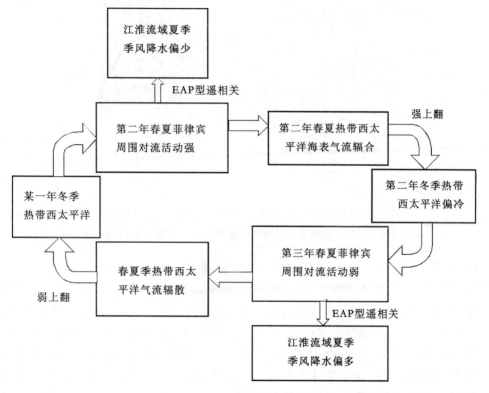

图 4 东亚夏季风准两年周期振荡（TBO）与热带
西太平洋海-气耦合系统关联的概念图

2.4 西太平洋暖池对 EASM 系统影响的动力过程与 EAP 型遥相关波列的研究

EASM 系统的变异受热带太平洋和印度洋海-气相互作用的影响，而这个影响是通过什么动力过程来实现的，是一个直接与 EASM 系统变异密切相关的重要科学问题。

早在 20 世纪 80 年代初，Huang 和 Gambo[33]的研究就表明，在北半球夏季准定常行星波的三维传播中虽然两支波导不明显，特别是"极地波导"不明显，但是准定常行星波可以准水平在对流层从低纬地区传播到高纬地区，这正是 Hoskins 和 Karoly[34]所指出的准定常行星波在球面大气的传播。1987 年，Nitta 由观测事实首先指出菲律宾周围与日本周围大气环流的异常存在着相反振荡，即

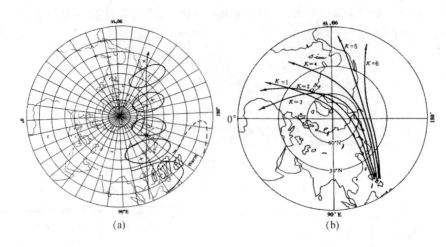

图 5 当热带西太平洋暖池处于暖状态时间时，由菲律宾周围强对
流所激发的 EAP 遥相关型的分布示意图（a）和行星波传播路径图（b）

P-J 振荡；与此同时，黄荣辉和李维京[16,23]从观测事实、动力理论和数值模拟方面研究了北半球夏季菲律宾周围由对流活动异常所引起北半球夏季大气环流异常的 Rossby 波列的传播特征及其机理，从而提出东亚/太平洋遥相关，即 EAP 型遥相关（图 5（a）和图 5（b））；并且，他们利用这个理论，进一步研究了东亚夏季风系统各成员之间内在的联系及其机理，以及热带西太平洋热力变化对东亚夏季风系统季节内和年际变化的影响及其机理[22,27]。研究结果还表明：由于EAP 遥相关波列的传播，热带西太平洋热力变化和菲律宾周围的对流活动不仅影响西太平洋副热带高压，而且影响鄂霍茨克海高压[35]。图 5（a）是当热带西太平洋处于暖状态，由菲律宾周围对流所激发的 EAP 型遥相关波列的分布示意图。可见，当西太平洋暖池处于暖状态，在我国江淮流域、日本和韩国上空有一反气旋环流异常，而在东北亚上空有一气旋环流异常。这表明在热带西太平洋处于暖状态时，菲律宾周围对流活动强，这将引起西太平洋副热带高压偏北偏强，而东北亚阻高偏弱，从而引起江淮流域的梅雨偏弱；相反，在热带西太平洋处于冷状态时，菲律宾周围对流活动弱，这将引起西太平洋副热带高压偏南、偏西，东北亚阻高偏强，从而引起江淮流域的梅雨偏强。

曹杰和黄荣辉等[36]应用 Charney 和 Devore[37]所提出的大气环流演变的多平衡态理论研究了菲律宾周围对流活动强弱对西太平洋副热带高压季节内的非线性演变过程。他们的研究结果表明，西太平洋副热带高压北进时在 6 月上、中旬是否发生突跳，主要依赖于菲律宾周围对流活动的强弱。若菲律宾周围对流活动强，则它所引起的热力强迫强。此强加热强迫所产生的波动不仅与基本流相互作

用强，而且波动之间的相互作用也强，因此，在此情况下西太平洋副热带高压于6月上、中旬将发生突跳式北进；相反，当菲律宾周围对流活动是弱的，则它所引起的热力强迫也弱，此弱加热强迫所产生的波动不仅与基本流相互作用弱，而且波动之间的相互作用也弱，因此，在此情况下，西太平洋副热带高压于6月上、中旬并不发生突跳式的北进，只是随外部热力强迫的振荡而振荡。

2.5 西太平洋暖池热状态对西北太平洋热带气旋和台风活动年际变化的影响及其机理

鉴于热带气旋和台风对我国和其他有关国家经济的严重影响，国内外许多学者对于热带气旋和台风的生成、结构、发展和移动路径做出了系统研究[38~42]。然而，相对而言，热带气旋和台风活动的气候学研究较少。最近，围绕全球变暖背景下台风生成个数是否增加这个问题，国际上兴起台风气候学的研究热潮，特别是全球变暖背景下台风活动的年际和年代际变化正在吸引许多学者的关注[42~45]。黄荣辉和陈光华[46]、Chen和Huang[47,48]利用JTWC的热带气旋资料、NCEP/NCAR再分析的风场资料以及Scripps海洋研究所的海温资料，分析了热带西太平洋对西北太平洋热带气旋（TC）和台风的生成和移动路径的年际变化及其机理。分析结果表明：西北太平洋TC移动路径有明显的年际变化并与西太平洋暖池热状态有很密切的关系。当西太平洋暖池处于暖状态时，如图6（a）所示，西北太平洋上空TC和台风生成和移动路径偏西偏北，从而造成影响我国的台风个数偏多；相反，如图6（b）所示，当西太平洋暖池处于冷状态时，西北太平洋的TC和台风生成偏东、偏南，其移动路径偏东且易于在130°E转向，从而造成影响日本的台风个数偏多，而影响我国的台风个数可能偏少。他们还进一步从动力理论方面分析了在西太平洋暖池不同热状态下，季风槽对赤道西传天气尺度的Rossby重力混合波转变成热带低压型波动（TD型波动）的影响，揭示西太平洋暖池的热状态对西北太平洋TC生成位置与移动路径年际变化的影响机理。分析结果表明：当西北太平洋暖池处于暖状态时，季风槽偏西，使得热带太平洋上空对流层低层Rossby重力混合波转变成TD型波动的位置也偏西，从而造成TC和台风生成平均位置偏西、偏北，并易于出现西行路径；相反，当西太平洋暖池处于冷状态时，季风槽偏东偏南，这造成了对流层低层Rossby重力混合波转变成TD型波动的区域偏东偏南，从而导致TC和台风生成的平均位置都偏东、偏南，其移动路径偏东且易于在130°E附近向东北方向转向。

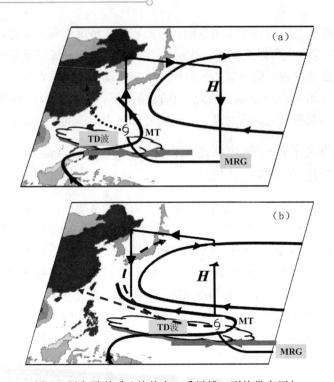

图6　西太平洋暖池热状态、季风槽、副热带高压与
西太平洋热带气旋和台风移动路径之间关系示意图
（a）暖池处于热状态；（b）暖池处于冷状态
图中，TD：热带低压性波动；MT：季风槽；MRG：罗斯贝重力混合波

3. 今后亟待研究的科学问题

尽管近年来在西太平洋暖池对东亚季风和西太平洋台风活动的热力作用方面的研究取得很重要的进展，但是在这方面还有许多问题有待于进一步研究。其主要的科学问题如下：

（1）从上面回顾中可以看到，西太平洋海-气相互作用的年际变化存在着明显的准两年周期振荡，特别是西太平洋暖池次表层海温的年际变化存在着准两年周期的振荡，其成因尚不清楚。这种振荡是由热带西太平洋局地海-气相互作用所产生的，或者是由热带太平洋海流和波动的传播所引起的，这是值得进一步从动力理论和数值模拟方面进行研究的。

（2）从上面综述中可以看到，西太平洋暖池热力的变化将引起上空环流的变化。环流的变化一方面势必引起对流的变化，这将导致由对流加热引起的热带低频振荡将产生变化，进而影响西太平洋环流及西北太平洋热带气旋和台风的生成的季内变化；另一方面，由对流加热所产生的准定常行星波的传播将引起东亚季风的变化；此外，环流的变化将引起西太平洋暖池上空纬向风的变化与异常，这将引起热带西太平洋海洋 Kelvin 波的异常，由于 Kelvin 波的东传将引起热带太平洋 El Niño 事件或 La Niña 事件的发生。此外，热带西太平洋上空大气环流的变化还将引起热带西太平洋海水上翻的变化，这也势必影响此海域的海温的变化。因此，西太平洋暖池的海温、此海域上空环流、对流、波动之间是如何相互作用的？其物理过程是什么？这也是值得进一步从观测事实、动力理论和数值模拟方面进行深入研究的。

（3）上述研究进展清楚表明了西太平洋暖池海温影响着热带西太平洋的季风槽和赤道辐合带（ITCZ）的位置，而季风槽的位置直接影响着西北太平洋热带气旋和台风的生成和移动路径。因此，西太平洋暖池的热力状态、季风槽通过什么动力、什么热力过程影响西北太平洋热带气旋和台风活动亟待进一步深入研究。

为了能够深入开展上述亟待研究的科学问题，现提出如下建议：今后加强对西太平洋暖池海况和上空大气状况的观测，收集并整编此海域有关海-气相互作用的资料，特别是 ARGO 的探测资料；加强对热带西太平洋与亚洲季风相互作用的过程与机理的分析及动力理论研究；发展高分辨率的海-气耦合模式，从而可以更好地对热带西太平洋海-气相互作用进行数值模拟。

参 考 文 献

[1] 竺可桢. 东南季风与中国之雨量. 地理学报，1934，1：1-27

[2] 涂长望，黄仕松. 夏季风进退. 气象杂志，1944，18：1-20

[3] Tao S, Chen L. The East Asian summer monsoon. Proceedings of International Conference on Monsoon in the Far East，Tokyo，1985：1-11

[4] Tao S, Chen L. A review of recent research on the east Asian summer monsoon in China//Chang C P, Krishnamurti T N. Monsoon Meteorology. London：Oxford University Press，1987

[5] Ding Y. Monsoon over China. Kluwer Academy Publisher，1990：420

[6] 陈隆勋，朱乾根，罗会邦，等. 东亚季风. 北京：气象出版社，1991：362

[7] 黄荣辉，张振洲，黄刚，等. 夏季东亚季风区水汽输送特征及其与南亚季风区水汽输送的差别. 大气科学，1998，22：460-469

[8] 陈际龙，黄荣辉. 亚澳季风各子系统气候学特征的异同研究. Ⅰ. 夏季风流场结构. 大气科学，2006，30：1091-1902

[9] 陈际龙，黄荣辉. 亚澳季风各子系统气候学特征的异同研究. Ⅱ. 夏季风水汽输送. 大气科学，2007，31：766-778

[10] Huang R, Chen J, Huang G. Characteristics and variations of the East Asian monsoon system and its impacts on climate disasters in China. Adv Atmos Sci, 2007, 24: 993-1023

[11] Webster D J, Magana V O, Palmer T B, et al. Monsoon: processes, predicatability, and the prospects for predication. J Geophys Res, 1998, 105: 14 451-14 510

[12] Huang R, Zhou L, Chen W. The progresses of recent studies on the variabilities of the East Asian monsoon and their causes. Adv Atmos Sci, 2003, 20: 55-69

[13] Cornejo-Garrido A G, Stone P H. On the heat balance of the Walker circulation. J Atmos Sci, 1977, 34: 1155-1162

[14] Hartmann F, Hendon H, Houze R A. Some implications of the meso-scale circulation in tropical cloud clusters for large-scale dynamics and climate. J Atmoms Sci, 1984, 41: 113-121

[15] Nitta Ts. Convective activities in the tropical western Pacific and their impact on the Northern Hemisphere summer circulation. J Meteor Soc Japan, 1987, 64: 373-390

[16] Huang R, Li W. Influence of the heat source anomaly over the tropical western Pacific on the subtropical high over east Asia. Proceedings of International Conference on the General Circulation of East Asia, Chengdu, 1987: 4051

[17] TOGA COARE International Project Office. Summary report of the TOGA COARE international data workshop. Toulouse, France, 2-11 August 1994, Univ. Corp. for Atmos. Res., Boulder, Colo., 1994

[18] Wang B, Lin H, Zhang Y S, et al. Definition of South China Sea monsoon onset and commencement of the East Asian summer monsoon. J Climate, 2004, 17: 699-710

[19] 何金海, 罗京佳. 南海夏季风爆发和亚洲夏季风推进特征及其形成机制的探讨//何金海, 丁一汇, 陈隆勋, 等. 亚洲季风研究的新进展. 北京: 气象出版社, 1999: 74-81

[20] Ding Y, He C. The summer monsoon onset over the tropical eastern Indian Ocean: the earliest onset process of the Asian summer monsoon. Adv Atmos Sci, 2006, 23: 940-950

[21] Huang R, Gu L, Zhou L, et al. Impact of thermal state of the tropical western Pacific on onset date and process of the south China sea summer monsoon. Adv Atmos Sci, 2006, 23: 909-924

[22] 梁建茵, 吴尚森. 南海西南季风爆发日期及其影响因子. 大气科学, 2002, 26: 829-844

[23] 黄荣辉, 李维京. 热带西太平洋上空的热源异常对东亚上空副热带高压的影响及其物理机制. 大气科学, 1988, 特刊: 95-107

[24] Kurihara K. A climatological study on the relationship between the Japanese summer weather and the subtropical high in the western northern Pacific. Geophys Mag, 1989, 43: 45-104

[25] Huang R, Sun F. Impacts of heat source anomaly over the tropical western Pacific on east Asian summer monsoon. J Meteor Soc Japan, 1992, 70 (1B): 243-256

[26] Huang R, Huang G, Wei Z. Climate variations of the summer monsoon over China//Chang C P. East Asian Monsoon. Singapore: World Scientific Publishing Co. Pte. Ltd., 2004: 213 270

[27] 黄荣辉, 顾雷, 徐予红, 等. 东亚夏季风爆发和北进的年际变化特征及其与热带西太平洋热力状态的关系. 大气科学, 2005, 29: 20-36

[28] Mooley D A, Parthasarathy B. Fluctuations in all-India summer monsoon rainfall during 1871-1987. Climate Change, 1984, 6: 287-301

[29] Yasunari T, Suppiah R. Some problems on the interannual variability of Indonesian monsoon rain-

fall. //Theon J S, Fugono N, Tropical Rainfall Measurement. A Deepek Pub, 1988：113-132

[30] 缪锦海，刘家铭. 东亚季风降雨的年际变化. 应用气象科学学报，1990，1：377-382

[31] 殷宝玉，王莲英，黄荣辉. 东亚夏季风降水的准两年振荡及其可能的物理机制//黄荣辉，陈裂庭，翁学传. 灾害性气候的预测及其对农业年景和水资源调配的影响"项目论文 II：灾害性气候的过程及诊断. 北京：气象出版社，1996：196-205

[32] 黄荣辉，陈际龙，黄刚. 中国东部夏季降水的准两年周期振荡及其成因. 大气科学，2006，30：545-560

[33] Huang R H, Gambo K. The response of a hemispheric multi-level model atmosphere to forcing by topography and stationary heat sources in summer. J Meteor Soc Japan, 1983, 61：495-509

[34] Hoskins B J, Karoly D J. The steady linear response of a spherical atmosphere to thermal and orographic forcing. J Atmos Sci, 1981, 38：1179-1196

[35] 陆日宇，黄荣辉. 夏季东亚/太平洋型遥相关对东北亚阻塞高压年际变化的影响. 大气科学，1998，23：737-735

[36] 曹杰，黄荣辉，谢应齐，等. 西太平洋副热带高压演变物理机制的研究. 中国科学（B辑），2002，32：659-656

[37] Charney J G, Devore J G. Multiple flow equilibria in the atmosphere and blocking. J Atmos Sci, 1979, 36：1205-1216

[38] Gray W M. Global view of the origin of tropical disturbances and storms. Mon Wea Rev, 1968, 96：669-700

[39] 陈联寿，丁汇. 西太平洋台风概论. 北京：科学出版社，1979：491

[40] Elsberry R L. Global perspective on tropical cyclone. WMO, TD-NO. 693, 1995, Ch. 4：106-197

[41] 王斌，Elsberry R L，王玉清，等. 热带气旋的动力学研究进展. 大气科学，1998，22：535-547

[42] Chan J C L. Interannual and interdecadal variations of tropical cyclone activity over the western north Pacific. Meteor Atmos Phys, 2005, 89：143-152

[43] Webster P J, Holland G H, Curry I A, et al. Changes in tropical cyclone number, duration, and intensity in a warming environment. Science, 2005, 309：1844-1846

[44] Emanuel K A. Increasing destructiveness of tropical cyclones over the past 30 years. Nature, 2005, 436：686-688

[45] 陈光华，黄荣辉. 西北太平洋热带气旋和台风活动若干气候学问题的研究. 地球科学进展，2006，21：610-616

[46] 黄荣辉，陈光华. 西北太平洋热带气旋移动路径的年际变化及其机理研究. 气象学报，2007，65：683-694

[47] Chen G, Huang R. Influence of monsoon over the warm pool on interannual variation of tropical cyclone activity over the western North Pacific. Adv Atmos Sci, 2008a, 25：319-328

[48] Chen G, Huang R. Role of equatorial wave transitions in tropical cyclogenesis over the western North Pacific. Atmos Ocean Sci Lett, 2008b, 1：64-68

作者简介

黄荣辉，中国科学院大气物理研究所。

地球系统动力学与地震成因及其四维预测

李德威

至今人类还不能科学地预测地震，地震预测成为全球最复杂的和最具有挑战性的重大科学问题和社会问题之一。面对地震预测这一世界性科学难题，充分发挥我国地质和地震的区位优势，以创新思维、系统观念认识地球整体特征和分层相互作用规律，知难而进、剖析难点、理性思考、总结规律、科技创新，有可能取得地学理论与应用的突破性进展。

1. 科学问题

地球结构复杂，体积巨大，内部高压高温，形成演化时间长，整体高度活动，地震、火山频发。目前人类对地球的整体认识极为有限。

20 世纪 60 年代创立的板块构造学说推动了地球科学的发展。越来越多的资料表明，从大洋调查研究中创立的板块构造学说具有很大的局限性，而且板块运动机理不明。近 20 余年来，国际地学界提出了全球变化、地球系统科学、大陆动力学等推动地球科学发展的前沿课题。2003 年在美国丹佛召开的《构造地质学和大地构造学的新航程》构造研讨会上提出当代构造地质学面临如下 4 个重大课题：超越板块构造——流变学与大陆造山作用；丢失的联结：从地震到造山作用；大地构造、气候和地表系统的动态相互作用；地球和生命的协同演化。2008年 3 月，美国固体地球科学重大研究问题委员会在《地球的起源与演化：变化行星的研究问题》中提出了 21 世纪固体地球科学的十大科学问题：地球和其他行星的起源；地球"黑暗时期"（地球诞生后的最初 5 亿年）的演化历史；生命的起源；地球内部运动及其对地表的影响；板块构造与大陆地质过程；地球的物质特性与地球过程的控制；气候变化的原因与幅度；生命-地球的相互作用与影响；地震、火山喷发等灾害及其预测；地球内外流体运动对人类环境的影响。

新地学革命的目标已经聚焦到上述战略性、全局性、前瞻性重大前沿领域，关键的科学问题是：山脉与盆地的成因及其盆山关系；大陆板内广泛存在的构造变形、岩浆-火山-地震活动、成藏-成矿作用；大陆岩石圈分层流变；地球分层流变系统水平运动与垂直运动的关系；地核、地幔、地壳不同规模的热流体层的物质和能量交换及其对强圈层的影响；洋陆共存的地幔软流圈及主体为固体状态并具有物性分层结构的地幔如何以对流的方式驱动板块运动；盆山、洋陆、圈层之间的物质交换和能量转换过程；盆山体系、洋陆体系、超洋陆体系的演化过程和规律；开放地球系统多层次物质运动的整体关联性、方式多样性、过程阶段性、动力复成性；地球内部构造作用对地貌变迁、气候变化、生态环境变化、生物分区演变、人类生存环境的影响。

板块构造学说难"登陆"、难"入核"、难"上天"。从大洋中建立的板块构造学说难以解决大陆地质问题，没有涉及地幔软流圈以下的地球内部，更没有阐明地球外部的物质运动过程及其与地球表层的相互作用。依靠修正岩石圈板块构造的维持性创新或渐进性创新不能从根本上解决当前地球科学面临的一系列重大科学问题，必须从地球系统科学和地球系统动力学角度进行颠覆性地学创新，用更全面、更深刻、更合理的地学理论发展、补充甚至取代片面的、局部的"经典"理论。

一般认为，地震难以预测在于地球内部的"不可入性"、大地震的"非频发性"、地震物理过程的复杂性[1]。地震机理不明是制约地震预测的瓶颈，板块构造和活动断层不能合理解释板内地震的成因。地震是地球内部构造运动的一种表现形式，只要认识了地震时空分布规律、地球内部物质运动规律和能量积累与转换规律，地震成因和地震预测问题就迎刃而解。

2. 理论创新

全新的地球科学集成创新应当将地球作为一个开放的复杂巨系统，总结地球内部圈层、表层圈层与外部圈层相互作用的规律，阐明地球多级分层结构的整体性、层次性、开放性、自组织性、自相似性、关联性、活动性、阶段性（渐变性与突变性）。

板块构造学说只适合于显生宙大洋岩石圈尺度，以板块构造为代表的地幔（岩石圈）动力学是地壳（大陆）动力学与地核（全球）动力学之间的桥梁，由此构成的地球内部系统动力学是地球系统动力学的重要组成部分。

2.1 大陆动力学模式

大量的地质、地球物理、实验模拟数据表明，活动的大陆下地壳具有低强度流动特征，而非刚性的岩石圈。目前国际地学界将大陆动力学研究聚焦到渠流

(channel flow) 模式，该模式是指当造山带地貌加载的重力梯度达到有效侧向压力梯度时，下地壳物质从山根向外流动[2]。近年来，将下地壳流动的驱动力归结为剥蚀作用[3]。渠流模式只应用到以龙门山、喜马拉雅为代表的基底变质岩系两侧具有同向倾斜的逆冲断层和拆离断层的单侧造山带。

渠流模式较好地解释了大陆岩石圈分层流变及其造山带伸展、剥蚀等现象。但是，仍存在很多科学问题。例如，在地貌上，渠流应当是造山带地势降低过程，但是喜马拉雅中新世以来中下地壳流动过程正好是隆升过程；空间上，造山带核部是地壳厚度最大的地方，也是剥蚀最强烈的部位，下地壳应当汇聚加厚而不是流失减薄，而且，该模式没有考虑到与大陆造山带同等重要的沉积盆地；在时间上，渠流发生在造山带的高地势、厚地壳、强隆升之后，不能阐明造山带的形成过程；在物质上，喜马拉雅基底源于冈底斯，流经雅鲁藏布江蛇绿岩带，但是，喜马拉雅结晶岩系中没有冈底斯和新特提斯洋壳特有的成分；在机制上，剥蚀作用或地貌负荷只是外因，地壳物质运动的内因应当是地球深部动力和壳幔相互作用。

大陆的基本构造单元是造山带和沉积盆地。大陆造山带与沉积盆地之间具有十分密切的内存联系，空间上相互依存、物质上相互补偿、构造上相互作用、时间上同步演化，体现在统一的形成机制上[4~6]：大洋地幔软流圈热流物质层流进入大陆，大陆地幔软流圈不均匀加厚，其底辟形态控制大陆盆山结构。软流圈柱状上升，形成等轴状盆地；软流圈串珠状上升，形成串珠状线性盆地群；软流圈板状上升，形成大陆裂谷。盆山同步演化，构成不同样式的大陆盆山结构。

2.2 地球内部系统动力学模式

地球内部系统动力学包括以下地壳流动、盆山作用为特征的大陆动力学，以地幔流动、洋陆作用为特征的岩石圈动力学和以地核流动、超洋陆作用为特征的全球动力学，不同尺度的动力学过程构成有机联系的动态体系。

近年来，随着地震层析成像的发展和热点、大火成岩省等研究的不断深入，对地核、地幔的物质运动有了新的认识。像血液流动之于人体，热流体流动让地球充满活力，地核是地球的心脏。Song 和 Richards 发现地球内核的旋转速度每年要比地幔和地壳快 $0.3\sim0.5°$[7]。黄定华等推断固态内核不能稳定平衡于球心，内核偏移引起外核中热对流结构不均，造成特定部位的地幔柱上升[8]。Maruyama 等提出存在起源于核幔边界的超级地幔柱，地幔柱从 D'' 层上升变细，到达 670km 深度扩展，然后分解成若干二级地幔柱。与上升的热地幔柱对应的是下降的巨型冷地幔柱，出现在大洋俯冲板块之下，冷地幔柱可以到达核幔边界，形成大尺度物质循环[9]。

地球内部软硬相间的圈层在热流体作用下发生多级垂平转换运动,地球内部系统动力学模式概括如下:固态内核的偏移引起液态外核背离偏移点顺层流动,汇流的外核极高温热流体在核幔边界形成高温地幔上升热流,不同形态的低密度深地幔热流物质在浮力作用下上涌。柱状地幔热流物质上涌(地幔柱)构成热点,形成夏威夷式火山岛链;板状地幔热流物质上涌(地幔板)构成热线,形成大西洋式洋中脊。地幔板及其软流圈层流驱动岩石圈板块运动。板状深地幔热流物质上涌造成上部地幔部分熔融形成软流圈,软流圈溢出低密度的玄武岩之后,相对较高密度的热流物质随着不断倾斜的软流圈底面从洋中脊顺层流向大陆,带动大洋岩石圈板块运动和洋盆扩张,引起大陆垂向增生。流入大陆的增厚软流圈底辟上升造成热弱化下地壳从盆地流向造山带,导致盆山地壳物质发生循环运动,同步形成大陆内部厚壳造山带和薄壳盆地。当地幔板活力减弱时,洋中脊的扩张作用随之减弱,从大洋流入大陆的软流圈热流作用同步减弱,上述洋控陆过程逐渐转向洋陆相互作用,强烈作用的洋陆边界发生板块俯冲,洋壳俯冲板片脱水熔融的热流物质底辟上升导致边缘海盆地下地壳侧向流动,形成大陆边缘盆山体系。当地幔板活力消失,洋中脊的扩张作用和地幔软流圈层流作用随之终止,转入陆控洋过程,最终大洋消失,大陆碰撞拼接、横向生长。

动态地球在深部热动力分层制约下,大陆盆山系统、洋陆系统和超洋陆系统都会经历不同时长的孕育、发生、发展、萎缩、消亡的构造演化过程,遵循从盆控山、洋控陆转换到山控盆、陆控洋的演化规律。

2.3　关于地球系统动力学的思考

在动态的地球开放体系中,地核温度达 5500℃以上,地核-地幔边界的温度大约为 3700℃,太阳内部温度超过 1000 万摄氏度,太阳表面的平均温度约为 6000℃,大气层顶部温度在 1100℃以上,正是这些巨大的热动力让地球一直处于规律的运动状态之中。除主导的热动力外,引力及其重力、应力、陨击力、电磁力在不同圈层起不同的作用,构成地球多源复合动力系统[10]。

地球系统中固态、液态和气态物质的运动并非杂乱无章,而是具有基本的时空规律和自组织秩序。地球内部由放射性元素衰变生热和地球外部由太阳辐射生热是两个巨大的热源区。地球内部物质运动形成洋陆体系和盆山体系及其构造地貌,地球外部物质运动形成风、霜、雨、雪,它们双重作用于地球表层系统,形成土壤圈、水圈和生物圈。

热动力和其他动力共同作用,产生不同尺度、不同状态的物质循环系统。地核热流产生了不断变化的地球磁场，形成超洋陆系统，造成核幔边界高温热流物质上升和俯冲带低温物质下沉，构成超级循环；大洋软流圈热流物质流入大陆和生长的大陆剥蚀物质搬运到大洋构成壳幔物质循环；在软流圈底辟作用下盆地下地壳流入造山带，生长的造山带剥蚀物搬运到盆地形成地壳物质循环；地球内部火山物质喷入大气圈后又返回地表，发生成岩作用并卷入构造循环过程；地幔异常热流造成洋流循环；此外，还有大气循环、碳循环、水循环、生物地球化学循环等。各循环子系统水平运动与垂直运动转换，物质和能量交换，构成质量守恒、能量不灭的动态地球系统。

地球内部系统的能量和物质影响地球表层系统，同时，地球外部系统的能量和物质也影响到地球表层系统，从而地球表层系统构成双向物质-能量相互作用体系，人类就生活在这个复杂的系统中。

3. 地震及其相关领域的应用

按地球系统科学思维建立的地球系统动力学模式不仅能够合理解释目前已知的地质、地球物理、地球化学现象和许许多多长期困扰地学界的重大科学问题，而且可有效地应用到矿产资源、水资源、化石能源、工程地质、生态环境等广泛领域，并进行科学预测。例如，李德威根据下地壳层流的大陆动力学过程改造岩石圈动力学过程总结青藏高原南部板内成矿规律，预测青藏高原南部存在四个不同类型的成矿带和多个大型、超大型铜、铁、金矿床的矿集区[11]，与 2000 年以来的地质找矿成果吻合[12]，体现了理论对实践的指导作用。下面简要论述地球系统动力学模式在地震及其相关地质灾害上的应用。

3.1 地震成因

动态开放的地球系统具有能量缓慢积累和突然释放的阶段性演变特性，伴随子系统平衡态-近平衡态-远离平衡态多次交替和物质运动，产生造洋造陆作用、造山成盆作用及其火山岩浆活动、成矿作用、超级巨震、气候灾变、生物绝灭等重大突变事件，在长期渐变过程中也会出现地震、台风、干旱、寒潮、冰雹、龙卷风等突变事件。其中地震成因和地震预测是社会关注度最高、最难攻克的科学问题。

现今的大陆板内地震并不是沿着全球六大板块的边界分布，而是集中出现在下地壳处于流动状态的中新生代造山带和盆地，特别是盆山边界。大陆震源在失去"刚性"意义的岩石圈内，沿着中地壳韧-脆性转换带分布，而上地壳脆性断层发育区基本上没有构造地震。地壳浅层断层发育区低能脆性介质不能孕育地震，中地壳韧-脆性介质有利于应变能积累。那么中地壳的地震能量来自哪里？地震能量是如何积累和转换的？

按上述地球内部系统动力学模式，地核和地幔深层热流物质经过多级次垂平转换运动后，地幔软流圈热流物质从大洋中脊附近侧向流入大陆，造成大陆地幔软流圈加厚和大陆垂向生长，地幔软流圈底辟上升，引起大陆下地壳含气热流物质从盆地向山脉流动，当下地壳长期积累的热能超过中地壳应变能极限时，中地壳顺层滑脱性质的韧-脆性剪切带易于积累能量并孕育地震，在日月引潮力的触发下发生地震，并造成低温的上地壳脆性破裂，断层活动和地表破裂成为地震能量释放的主要载体，部分热能和流体在发震之前和发震过程中通过岩石孔隙和裂隙释放到大气层[6,13]中。

关于构造地震成因，地球内部热流动活动是内因，日月引潮力是外因。日月引潮力的作用体现在板内地震与板缘地震发生的时间规律上。大陆板内强震一般发生在月球和太阳处于地球的同一侧时，也就是下弦月（农历二十二）经过朔（农历初一）至上弦月（农历初八）之间；板缘强震一般发生在月球和太阳分别处于地球的两侧，也就是上弦月（农历初八）经过望（农历十五）至下弦月（农历二十二）之间。大陆板内地震是下地壳层流驱动的，板缘地震是地幔软流圈层流驱动的，日月引潮力制约了不同层次软流层的流动过程。特定地震的发震时间取决于软流层中主热流通道内流量、流速、流向的突变。

3.2 地震预测

正确认识孕震过程是地震预测的基础。地震是圈层耦合过程中热流体垂向运动和能量转换的结果，具有时空规律和孕育规律，不同于无结构的沙堆式自组织临界模型。通过把握规律、认识机理、优选异常，将地震监测从地面发展到四维，在地震孕育、发展过程中分阶段从天空、地面、地下监测有科学依据的有效地震前兆[6]，可预测地震。四维地震预测的要点是：

（1）从地震成因的本质出发，以热流体活动及其效应为主线，优选有效的地震前兆，主要是震前温度异常、流体（气体和液体）异常、电磁异常、大气异常等。

（2）根据反映地震时空结构中能量变化规律的四维地震预测模型[6]，地震在其孕育、临发和发生阶段具有不同的特征性异常前兆：①地震孕育阶段早期，下地壳热流活动开始加强，地表热流出现相应的变化，应当将地质与地球物理方法相结合研究活动大陆地壳及其分层流变性，评价大陆地壳的稳定性；②地震孕育阶段中期，随着大陆下地壳热流物质的增加，地壳深部部分剩余热能通过中上地壳岩石孔隙、缝隙和裂隙释放出来，这种垂向热流彻底改变了大气环流，形成跨季度的地热干旱，符合耿庆国提出的旱震理论[14]；③由于岩石孔隙释放了大陆下地壳的部分剩余热能，进入新的热能释积累过程，出现异常降水、冰冻气候，为地震孕育阶段的晚期；④地震临发阶段早期（震前数月至数天），下地壳热流强度进一步加强，不同程度地出现卫星热红外异常[15]、浅层温度异常、深源气体异常、水氡（汞）异常、电磁异常、地应变异常等，这个阶段的前兆异常变化一般比较温和，表现为温度、水化学的缓慢升高和小幅波动，特别是下地壳流体加速运动引起地电阻率变化，产生周期为半月、波幅度逐渐增大、具有流体介质低速特征的弦振波；⑤地震临发阶段晚期（震前数天至数小时），由于下地壳出现异常流动（如流速或流向突变、热流物质撞击坚硬块体等），造成温度、流体、电磁、地应变等突变，应当重视能够很好反映下地壳异常流动的共振波；⑥地震临发阶段末期（震前数小时至发震）发生热能-应变能转换，常见升温背景下出现局部"耗热"结构——热大气带中出现"冷线"、浅层地温升温曲线发生突降、上升背景下的地下水水温下降及其相关的水氡含量突然减少、闷热天气突然降温降雨（雪）。

（3）根据区域性地质、地球物理、气象、水文、遥感等资料确定强震趋势和宏观范围，在潜在强震区分层立体布置多种有效的短临监测手段，逐步缩小范围，锁定目标，确定震中。

（4）尽管大陆地震基本上发生在中地壳，由于地球系统活动的关联性，地球内部热流物质异常运动在地表和空中均产生不同程度的效应，地下、地面和空中地震前兆密切相关，应当将深部探测、地面监测、空间探测紧密结合。卫星探测具有观测范围大、受地形限制少、速度快、周期短、连续性强等优点，但信号较弱且分散，干扰较大；地面观测具有灵活方便、仪器便于携带、安装、观测等优点，但干扰较大，应当加强地面移动站建设，研制安装有气体、温度、电磁、地倾斜等监测仪器和信号采集、处理、传输设备的多功能地震前兆监测车，在地壳活动区和中长期地震前兆异常区合理调配和动态监测；地下观测更接近震源，具有锁定目标较准、异常信号质量高等优点，但范围小、难度大，必须合理配置地下、地面和空中监测系统，优势互补。

（5）研究地震前兆的有效性和相关性，实施跨部门、多学科、多手段的联合攻关，开展多手段关联监测和数据综合集成。目前地震监测手段较多，各有优缺点。例如：旱震关系能估算震级，但不易定震中，只是中期预报；潮汐力 HRT 波能够较准确地估算震级和时间，如果台站太少则不能准确预测震中[16]；卫星热红外预测地震发生的地点和震级较好，但时间误差较大；水氢、水汞、水温、水位变化能较好地预测地震发生的时间，形成网络也能预测地点，但震级不准；次声波预测地震发生的时间较准，震级次之，但不能确定震中，易受干扰；震象云能报震中，但时间不准，震级难把握；钻孔应变仪报时较好，形成较为密集的网络也能预测震中，但震级不准；利用氢、氦等同位素异常预测地震目前在探索之中，很有发展潜力。将上述方法有机结合，互补不足，能够迅速提高地震预测水平。

目前中国内地地震形势较为严峻。根据下地壳流动规律推测，"2013～2016年滇西及滇中地区可能发生8级左右强震"[13]。西南地区经过2009～2010年跨季度大旱和2010～2011年冰冻之后，强震正从孕育期转入临发期，因此，2012～2016年西南地区特别是云南中东部可能发生系列强震。因此，建立有效的多手段地震监测体系和信息畅通、资料共享、高效处理、综合集成、智能决策的地震预报系统及其应急处理指挥系统已刻不容缓。

3.3 热灾害链

地壳内部是巨大的气库[17]，也是巨大的热库。根据地球系统动力学多级物质循环假说，地球系统中各圈层的物质运动和能量交换密切相关，相应的地质灾害也存在内在联系。地球内部热流体活动是火山、地震、干旱、洪涝、森林火灾、冰川冻土消融、全球气候变暖、生物绝灭等的共同根源，形成热灾害链。

大陆热灾害链主链条是：地幔软流圈高温热流物质上涌引起下地壳部分熔融，低密度热流物质在浮力作用下垂向上升，产生火山。较高密度热流物质在重力作用下侧向流动，处于韧脆性过渡带中地壳能量积累达到极限后发生地震，伴生次生地质灾害。例如，青藏高原水平流动的下地壳热流物质受到四川盆地固结基底阻挡后，气热动力作用形成汶川地震及其远程抛射式滑坡群。大陆释热放气是温室效应的重要因素，还引起超季度干旱、森林火灾、冰川和冻土消融、矿难、飞机失事等灾害。造洋造陆和造山成盆期区域性或全球性构造运动及其强烈的火山-岩浆-地震活动和热灾害链造成地球系统整体热灾变，伴随超级巨震和火山的巨量释热放气，改变大气温度结构，造成二氧化碳含量大幅变化，甚至导致生物绝灭。强烈的释热放气之后进入能量积累期，地下热能不同程度地减少产生不同程度的冰冻、雨雪气候，震后强降雨常诱发滑坡和泥石流。

2010年冬季发生的中国"南冻北旱"现象不仅是地球外部系统的影响，而且受地球外部系统热活动的制约，是典型的热灾害链，构成旱冻（涝）震系列，西南地区已经从高温热旱期转入低温冷冻期，基本上完成了强震孕育过程。

大洋热灾害链主链条是：地幔柱和地幔板极高温热流物质上涌引起壳幔软流圈熔融，低密度热流物质在浮力作用下垂向上升，产生海底火山和洋中脊地震，较高密度地幔热流物质在重力作用下侧向流入大陆，在洋陆边界强作用带产生板缘地震和火山。地球内部热动力作用造成洋底不均匀热活动，引起海洋环流。频繁强烈的海底火山活动引起大洋厄尔尼诺（El Niño）现象，厄尔尼诺暖流影响到全球的气候变化。当大洋地幔热流从活跃期转入稳定期，洋盆及其海水大范围异常变冷，出现反厄尔尼诺的拉尼娜（La Niña）现象。全球气候变化的原因除了赤道与两极之间的温差外，地球内部、地球外部与地球表层的温差及其增温异常有关，异常气候冷暖变化主要取决于地壳和地幔软流层的不均匀热活动。

地震成因与预测是最难的科学问题之一，全球变暖则是最大的科学问题之一。初步认为，人类活动不是全球变暖的决定因素，地球内部热流系统的异常变化制约地球外部气候系统的波动，主要依据是：

（1）地球内部的温度和二氧化碳、甲烷的含量远远高于大气圈；

（2）40多亿年的地质历史上曾多次出现大幅度、长时期的冷暖变化，冰期与间冰期相间；

（3）地震活动强烈的青藏高原和火山活动强烈的北极地区增温率最明显，这些地区人类活动最弱，地热活动最强；

（4）冰芯研究表明，地质历史上是先升温然后出现二氧化碳升高；

（5）南北极的冰川并不是从顶部开始融化的，而是从底部开始融化的；

（6）第二次世界大战之后工业快速发展时期二氧化碳含量反而降低。

地球内部不均匀热活动是全球变暖的内因和主因，人类活动只是外因，并与太阳黑子活动、辐射量变化有关，太阳热活动控制地球温度的规律性变化，地球内部热活动控制地球表层和外层温度异常性变化，导致突发性气候灾难。地球温度变化会引起二氧化碳含量变化，例如海水温度增加引起海水中二氧化碳大量释放，海水温度降低会吸收二氧化碳。

3.4 变害为宝

地球构造运动的主因是热流体活动。热流体是构造地震、火山活动及其灾害链的祸根，也是形成金属矿床、油气和地热资源的重要因素。因此，如何用好地球内部热流体这柄"双刃剑"，是非常重要的课题。

全球高热流分布区正好与地震-火山多发区、地热异常区、地表和大气增温显著区吻合。热流体活动区主要发育于四种大地构造背景：

（1）地幔软流圈低密度热流物质垂向流动的洋中脊和火山岛链，如印度洋洋

中脊、太平洋洋中脊和夏威夷火山岛链、大西洋洋中脊（如冰岛）。

（2）地幔软流圈热流物质侧向流动造成洋陆强耦合作用的主动大陆边缘，如西太平洋大陆边缘、北太平洋大陆边缘、东北印度洋大陆边缘，常与向洋盆方向突出的弧形活动岛链有关，包括西太平洋大陆边缘由千岛群岛、日本群岛、琉球群岛和台湾岛、马来西亚岛、菲律宾群岛、马里亚纳群岛构成的双弧形岛链；北太平洋大陆边缘阿拉斯加弧，东北印度洋大陆边缘由苏门答腊岛、爪哇岛、努沙登加拉群岛组成弧形岛链，强震频发的印度尼西亚正好处于这种构造环境。

（3）地幔软流圈流动带动下洋陆之间发生大规模走滑调整的大陆边缘，如圣安德烈斯走滑构造带。

（4）由地幔软流圈流动制约的下地壳热流体异常流动的大陆内部热流体活动区，包括喜马拉雅-扎格罗斯-阿尔卑斯构造带、中国南北构造带、华北、南美的Andes山脉、北美的Rocky山脉等，其中青藏高原、土耳其、智利、秘鲁等地是板内强震频发区，美国黄石国家公园火山-地震活动性较强。

热流体活动是系列重大自然灾害的根本原因，我们可以通过开发深部地热资源来减轻甚至部分消除地球内部的热"肿瘤"，降低地壳的活动性，变害为宝[13]。全球化石能源严重不足，地热是取之不尽的可再生清洁能源，深部地球探测技术和热能转换成电能的技术不断发展。查明热活动强烈区主热流通道，在其"上游"的合适部位大规模开发地下热能，能够有效地取能减灾，应当作为彻底改善新能源结构和防灾减灾的重大战略课题。例如，青藏高原流动的下地壳中存在一条源于恒河盆地流经亚东、羊八井、当雄、玉树、金沙江进入云南的"热河"，大力加强羊八井地热田的开发意义重大。

地球内部热流体活动区有利于无机天然气成藏。大陆盆山边界地震多，中地壳震源之下是含大量气体的流动物质，震源之上通常是下地壳流动拖曳向山脉俯冲的含油气盆地，常被逆冲推覆体覆盖，地震过程中必将携带大量下地壳和地幔源He、H_2、CO_2、H_2S等气体，同时带出上地壳沉积盆地中的甲烷。因此，大陆盆山过渡带巨量的无机气源、畅通的气流通道和良好的封闭条件有利于形成大型和超大型油气藏。汶川大地震是典型实例，有大量气体冒出，强烈的地壳深部上升热气流还造成山体整体抛射的远程滑坡群，龙门山推覆体之下的川西盆地应当有超大型油气藏。由于盆山边界地形复杂，各种勘探方法的数据质量差，难以查明油气藏的分布状况。结合构造地震活动及其相关的热气活动的研究，有助于查明盆山边界地壳结构、油气分布规律和油气勘查方向。另外，CO_2是很好的驱油剂，能提高石油的收采率，石油开采前可封存和埋存盆山边界的CO_2。利用上述思路可开创油气勘探与开发的新局面。

4. 结束语

现有地学理论不能合理解释地球多尺度构造运动规律及其地震和相关自然灾害的成因，而且地震预测取决于有效前兆，有效前兆取决于地震机理，地震机理取决于地质理论。因此，地学理论的原始创新是当务之急。地震形成机理不应局限于地壳上部的活动断层及其块断运动，应当从活动地球中多圈层热流体垂平运动及其物质交换、能量转换的大视野上进行全新的探索。

地球系统动力学及其热灾害链的研究体现了地学前沿创新、国家重大需求、社会发展与人类安全的重要性和迫切性，组建跨部门、跨行业联合的多学科交叉团队，开展前瞻性、战略性联合攻关，可实现这一宏伟目标，引领新地学革命浪潮和地震预测方向，造福于全人类。

参 考 文 献

[1] 陈运泰. 地震预测——进展、困难与前景. 地震与地磁观测与研究，2007，28（2）：1-24

[2] Bird P. Lateral extrusion of lower crust from under high topography in the isostatic limit. Journal of Geophysical Research，1991，96（10）：275-286

[3] Beaumont C，Jamieson R A，Nguyen M H，et al. Himalayan tectonics explained by extrusion of a low-viscosity crustal channel coupled to focused surface denudation. Nature，2001，414（13）：738-742

[4] 李德威. 大陆构造样式及大陆动力学模式初探. 地球科学进展，1993，8（5）：88-93

[5] 李德威. 再论大陆构造与动力学. 地球科学－中国地质大学学报，1995，20（1）：19-26

[6] 李德威. 东昆仑、玉树、汶川地震的发生规律和形成机理——兼论大陆地震成因与预测. 地学前缘，2010，17（5）：179-192

[7] Song X D，Richards P G. Seismological evidence for differential rotation of the earth's inner core. Nature，1996，382：221-224

[8] 黄定华，吴金平，段怡春，等. 从内核偏移到板块运动. 科学通报，2001，46（8）：646-650

[9] Maruyama S，Santosh M，Zhao D. Superplume，supercontinent，and post-perovskite：Mantle dynamics and anti-plate tectonics on the Core-Mantle Boundary. Gondwana Research，2007，11：7-37

[10] 李德威. 地球系统动力学纲要. 大地构造与成矿学，2005，29（3）：285-294

[11] 李德威. 藏南成矿条件及找矿远景分析. 桂林冶金地质学院报，1994，14（2）：131-138

[12] 李德威. 理论预测与科学找矿——以西藏冈底斯斑岩铜矿为例. 地质科技情报，2005，24（3）：48-54

[13] 李德威. 大陆板内地震的发震机理与地震预报——以汶川地震为例. 地质科技情报，2008，27（5）：1-6

[14] 耿庆国. 旱震关系与大地震中期预报. 中国科学，1984，27（B）：658-665

[15] 强祖基，徐秀登，赁常恭. 热红外异常——临震前兆. 科学通报，1990，35（17）：1324-1327

[16] 钱复业，赵壁玉，钱卫，等. 汶川 8.0 级地震 HRT 波地震短临波动前兆及 HRT 波地震短临预测方法——关于实现强震短临预测可能性的讨论. 中国科学 D 辑：地球科学，2009，39（1）：11-23

[17] 杜乐天. 地球排气作用的重大意义及研究进展. 地质论评，2005，51（2）：174-180

作者简介

李德威，中国地质大学（武汉）重大地质灾害研究中心。

暗物质和暗能量

张新民

宇宙的创生及演化是物理学和天文学研究的一个最基本的问题。建立在爱因斯坦的引力理论和宇宙学原理基础上的大爆炸宇宙学模型告诉我们，大约 137 亿年前，大爆炸发生的那一刻，宇宙处于一个极致密、极高温的状态，之后宇宙逐渐膨胀、冷却并演化至今。大爆炸宇宙模型的一个重要预言是宇宙微波背景辐射。宇宙微波背景辐射产生于大爆炸发生之后大约 38 万年，那时宇宙的温度非常高，宇宙气体处于高度热平衡，发出的辐射光子带有很明显的特征，高度符合普朗克的黑体谱。之后随着宇宙的持续膨胀，它的温度逐渐降低至今天的2.7K。早在 20 世纪 60 年代，美国贝尔实验室的两位工程师阿尔诺·彭齐亚斯和罗伯特·威尔逊就发现了宇宙微波背景辐射的存在，并因此获得了 1978 年的诺贝尔物理学奖。20 世纪 90 年代，美国科学家约翰·马瑟和乔治·斯穆特研究团队利用 COBE 卫星观测在更高精度上发现了宇宙微波背景辐射的黑体谱，进一步证实了大爆炸宇宙学模型，更重要的是他们还发现了微波背景辐射上幅度大约只有十万分之一的各向异性，为此约翰·马瑟和乔治·斯穆特获得了 2006 年的诺贝尔物理学奖。根据目前的流行理论，这个小的温度涨落起源于早期宇宙的暴涨过程（inflation）的量子涨落，正是这一原初涨落造成了宇宙物质分布的不均匀性，最终得以形成诸如星系团等的宇宙结构。

自 COBE 之后，特别是 1998 年以来宇宙学的研究取得了一系列重大进展。例如，1998 年超新星观测发现宇宙在加速膨胀，揭示了暗能量的存在；2000 年 BOOMERANG 和 MAXIMA 气球实验对宇宙微波背景辐射温度功率谱第一峰位置的测量揭示宇宙是平坦的；2002 年 DASI 第一次发现了宇宙微波背景辐射的极化；特别是 2003 年以来威尔金森微波各向异性探测器（Wilkinson microwave anisotropy probe，WMAP）对宇宙微波背景辐射的精确测量，斯隆数字巡天（SDSS）大尺度结构的观测以及更大样本的超新星观测等都坚实有力地支持了大爆炸宇宙学模型，同时对物理学也提出了一些重大的挑战。这些精确的天文观测告诉我们，宇宙中普通物质只占 4%，而 22% 的物质为非重子暗物质，74% 是暗能量。

从物质的微观结构的观点出发，普通的物质，如树木、桌子都是由分子、原子构成的。然而分子、原子不是最基本的，目前已知的基本粒子是由粒子物理的标准模型所描述的夸克和轻子以及传递相互作用的规范玻色子。北京正负电子对撞机就是系统地研究其中的粲（charm）夸克和陶（tau）轻子的性质。但从宇观出发，我们发现这些已知的基本粒子构成的物质只占 4%，而 96% 是物理性质不清楚的暗物质和暗能量。暗物质和暗能量问题是现代物理科学中两朵新的乌云，对它们的研究将极有可能孕育出新的物理学和天文学重大发现乃至科学上的革命，对于未来的科学发展具有难以估量的重要作用。寻找暗物质粒子，研究暗能量的本质等，结合粒子物理和宇宙学，极小与极大的研究已成为 21 世纪物理学和天文学的一个重要趋势。目前世界各国都非常重视对暗物质、暗能量问题的研究，我国在《国家中长期科技发展规划纲要（2006—2020 年)》、《国家"十一五"基础研究发展规划》等发展规划中也都把暗物质和暗能量问题列为重要的科学前沿问题。

1) 什么是暗物质

暗物质是不发光的，但是它有显著的引力效应。比如，对于一个星系考虑距其中心远处的旋转速度，由牛顿引力定律可知，距离中心越远，速度应该越小。可是天文观测的事实不是这样的，这就说明当中有看不见的暗物质。目前各种天文观测和结构形成理论强有力地支持宇宙中约 1/4 的物质是暗物质这一观点。从粒子物理的观点出发，有质量的中微子是一种暗物质粒子，但它是热暗物质。WMAP 和 SDSS 等天文观测的结果说明，它的质量应当非常小，在暗物质中只能占微小的比例，绝大部分应是所谓的冷暗物质。那么冷暗物质粒子究竟是什么呢？答案目前还不清楚。理论物理学家有多种猜测，其中一种是轴子（axion），另一种是弱作用重粒子（weakly interacting massive particles，WIMP），例如，中性伴随子（neutralino）。轴子是由罗伯特·派切 和 海伦·奎因为解决强相互作用中的电荷共轭-宇称（CP）破坏问题而引进的。中性伴随子是超对称理论中最轻的超对称伴子，它是稳定的，在宇宙演化过程中像微波背景光子一样被遗留下来（热产生，thermal production）或者由一些超重粒子或宇宙相变过程产生的一些拓扑缺陷（如宇宙弦）衰变而产生（非热产生，non-thermal production）。目前世界各国科学家正在进行各种加速器和非加速器实验，试图找到这种暗物质粒子。

暗物质粒子的实验探测方法大致可以分为两类：一类为直接探测实验，即采用高灵敏度的探测器直接探测当暗物质粒子和探测器物质发生碰撞后所产生的信号；另一类实验称为间接探测实验，其主要是探测暗物质粒子自湮灭或衰变的产物，如 γ 射线、中微子、正电子、反质子等。另外，高能对撞机（如大型强子对撞机 LHC）可能会直接对撞产生出暗物质粒子。

在暗物质粒子的直接探测方面，中国和意大利科学家合作的 DAMA 实验 12 年的连续积累得到了 8.2σ 的年调制效应，但需要其他实验组的证实和物理上的理解。CoGeNT 实验组观测到了一些疑似暗物质的信号，CDMS 实验也看到了一些迹象，但都需要进一步的验证。今年五月份，XENON100 实验组公布了新的结果，没有发现暗物质存在的事例。在暗物质粒子间接探测方面，近年也取得了一些引起广泛关注的成果。2008 年 PAMELA 卫星实验发现了宇宙线中的正电子比例明显超出了宇宙线的背景，另外 ATIC 气球实验、Fermi 卫星实验、HESS 切伦科夫实验等也在宇宙线电子能谱的测量中发现了异常现象。这些迹象显示了可能的暗物质的湮灭或衰变的信号，引起了国内外科学界广泛的兴趣并大力推动了暗物质理论的研究发展。在这一领域，中国科学家在暗物质理论研究和通过参加国际合作的实验研究方面都取得了一些可喜的成果。

2）什么是暗能量

1998 年超新星宇宙学项目（supernova cosmology project，SCP）和高红移超新星（high-z supernova）两个小组利用 Ia 型超新星观测发现了宇宙的加速膨胀。在标准宇宙学模型框架下，爱因斯坦引力场方程给出 $\ddot{a}/a = -4\pi G\ (\rho+3p)\ /3$（其中 a 是宇宙标度因子，G 为引力常数，p 和 ρ 分别为宇宙中物质的压强和能量密度），加速膨胀 $\ddot{a}>0$ 要求压强为负：$p<-\rho/3$。因为对于通常的辐射、重子和冷暗物质，压强都是非负的，所以必定存在着一种神秘的负压物质主导今天的宇宙，称之为暗能量。之后，更大样本的超新星观测（SN），大尺度结构（LSS）和微波背景辐射（CMB）等天文观测进一步支持了暗能量的存在。暗能量的基本特征是具有负压，在宇宙空间中（几乎）均匀分布且不结团。

暗能量的一种可能性是宇宙学常数，它是 1917 年爱因斯坦为建立一个静态的宇宙模型而引进的。值得指出，在当今宇宙学研究中宇宙学常数有深一层的意义，它包含真空能。在量子场论中"真空"是不"空"的。根据协变性要求，真空的能-动量张量正比于度规张量，等效于爱因斯坦引进的宇宙学常数。在实验测量中，二者是不可区分的。这种能量在日常的生活和科学实验中感觉不到，但却支配着宇宙的演化，驱动宇宙的加速膨胀。但是目前量子场论的理论预言值远远大于观测值。如果认为爱因斯坦的广义相对论和粒子物理的标准模型在普朗克标度以下都是有效的话，理论计算的真空能将比观测值大 10^{120} 倍。这一理论与实验的冲突即宇宙学常数问题，是对当代物理学的一大挑战。

暗能量的另一种可能性是随时间变化的动力学场的能量。最简单的是一个具有正则动能的标量场，在文献中它被称为"quintessence"（译为精质）。除此之外，目前国内外科学家已提出了多种暗能量的物理诠释。就唯象研究而言，不同的模型可由其状态方程（或对于修改引力等模型而言的有效状态方程）w（定义为 p 和 ρ 之比）来分类。例如：对于上面谈到的宇宙学常数，w 不随时间而变并且 $w=-1$；而对于动力学模型而言，w 随时间可变，并且可以 $w>-1$（quintessence），$w<-1$（phantom 译为幽灵）或越过 -1（quintom 译为精灵）。由此认识暗能量物理本质的首要任务是天文观测并通过数据拟合来测量暗能量的状态方程。

值得指出，对于动力学暗能量来说，不同于真空能，它将带来一系列有趣的物理现象。例如，Quintessence 场与电磁场的相互作用 $QF_{\mu\nu}F^{\mu\nu}$（其中 $F_{\mu\nu}$ 是电磁场张量）将会导致精细结构常数的改变；又如，Quintessence 场与中微子的耦合将导致中微子质量不是一个常数，而在宇宙演化过程中发生变化。更有意义的是，动力学暗能量场可导致宇宙学的 CPT（电荷-宇称-时间反演）对称性破坏，给出 CMB 极化新的特征。这一点是近年国际上 CMB 理论和实验研究的一个新课题，并且在这一领域中国科学家作出了重要的贡献。

暗能量的本质决定着宇宙的命运。如果加速膨胀是由真空能引起的，那么宇宙将永远延续这种加速膨胀的状态。宇宙中的物质和能量将变得越来越稀薄，星系之间互相远离的速度将变得非常快，新的结构不可能再形成。如果导致当今宇宙加速膨胀的暗能量是动力学的，那么宇宙的未来将由暗能量场的动力学决定，有可能会永远加速膨胀下去，也有可能重新进入减速膨胀的状态，甚至可能收缩，特别是在精灵暗能量框架下，宇宙将有可能是振荡的。

目前的天文观测（CMB ＋ LSS ＋ SN 等）显示，在 2σ 范围内宇宙学常数可以很好地拟合数据，但动力学模型没有被排除，而且数据略微支持 w 越过 -1 的精灵暗能量模型。虽然目前的数据已经给暗能量的理论模型的参数空间很大的限制，但是不足以精确地检验这些模型。为此，国内外科学家正积极地策划下一代地面和空间的大规模巡天项目，以提高测量精度，充分检验暗能量理论。

3）我国暗物质暗能量探测的可行性及挑战

探测暗物质粒子、探索暗能量的本质是当代物理学和天文学中最重大的两个科学问题，其解决将引起人类对自然界认识的飞跃。目前世界各国都在集中人力、物力和财力组织攻关，开展这一方向的研究。近年，在暗物质暗能量理论研究方面和基于国际合作的实验研究方面，我国科学家已取得了一些显著的成果。但就整体水平而言，特别是在以我国为主的实验研究方面，与世界水平还相差甚大。但十分可喜的是经过多年的研究和探讨，我国科学家通过认真调研国际在这一领域的研究现状和发展趋势，特别是结合我国的具体情况已初步绘制了我国开展暗物质暗能量探测的路线图：

（1）在暗能量探测方面，国际上有代表性的下一代暗能量观测项目包括LSST、JDEM、Euclid、BigBOSS等。在我国已建成的LAMOST望远镜可以探测暗能量，但有一定的局限性。在光学和近红外成像巡天方向，我国的南极昆仑站（DOME A）具有得天独厚的观测条件，在南极建一个大型光学/近红外望远镜有望在昆仑站实现一个由中国主导的下一代暗能量巡天的项目。

（2）在暗物质粒子间接探测方面，国际上在未来的几年，空间的FERMI、AMS02、地面的IceCube和大型伽马射线探测器HESS、Veritas、Magic等实验预期会有更多的数据。在我国西藏羊八井宇宙线地面观测站随着实验的升级和灵敏度的提高，特别是未来LHAASO项目的开展，在间接探测暗物质粒子方面将具有一定的潜力。在空间暗物质粒子间接探测方面，我国空间站暗物质粒子探测项目以及较近期的由紫金山天文台等单位提出的小卫星暗物质实验都将对暗物质的研究作出重要的贡献。

（3）在暗物质的直接探测实验方面，世界各国已广泛开展，如CDMS、XENON、ZEPLIN、Edelweiss、DAMA、PICASSO、COUPP、KIMS等，而且其灵敏度在不断地提高。在这方面，我国四川锦屏山隧道将有望建成世界上埋深最大的地下实验室，对于开展高精度的暗物质直接探测实验具有重要的意义。

暗物质暗能量的研究需要理论和实验的结合，更重要物理和天文等多学科的交叉研究。这是一个系统工程，只有多学科多部门的合理协调统筹安排及科学规划，我们才能不失时机地参与国际竞争，为人类文明科技发展作出应有的贡献。

作者简介

张新民，中国科学院高能物理研究所。

太阳活动 24 周的异常行为

方 成 李可军

众所周知，太阳活动周期大约为 11 年。近几年正处于由太阳活动第 23 周向第 24 周过渡的太阳活动低年，虽然太阳黑子数偏少似乎并不奇怪，但是，只要我们回顾历次太阳活动周的历史就会发现，近几年太阳黑子偏少的程度是非常罕见的，可以说是百年一遇。例如，在 2008 年，无黑子日达 266 天，占全年总时间的 73 %；2009 年全年无黑子日达 262 天，只比 2008 年少 4 天；而近百年来唯一比 2008 年和 2009 年无黑子日更少的年份是 1913 年，这一年有 311 天没有黑子，占全年总时间的 85 %。一些人采用"延伸极小"（extended minimum）、"深度极小"（deep minimum）和"巨极小"（grand minimum）来称呼这次罕见的太阳活动极小期。此外，我们知道，超长期太阳活动与古气候变化密切关联[1]。最近 1000 年来，太阳活动经历了 3 个极端时期：中世纪极大期、Sporer 极小期、Maunder 极小期，正好对应于气候变化的中世纪温暖期、小冰川时期的两个寒冷时期。因此，基于近几年太阳活动的罕见减弱，又考虑到太阳活动对地球气候和地球附近空间环境的重要影响，人们自然十分关心目前太阳活动的现状并迫切希望了解太阳活动的未来走向。本文将较全面地介绍了太阳活动诸多参量的当前现状和对太阳活动未来走向的一些预报结果，还评述了目前对较低太阳活动现状的解释和由此带来的机遇。

1. 近年来的太阳活动情况

一般认为，比较可靠的黑子数时间序列从第 10 太阳活动周开始。图 1 给出了每个现代太阳活动周的无黑子总天数[1]。实际上，截至 2010 年 5 月底，24 周的无黑子天数达 788 天，是 16 周以来无黑子天数最多的一个周。考虑到 10～15 周期间观测不够细致，可能有一些太阳黑子没被观测到，所以不排除 24 周的无黑子天数是现代太阳活动周内最多的可能[2]。

图 2 给出 1849 年以来平滑每月无黑子天数和平滑每月平均黑子相对数。由图可见，平滑每月无黑子天数和平滑每月平均黑子相对数一样，也形成一个个具有上升期和下降期的"活动周"，只是两者呈负相关。因此，24 周平滑每月无黑子天数的极大意味着平均黑子数的极小。

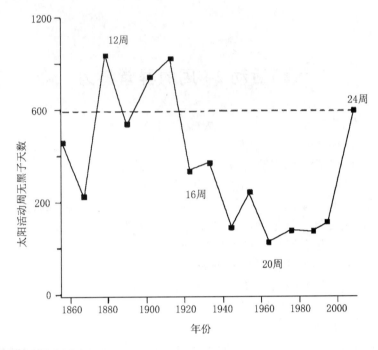

图1 10～24 太阳活动周的无黑子天数[1]

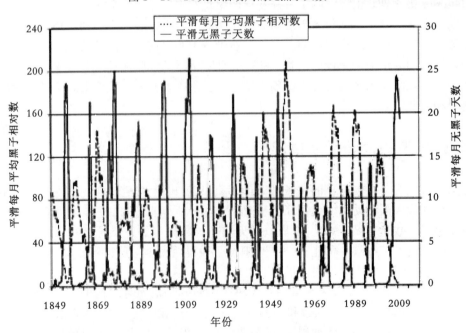

图2 1849 年以来平滑每月无黑子天数(实线,右刻度)和平滑每月平均
黑子相对数(虚线,左刻度)[1]

格林尼治天文台从 1874 年起开展了连续的黑子位置和黑子面积的测量与整理。Li 的统计分析表明[2]：24 周高纬度（＞35°）黑子的纬度为 12 周最低（最新统计到 2009 年 9 月底，仅在 2009 年 9 月 23 日出现过一次高纬度黑子）；从 2003 年 11 月到 2008 年 9 月，较高纬度（＞20°）每月没有黑子或只有 1 个黑子，共持续了 58 个月，也为 12 周以来第一次。研究表明，高纬度（＞35°）黑子的平均纬度与黑子极大正相关[3]，因此预计 24 周太阳活动水平较低.

自 1976 年开始就有了连续的太阳极区磁场观测。Wilcox 太阳天文台观测的 1976 年 6 月至 2009 年 9 月的太阳极区（纬度＞55°）南北半球每月平均磁场表明，24 周极小时期的极区磁场是有观测以来的最小。Ottawa/Penticton 观测的 1947 年 2 月至 2009 年 9 月的 10cm 射电流量每月平均值表明，24 周极小时期的流量比其他周极小时期的要小，也是有观测以来的最小。由这些可以预见，24 周太阳活动较弱。

连续的太阳总光度辐射（太阳常数）观测始于 1976 年。图 3 给出了 1976 年 1 月 12 日至 2008 年 6 月 9 日每日太阳总辐射 PMOD 综合系列[4]。由图可见，24 周极小时期的太阳总辐射为有观测以来最小。

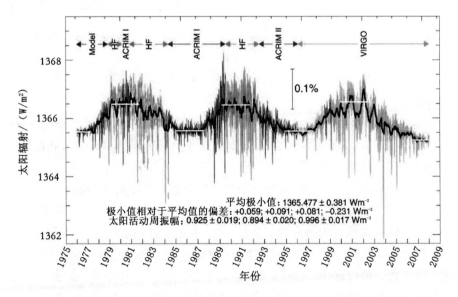

图 3　1976 年 1 月 12 日至 2008 年 6 月 9 日太阳总辐射的变化

其他太阳活动参数，如慢速太阳风速度、太阳风压、光球磁场开放场等，都为有观测以来的最小[5]。

2. 近年来的异常日地空间环境

行星际空间的观测表明，基本上所有的行星际参数，如行星际磁场参数、质子密度、质子温度等，均在 24 周极小期间偏低偏弱。对于磁层与地磁活动，中高纬地区活动偏弱，低纬地区无明显差异，辐射带和磁层顶外移。对 10cm 射电流量 F10.7＜80 时期的地磁活动统计表明，自 19 周以来，太阳活动周极小期间低 Ap（$0 \leqslant Ap \leqslant 5$）成分所占比例，24 周最高；高 Ap（$Ap > 20$）成分所占比例，24 周最低。日本台站的观测表明，24 周极小期间，电离层 F 层电子浓度达到 19 周以来的最小，电离层 F 层虚高达到 19 周以来的最低，高层大气密度 20 周以来最低。

当然，受太阳活动的调制，宇宙线辐射相应地在 24 周极小期间增强了。

3. 24 周开始时间的确定

相邻两个太阳活动周的前导/后随黑子的磁场极性要改变符号，形成一个磁周。与上一个活动周反极性的黑子在高纬度（30°N）于 2008 年 1 月 4 日出现在活动区 AR 10981。这意味着新周于 2008 年 1 月从高纬度开始。利用格林尼治天文台的黑子观测资料，我们统计表明，10 cm 射电流量每月平均值于 2008 年 10 月达到极小，平滑每月平均黑子数于 2008 年 12 月达到极小，极小值为 1.7，为 10 周以来第 2 个最小（最小值为 1.5，发生在 15 周）。平滑黑子群数和面积二者都在 2008 年 11 月达到极小。

确定一个活动周开始时间的另一个参数是新周高纬度黑子群数超过低纬度旧周黑子群数的时刻。图 4 给出了 2006 年以来 23 和 24 太阳活动周每月黑子群数。由图可见，24 太阳活动周每月黑子群数于 2008 年 9 月开始超过 23 太阳活动周每月黑子群数。太阳活动极小期的确定，往往要考虑上面几种参量[6,7]。综合考虑上述几种参数，可以确定，24 黑子活动周于 2008 年 11 月开始。因此，23 周的下降期为 8.6 年，周长为 12.5 年，均为现代黑子活动周的最长。

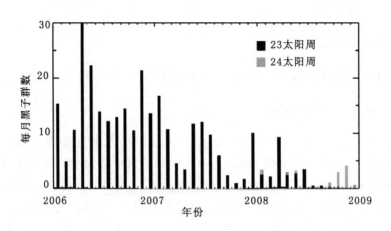

图 4　第 23 和第 24 太阳活动周每月黑子群数

4. 24 周活动水平的估计

太阳活动预报方法大体有如下几种。

1）黑子活动周特征参数间的统计关系

上一个黑子活动周的周长［$L(n)$］与下一个活动周的极大平滑每月平均黑子数 R_M 存在一个具有统计意义的线性关系[2,8,9]：

$$R_M(n+1) = -22.91 \times L(n) + 366.58 \pm 23.7$$

由此，24 周的极大平滑每月平均黑子数预报为 $R_M = 75.6 \pm 23.7$

一个黑子活动周的平滑每月平均黑子数极小值 R_m 与极大值也存在一个具有统计意义的线性关系[2,10]。由 1～23 太阳活动周的数据知

$$R_M = 78.0 + 6.0 \times R_m \pm 32.0$$

24 周极小约为 1.7，由此，24 周的极大平滑每月平均黑子数预报为

$$R_M = 88.2 \pm 32.0$$

其他一些统计分析结果也基本上得到类似的结果[11～14]。

2）地磁活动前兆方法

由地磁活动 aa 指数的 Feynman 方法预报的 24 周太阳活动极大为[15]

$$R_M = 154 \pm 25$$

由地磁扰动天数的 Thompson 方法预报的 24 周太阳活动极大[15]为

$R_M = 115 \pm 27$

3）太阳极区磁场方法

由太阳极区磁场预报的 24 周太阳活动极大为[16]$R_M = 75 \pm 30$。

4）太阳发电机理论方法

以中经流为主、并以黑子群面积作为极区磁场大小量度的太阳发电机理论[17]给出的 24 周太阳活动极大 $R_M = 165 \pm 15$；以扩散为主、并利用观测的太阳极区磁场平均值的太阳发电机理论[18,19]给出的 24 周太阳活动极大约为 75。

综上所述，多数预报认为，24 太阳活动周应是一个弱周，估计比 23 周要弱30 %以上。美国国家航天局（NASA）在 2010 年 9 月对 24 周的未来发展趋势的预报，估计 24 周每月黑子数将在 2013 年达到极大，为 60～70，也说明 24 周是一个低活动周。

5. 24 周低太阳活动水平的解释

Gleissberg[20]对每个太阳活动周极大年的平均黑子相对数作平滑曲线，得到了约为世纪长度的所谓的 Gleissberg 周期，也称为世纪周期。图 5 给出 1700～2008 年共计 309 年的年平均太阳黑子相对数及其平滑曲线。由图可知，第 24 太阳活动周恰好在世纪周期的谷年附近。这就是说，24 太阳活动周较弱的太阳活动水平可能是世纪周期调制的结果。

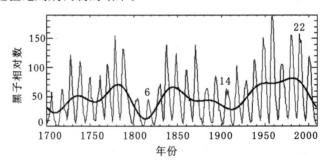

图 5   1700～2008 年的年平均太阳黑子相对数（细实线）
及其平滑曲线（粗实线）

日震观测表明，每过 11 年，太阳内部就会在极区附近产生新的带状流。带状流会缓慢地从极区迁移到赤道，即产生所谓的扭曲振荡（torsional oscillation)。最新研究表明，当带状流达到 22°的临界纬度时，新太阳周的黑子就在日面出现了[21]。根据日震的最新观测，发现与 24 太阳活动周相关的带状流移动缓慢，在 3 年的时间才走过 10°的纬度范围，而 23 活动周的带状流只用了 2 年时间就完成了 10°的漂移。目前的低太阳活动就是太阳内部带状流缓慢迁移的结果。在 2009 年初，带状流终于到达了临界纬度，预示着在接下来的几个月后太阳活动将重新活跃起来。后来的观测证实了这一预示。图 6 给出日震观测得到的光球下 7000km 处带状流（剩余自转速率）沿纬度的迁移变化[21]。新的日震观测结果基本否定了 24 周是类似 Maunder 太阳活动极小期的可能性，太阳内部的磁场发电机仍旧在工作，太阳黑子周期没有"中断"。

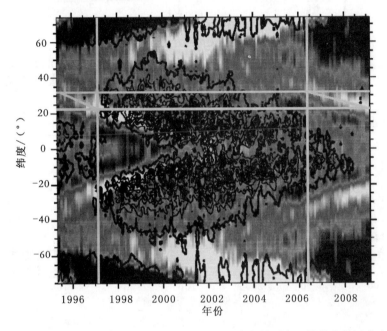

图 6　日震观测得到的光球下 7000km 处带状流（剩余自转速率）沿纬度的迁移变化[21]，
重叠在上面的是 5G 强度的纵向磁场的等值线，斜线表示向赤道的迁移

图 7 是用宇宙射线放射性核素资料确定的近 11 000 年来太阳活动重构序列[1]。由图可见，太阳活动水平不是平稳变化的，而是经历过一系列巨极大期和巨极小期，有约 3/4 的时间处于中等太阳磁活动水平，约 1/6 的时间处于巨极小水平，1/10～1/5 的时间处于巨极大水平。目前的太阳活动正处在大约从 20 世纪 20 年代开始的"现代极大期"。在已知的 19 个巨极大期，大约有 75％不长于 50 年。因此"现代极大期"再持续下去的可能性不大，太阳活动将很可能向中、甚至低活动水平变化。这种由高活动水平向低活动水平很快变化的发展趋势在以

往也存在，Maunder 极小期就是如此。

从理论上分析，现代发电机理论为太阳活动周的变化提供了一个可能的解释。Dikpati 和 Gilman[17] 采用黑子面积作为极区磁场的指示，并采用弱的扩散系数预报下一个极大，得到 24 周很强的结论（$R = 130 \sim 140$）。然而，Choudhuri 等[18] 和 Jiang 等[19] 采用由太阳全球大尺度平均磁场观测求得的极区磁场强度，并采用较强的扩散系数，代入平均发电机理论[22,23] 的计算程序，得到下一个极大的预报值。他们预报 24 太阳活动周很弱（$R \approx 75$）。

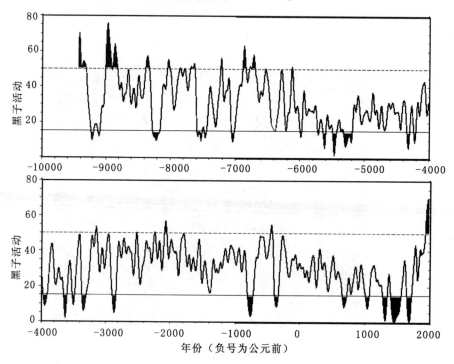

图 7　近 11 000 年来太阳活动重构序列[1]

黑子数高于水平虚线上为巨极大，低于水平实线下为巨极小

6. 讨论和结论

太阳 23 和 24 活动周之间的极小期是罕见的低活动期，属于百年一遇：无黑子天数是 16 周以来无黑子天数最多的一个周，且不排除 24 周的无黑子天数是现代太阳活动周内最多的可能，高纬度（$>35°$）黑子的纬度为 12 周以来最低。从 2003 年 11 月至 2008 年 9 月，较高纬度（$>20°$）每月没有黑子或只有 1 个黑子的

时间，共持续了 58 个月，也是 12 周以来第一次观测到。2007 年下半年以来，日面上要么没有黑子，要么是低纬度的小黑子（或气孔），慢速太阳风速度、太阳风压、10 cm 射电辐射、太阳极区磁场、太阳总光度辐射等参数都是有观测资料以来的最低。相应地，行星际空间、磁层、电离层也出现了异常。相关地磁活动参数的相关比对以及 24 周太阳活动参数的实时变化的报道见网站和文献[5,21,24]。对于这种极低太阳活动的现象，最近的日震观测给予了解释：低活动水平是由太阳内部喷流缓慢迁移造成的。从 Gleissberg 周期的长尺度来看，第 24 太阳周恰好在世纪周期的谷年附近，且目前的"现代极大期"再持续下去的可能性不大，太阳活动将很可能向中、甚至低活动水平变化，并且这种是"突变"有先例的。

根据 2008 年 1 月至 2009 年 9 月期间的 10cm 射电流量每月平均值、每月黑子群数、每月平均面积数、每月平均黑子数，以及新周高纬度黑子群数超过低纬度旧周黑子群数的时间，可以确定 24 黑子活动周于 2008 年 11 月开始。因此，23 周的下降期为 8.6 年，周长为 12.5 年，均为现代黑子活动周的最长。

根据利用黑子活动周特征参数间的统计关系、地磁活动前兆方法、太阳极区磁场方法、太阳发电机理论方法等经典太阳活动预报方法给出的对 24 周太阳活动水平的预报，结合美国国家航空航天局和美国国家海洋大气局对 24 周的未来发展趋势的预报，可认为 24 周太阳活动水平要比 23 周弱，可能要弱 30 ％以上。

24 太阳活动周为太阳物理研究和日地关系物理研究带来重大机遇。太阳总光度变化和地球对流层温度变化、海平面温度变化等呈正相关关系。24 活动周提供了低太阳变化的观测，有利于研究全球气候变暖与太阳变化的关系，并了解太阳总光度变化会对全球气候变暖有多大贡献。2009 年冬季地球北半球的寒冷低温和当前的低太阳活动总光度观测恰好符合这种关系。2010 年冬季地球北半球一些地区也出现了严寒的天气。同时，由于太阳爆发现象（主要是耀斑和 CME）偏少，行星际空间比较"干净"，有利于研究太阳爆发活动与空间天气变化之间的对应关系，对于理解灾害性空间天气十分有益。

以中经流为主的太阳发电机理论和以扩散为主的太阳发电机理论，以及确定极区磁场的不同方法给出的 24 周太阳活动极大的预报完全不同，和 23 周相比较，到底是高于还是低于 30 ％？实际观测将给出回答。日震学虽然对 23 太阳活动周的低活动水平给出了解释，但基本的问题还没有给出回答。面对流场和磁场有相同的周期性全日面演化特征，流场如何触发黑子的产生？日震虽然观测给出了太阳内部的流场演化，但流场自身是如何产生的？这些都有待于进一步研究。

目前看来，可以排除太阳活动将要进入 Maunder 极小期的可能，太阳发电机仍在运转，太阳爆发事件甚至很强的太阳爆发事件仍然会继续发生，只是爆发事件的发生频率可能要小些。太阳观测表明，活动区 NOAA 1029 自 2009 年 10 月 23 日出现后，产生了一系列小耀斑。2010 年 1 月在活动区 NOAA AR1041 观测到连续两次 X 射线大耀斑（M2.3 和 M1.7 两个耀斑）。2010 年 2 月观测到 9 个 M 级耀斑，5 月和 6 月又分别观测到 1 个和 2 个 M 级耀斑，8 月又发生一些 M 级耀斑。这些都是例子。

参 考 文 献

[1] Usoskin I G. A history of solar activity over Millennia. Living Rev Solar Phys, 2008, 5：3-86

[2] Li K J. What does the Sun tell and hint now. Res Astron Astrophys, 2009, 9：959-965

[3] Li K J, Wang J X, Zhan L S, et al. On the latitudinal distribution of sunspot groups over a solar cycle. Solar Phys, 2003, 215：99-109

[4] Frohlich C. Solar irradiance variability since 1978. Revision of the PMOD composite during solar cycle 21. Space Sci Rev, 2006, 125：53-65

[5] Frohlich C. Evidence of a long-term trend in total solar irradiance. A&A, 2009, 501：L27-L30

[6] Wilson R M, Hathaway D H, Reichmann E J. On the behavior of the sunspot cycle near minimum. JGR, 1996, 101：19967-19972

[7] Harvey K L, White O R. What is solar cycle minimum. JGR, 1999, 104：19 759-19 764

[8] Hathaway D H, Wilson R M, Reichmann E J. Group sunspot numbers：Sunspot cycle characteristics. Solar Phys, 2002, 211：357-370

[9] Watari S. Forecasting solar cycle 24 using the relationship between cycle length and maximum sunspot number. Space Weather, 2008, 6：S12 003

[10] Watari S. Forecasting solar cycle 24 using the relationship between cycle length and maximum sunspot number. Space Weather, 2008, 6：S12 003

[11] Du Z L, Du S Y. The relationship between the amplitude and descending time of a solar activity cycle. Solar Phys, 2006, 238：431-437

[12] Du Z L. Relationship between solar maximum amplitude and Max-Max cycle length. Astron J, 2006, 132：1485-1489

[13] Wang J L, Zong W G, Le G M, et al. Predicting the start and maximum amplitude of solar cycle 24 u-sing similar phases and a cycle grouping. Res Astron Astrophys. 2009, 9：133-136

[14] Wang J L. Will the solar cycle 24 be a low one. Chin Sci Bull, 2009, 54：3664-3668

[15] Hathaway D H. Solar cycle forecasting. Space Sci Rev, 2009, 144：401-412

[16] Svalgaard L, Cliver E W, Kamide Y. Sunspot cycle 24：smallest cycle in 100 years. GRL, 2005, 32：L01104

[17] Dikpati M, Gilman P A. Simulating and predicting solar cycles using a flux-transport dynamo. ApJ, 2006, 649：498-514

[18] Choudhuri A R, Chatterjee P, Jian J. Predicting solar cycle 24 with a solar dynamo model. Phys Rev Lett, 2007, 98：131 103

[19] Jiang J, Chatterjee P, Choudhuri A R. Solar activity forecast with a dynamo model. Mon Not R Astron

Soc, 2007, 381: 1527-1542

[20] Gleissberg W. The probable behaviour of sunspot cycle 21. Solar Phys, 1971, 21: 240-245

[21] Howe R, Christensen-Dalsgaard J, Hill F, et al. A note on the torsional oscillation at solar minimum. ApJL, 2009, 701: L87-L90

[22] Choudhuri A R, Schussler M, Dikpati M. The solar dynamo with meridional circulation. A&A, 1995, 303: L29-L32

[23] Durney B R. On a Babcock-Leighton dynamo model with a deep-seated generating layer for the toroidal magnetic field. Solar Phys, 1995, 160: 213-235

[24] Gibson S E, Kozyra J U, de Toma G, et al. If the Sun is so quiet, why is the Earth ringing? A comparison of two solar minimum intervals. JGR, 2009, 114: A09105

作者简介

方成，南京大学天文系，现代天文与天体物理教育部重点实验室，e-mail：fangc@nju. edu. cn。

李可军，中国科学院国家天文台云南天文台，中国科学院国家天文台太阳活动重点实验室。

附　　录

附表 1　香山科学会议 2009 年学术讨论会一览表

会次	会议主题	执行主席		会议时间
340	可持续海水养殖与提高产出质量的科学问题	唐启升　林浩然徐　洵　王清印		2 月 11～13 日
341	神经发育与疾病	强伯勤　朱作言孟安明　李　巍		2 月 12～13 日
342	宇宙线物理学的若干前沿问题	陈和生　李惕碚赵光达　张双南		2 月 18～19 日
343	侏罗纪/白垩纪之交的东亚板块汇聚及其资源环境效应	李廷栋　董树文钟大赉　王成善沙金庚		2 月 25～27 日
344	个体化诊疗	王永炎　张伯礼陈凯先　高思华		3 月 17～18 日
S10	蛋白质研究计划"十二五"实施战略	饶子和　贺福初吴家睿　徐　涛		3 月 25～26 日
345	工程研究与国家战略	师昌绪　詹文龙傅志寰　屠海令杜　澄		3 月 31～4 月 2 日
346	心血管健康信息的重大科学前沿	刘德培　李衍达惠汝太　张元亭		4 月 10～12 日
347	非晶合金材料和物理	陈国良　胡壮麒周尧和　柳百新		4 月 14～16 日
348	生态地球化学环境与健康	谢学锦　李家熙寿嘉华　张洪涛方克定　奚小环		4 月 21～23 日

续表

会次	会议主题	执行主席	会议时间
349	植物先天免疫机制	方荣祥　何祖华 朱立煌　周俭民	5 月 6~7 日
350	生物考古研究中的若干前沿问题*	吴新智 Svante Paabo 王昌燧	5 月 19~21 日
351	植物衰老与作物增产及品质改良	许智宏　陈晓亚 甘苏生	6 月 2~3 日
352	营养科学发展与国民健康	陈君石　杨胜利 陈凯先　陈雁	6 月 11~12 日
353	中国合成橡胶的发展和面临的机遇与挑战	王佛松　沈之荃 曹湘洪　何盛宝 张学全	6 月 16~18 日
354	纳米电介质的多层次结构及其宏观性能	雷清泉　李盛涛 朱劲松　南策文 张冶文	6 月 23~25 日
355	生物体系中的单分子成像、光谱及操纵*	方晓红　谢晓亮 赵新生　庄小薇	7 月 8~10 日
356	钢铁制造流程中能源转换机制和能量流网络构建的研究	殷瑞钰　陆钟武 干勇	9 月 8~10 日
357	国家战略需求中的化学问题	王夔　马培华 佟振合　江桂斌 吴毓林	10 月 20~22 日
S11	深地科学重大前沿问题	陈和生　葛修润 李惕碚　钱七虎 吴世勇　许厚泽	10 月 25~26 日
358	航天医学工程学理论、实践与发展展望	俞梦孙　戚发轫 沈力平　陈善广 李莹辉　常耀明	10 月 26~27 日
359	虚拟经济与金融危机的相关研究中的若干科学前沿问题*	成思危　刘遵义 刘骏民　石勇	11 月 11~13 日

续表

会次	会议主题	执行主席		会议时间
360	高效氮化物半导体白光照明材料及芯片基础问题	甘子钊　周炳琨 王占国　郑有炓		11 月 19～20 日
361	空间探测暗物质粒子	陆　埈　杨　戟 吴岳良　常　进		11 月 24～25 日
362	全球变化下动荡的中国近海生态系统	孙　松　吴德星 王清印　乔方利		12 月 1～3 日
363	过程工业减排中节能机制的若干科学问题	费维扬　冯　霄 陆小华　陈光宇		12 月 8～10 日
364	针刺空位组学	田　捷　刘一军 石学敏　韩济生 戴汝为　梁繁荣		12 月 15～17 日
365	核酸适配体及生物医学应用	谭蔚泓　詹启敏 方晓红		12 月 16～18 日
366	离子液体应用的重大科学问题	何鸣元　张锁江 韩布兴　邓友全		12 月 22～24 日

注：标"＊"的为国际会议。

附表 2　香山科学会议 2010 年学术讨论会一览表

会次	会议主题	执行主席		会议时间
367	神经信息学与计算神经科学的前沿问题	唐孝威　郭爱克 吴　思　翟　健 梁培基		3 月 23～25 日
368	中医临床疗效评价的关键科技问题研讨会	王永炎　王吉耀 刘保延		3 月 24～26 日
369	孤独症研究现状及前沿问题	吴　瑛　魏丽萍 吴柏林		3 月 31～4 月 1 日
370	碳纳米材料的发展战略研讨会	朱道本　洪茂椿 王春儒		4 月 6～8 日
371	南极冰穹 A 的天文学和物理学	杨　戟　崔向群 王力帆		4 月 13～15 日

会次	会议主题	执行主席	会议时间
372	陆地生态系统固碳潜力不确定性的科学问题	韩兴国　孙鸿烈 张新时　李文华 刘世荣	4 月 20～22 日
373	生命系统的电磁特性及电磁对生命的作用	俞梦孙　都有为 董秀珍　商 澎	5 月 13～14 日
374	复杂性与社会设计工程	沙基昌　王众托 李伯虎　范维澄 顾基发　糜振玉	5 月 18～20 日
375	子宫内膜异位症发生机制及临床干预的重大问题	郭孙伟　张信美 徐丛剑　刘惜时	5 月 22～23 日
376	中国页岩气资源基础及勘探开发基础问题	戴金星　赵鹏大 贾承造　金之钧 张金川	6 月 1～3 日
377	中国稀土资源的高效提取与循环利用	黄小卫　严纯华 李红卫　池汝安 李家熙	6 月 8～10 日
378	中国山水城市与区域建设——地理科学与建筑科学交叉研究	周干峙　马蔼乃 鲍世行	6 月 22～24 日
379	中医药基础研究发展战略	张伯礼　刘德培 王永炎	7 月 6～8 日
380	气候变化对农业的影响及应对	潘根兴　任国玉 南志标　林而达	9 月 27～29 日
S12	超强太阳风暴和太阳周异常行为	艾国祥　王 水 方 成　魏奉思 汪景琇	9 月 28～30 日
381	蛋白质组学：前沿与挑战	贺福初　张玉奎 秦 钧	10 月 12～13 日
382	方药量效关系研讨会	刘昌孝　丁 健 仝小林	10 月 14～15 日
383	鄱阳湖生态环境保护和资源综合开发利用	汪集旸　孟 伟 周文斌	10 月 19～21 日

续表

会次	会议主题	执行主席	会议时间
384	组织再生中的转化医学问题：基础研究与临床应用的激烈碰撞	付小兵　王正国 吴祖泽　戴尅戎	10 月 20～22 日
385	功能超分子体系：多层次的分子组装体*	张　希、佟振合 沈家骢 Harald Fuchs	10 月 27～29 日
386	碳基半导体界面科学与工程	李述汤　佟振合 曹　镛	11 月 2～4 日
387	分子仿生	李峻柏　欧阳钟灿 汪尔康　刘冬生	11 月 9～11 日
388	中国强震预测与地球系统科学	李廷栋　张国伟 金振民　陶家渠 李德威	11 月 23～25 日
S13	加快中国的医学模式转换：促进中国医药卫生体制改革的科学问题	陈　竺　林其谁 曾益新　曹雪涛	12 月 18～19 日
389	核燃料后处理放射化学	柴之芳　刘元方	12 月 22～24 日

注：标"＊"的为国际会议。